ANNA LIEBIG

Winterträume in New York

ROMAN

blanvalet

Penguin Random House Verlagsgruppe FSC® N001967

1. Auflage
Originalausgabe 2024 by Blanvalet
in der Penguin Random House Verlagsgruppe GmbH,
Neumarkter Str. 28, 81673 München
Copyright © 2024 by Anna Liebig
Dieses Werk wurde vermittelt durch
die Literarische Agentur Thomas Schlück GmbH,
30161 Hannover.
Redaktion: Matthias Teiting
Umschlaggestaltung und -motiv: www.buerosued.de
DK · Herstellung: DiMo
Satz: satz-bau Leingärtner, Nabburg
Druck und Bindung: GGP Media GmbH, Pößneck
Printed in Germany
ISBN 978-3-7341-1320-8

www.blanvalet.de

Anna Liebig
Winterträume in New York

Für Matthias
Ich liebe Dich

1. Kapitel

*D*u hattest mir fest versprochen, dass ich heute eher gehen kann«, sagte Marie und sah ihre Vorgesetzte, die Leiterin des Kindergartens Sonnenschein, herausfordernd an. »Du weißt, wie wichtig der Termin für mich ist.«

»Das habe ich getan, bevor ich wusste, dass Biggi sich krankmeldet«, antwortete Judith und stieß einen Seufzer aus. »Das ist bereits der dritte Ausfall diese Woche. Wenn Ingrid morgen nicht wiederkommt, müssen wir auf Notbetreuung umstellen. Kannst du die Wohnung nicht an einem anderen Tag besichtigen?«

»Nein, das wird nicht gehen, es ist ein offener Besichtigungstermin«, entgegnete Marie enttäuscht. »Aber vermutlich hätte ich sowieso keine Chance gehabt. Zwei Zimmer für diesen Preis und in dieser Lage in Frankfurt, da kommen bestimmt Hunderte Interessenten. Wieso sollte der Vermieter ausgerechnet mich nehmen?« Ihre Schultern sackten nach unten. »Wenn das so weitergeht, werde ich vermutlich für immer in meinem Kinderzimmer versauern.«

»Jetzt lass den Kopf nicht hängen«, versuchte Judith Marie zu trösten. »Bestimmt findest du bald eine passende Wohnung. Hast du denn an unserem Schwarzen Brett endlich deine Suchanzeige aufgehängt? Oft ergeben sich die Dinge ja unter der Hand und nicht über offizielle Anzeigen.«

»Hab ich längst. Aber bisher hat noch niemand einen der Zettel mit meiner Nummer abgerissen oder mich darauf angesprochen«, antwortete Marie. »Es ist echt schade, dass das heute Nachmittag nicht klappt. Am Ende hätte mich der Vermieter doch genommen. Die Hoffnung stirbt bekanntlich zuletzt. Ich hab heute Morgen sämtliche Unterlagen eingesteckt. Einwandfreies polizeiliches Führungszeugnis, perfekte SCHUFA-Auskunft, ich habe keine Haustiere, keine Kinder, ich rauche nicht, ich fahre kein teures Auto, sondern bloß ein klappriges Fahrrad. Eine bessere Mieterin kann sich doch niemand wünschen, oder?«

»Also gut«, lenkte Judith ein. »Ich rufe Susanne an. Eigentlich kann sie mittwochs nicht, aber vielleicht haben wir heute Glück.«

»Danke dir«, antwortete Marie erleichtert.

Eines der Kinder störte ihr Gespräch. Es war die fünfjährige Paula, eines der Vorschulkinder im Kindergarten Sonnenschein und für ihr Alter erschreckend reif und vernünftig.

»Marie, du musst schnell in die Gruppe kommen. Francesca verkloppt Martin mit einer der Puppen und schimpft ganz laut auf Italienisch.«

Alarmiert eilte Marie zurück in die Bärengruppe, die sie aktuell betreute. Dort war der kleine italienische Wirbelwind Francesca doch tatsächlich damit beschäftigt, Martin mit einer der Stoffpuppen zu verkloppen.

»Maria Donna!«, schimpfte sie dabei.

Sogleich ging Marie dazwischen.

»Francesca, hör auf!«, ermahnte sie die Kleine und nahm ihr die Puppe ab. »Du kannst doch nicht einfach Martin schlagen. So etwas macht man nicht.«

»Aber ich, er hat …« Mehr kam aus der kleinen, zuckersüß aussehenden Person nicht heraus, deren Kopf hochrot angelaufen war. Tränen der Wut standen in ihren Augen, und sie ballte die Fäuste. Francesca hatte langes dunkelbraunes Haar und große Augen, doch so niedlich sie auch aussah, ihr südländisches Temperament galt es nicht zu unterschätzen. Erst neulich in der Mittagspause hatte Biggi den zukünftigen Ehemann des Mädchens bereits bedauert. Der arme Kerl würde nichts zu lachen haben. Allerdings war es bis zur Heirat der Kleinen noch ein Weilchen hin, und in der Gegenwart musste dafür gesorgt werden, dass sie es unterließ, andere Kinder zu verprügeln.

»Egal, was Martin getan hat. Wir schlagen uns nicht.« Marie hob mahnend den Zeigefinger. »Hast du das verstanden?« Sie war vor Francesca in die Hocke gegangen und sah der Kleinen ernst in die Augen.

Die Miene des Mädchens war finster. Sie verschränkte ihre Arme vor der Brust und streckte trotzig ihr Kinn vor. Einsicht sah definitiv anders aus.

Marie wollte noch etwas hinzufügen, kam jedoch nicht mehr dazu, denn zwei weitere Kinder kamen angelaufen, eines von ihnen hatte blutige Finger, was Marie alarmiert herumfahren ließ.

»Elli, um Himmels willen! Was ist passiert?«, rief sie erschrocken.

»Sie hat die Finger in den Kurbelspitzer gesteckt«, erklärte das begleitende Kind.

»Ach du je«, entfuhr es Judith, die just in diesem Moment den Raum betrat. »Ich sag's ja. Wir sind definitiv unterbesetzt. Komm, Elli, ich gehe dich verarzten.« Sie legte tröstend den Arm um das weinende Mädchen und führte es aus dem Raum. Maries Blick folgte den beiden, und in ihrem Inneren breiteten sich Schuldgefühle aus. Hätte sie wegen des dummen Besichtigungstermins nicht die Gruppe verlassen, wären Ellis Finger bestimmt noch heile. Wieso musste diese Wohnungsbesichtigung auch schon um fünfzehn Uhr dreißig stattfinden? Welcher Vollzeit arbeitende Mensch hatte denn so früh am Nachmittag Zeit?

»Ich nicht hauen wollte den Martin«, drang nun Francescas Stimme an ihr Ohr, sie klang plötzlich kleinlaut. »Aber er hat mich gezogen an Zöpfen.« Grammatik war noch nicht ganz ihre Stärke. Ihre niedliche Entschuldigung brachte Marie zum Schmunzeln.

»Ach, Liebes«, sagte sie und ging vor ihr in die Hocke. »Das weiß ich doch. Komm. Ihr sagt beide zueinander Entschuldigung. Und danach wird es Zeit für unsere Vorlesegeschichte. Magst du die heute aussuchen?«

»Au ja«, erwiderte die Kleine und konnte nun schon wieder lachen. »Die Glitzerfeen hätte ich gern.« Sie eilte zum Bücherregal und zog eines der Bücher heraus.

Eine Weile darauf war das Wunder tatsächlich geschehen, und Marie hatte vorzeitig gehen können. Gut gelaunt verließ sie die Kita und setzte, nachdem sich die Eingangstür hinter ihr geschlossen hatte, ihre Mütze auf. Ihr Notnagel, Susanne Ebener, sprang ein. Die gute Laune hielt jedoch nur kurz an, denn nun stand Marie im kalten Nieselregen vor ihrem klapprigen, mokkabraun gestrichenen Fahrrad und stellte missmutig fest, dass es einen Platten hatte und außerdem das Rücklicht kaputt war. Städtischer Vandalismus machte anscheinend auch vor einem runtergekommenen Fahrrad vor einem Kindergarten nicht halt.

»So ein Mist, jetzt muss ich mit den Öffis fahren«, fluchte sie. »Wenn ich Pech habe, komme ich deswegen zu spät. Was für Idioten.«

Einige Minuten später saß sie in der Straßenbahn und blickte auf die an ihr vorüberfliegende, in herbstliche Tristesse versunkene Stadtwelt, Regentropfen liefen an der Scheibe hinunter. Die Freude darüber, dass sie eher hatte gehen dürfen, war verflogen, und in ihr breitete sich wieder dieses Gefühl der Verlorenheit aus, das sie häufig empfand, seitdem ihr Verlobter Lukas sie wegen einer anderen verlassen hatte. Die dämliche Straßenbahn fuhr nun ausgerechnet durch die Gegend, in der sie früher gemeinsam gewohnt hatten. In einer kleinen Zwei-

Zimmer-Dachgeschosswohnung, im Sommer kochend heiß, im Winter war ständig die Heizung ausgefallen. Aber sie war günstig gewesen, ihre kleine gemeinsame Insel in der Stadt. Noch letzten Sommer hatte sie mit Lukas an warmen Sommernächten auf dem Dach gesessen und bei einer Flasche billigem Rotwein Pläne für die Zukunft geschmiedet, gemeinsam die Hochhäuser von Mainhattan bewundert. Dann war der Sommer abrupt von einem kühlen September beendet worden, und sie hatte herausbekommen, dass es eine Christina in Lukas' Leben gab. Die makellos schöne Frau studierte ebenso wie er Literaturwissenschaften und Germanistik, langbeinig, schlank, perfektes, welliges, blondes Haar und eine gemachte Nase, wie Silke, Maries beste Freundin, abfällig angemerkt hatte. Die weltgewandte Christina, die Lukas so viel mehr geben konnte als die kleine Erzieherin aus Sossenheim. Monatelang hatte er sie mit ihr schon betrogen, dieser Mistkerl.

Sie lehnte den Kopf gegen die Scheibe der Straßenbahn. Geplatzt war der Traum von einem gemeinsamen Leben, es würde keine Reise nach Sri Lanka geben oder nach Norwegen, wo sie gemeinsam die Nordlichter hatten bewundern wollen. Fünf Jahre Beziehung, und nun stand sie vor einem Scherbenhaufen und musste sehen, wie sie ihr gebrochenes Herz wieder geflickt bekam.

Sie erreichte ihre Haltestelle im Frankfurter Stadtteil Bockenheim und stieg aus. Die Wohnung lag im fünften Stock eines modernen Mietshauses, in dessen Erdgeschoss sich ein großer Supermarkt befand, überhaupt reihte sich in der Straße ein Geschäft an das nächste. Es gab Restaurants, einen Floristen, eine Bäckerei, ein Friseurgeschäft und eine Pizzeria. Erste Schaufenster waren bereits weihnachtlich dekoriert. Das düstere Wetter passte ganz gut zum Fest. Schnee wäre noch nett, aber der war bei zwölf Grad plus nicht zu erwarten.

Marie steuerte auf den Hauseingang mit der Nummer fünfzehn zu. Davor hatte sich bereits eine recht ansehnliche Menschenmenge versammelt, was ihre Hoffnung, den Zuschlag für die Wohnung zu erhalten, schmälerte. Einige der Anwesenden sahen, im Gegensatz zu ihr, wie die perfekten Mieter aus. Ein Pärchen schien einer Werbeanzeige für die Deutsche Bank entstiegen zu sein. Der Mann trug einen teuer aussehenden Anzug, sie ein dunkelblaues Kostüm, ihre Figur war perfekt, nur mit dem Make-up hatte sie es etwas übertrieben.

Maries Blick fiel auf ihr eigenes Spiegelbild in der gläsernen Haustür. Sie trug ihren heruntergekommenen Übergangsmantel aus braunem Cord, den sie an zwei Stellen bereits geflickt hatte. Darunter eine Jeans von H&M, ein T-Shirt und die bunte, von ihrer Oma gestrickte Wolljacke, die die Kinder in der Kita besonders gern mochten. Ihre blonden Locken hatte sie hochgebunden, sie war ungeschminkt, und an ihrer Backe klebte mal wieder etwas Glitzer vom vormittäglichen Basteln. Vielleicht hätte sie sich noch etwas zurechtmachen sollen? Ihr Blick wanderte zu einer jungen Frau mit einem Kleinkind auf dem Arm, und es befiel sie ein schlechtes Gewissen. Hatte die Mutter die Wohnung nicht viel nötiger als sie? Am Ende würde die arme Frau mit dem Kind noch auf der Straße landen. Sie schob den Gedanken beiseite. In dieser Stadt war sich, wenn es um das Thema bezahlbare Bleibe ging, jeder selbst der Nächste. Zu jeder Besichtigung kamen Leute mit Kindern. Wenn sie denen ständig den Vorzug gäbe, würde sie vermutlich für immer bei ihren Eltern wohnen, zu denen sie nach der Trennung notgedrungen zurückgezogen war.

Es erschien der Makler. Ein schlaksiger Mittdreißiger in einem etwas zerknittert aussehenden grauen Anzug, die Hose war ihm zu kurz. Dem armen Kerl fehlte bereits der Großteil seiner Haare, eine Nerdbrille lag auf seiner Nase. In den Händen hielt er eine braune Bürotasche, und er grüßte mit sonorer Stimme in die Runde.

»Kunze, mein Name. Friedrich Kunze, von Kunze und Stresemann Immobilien. Es ist mir eine Freude, dass Sie so zahlreich erschienen sind. Dann wollen wir uns mal nicht lange aufhalten. Das Objekt liegt im fünften Stock. Wenn Sie mir bitte folgen möchten.«

Der Großteil der ansehnlichen Gruppe wanderte durchs Treppenhaus, einige drängten sich in den Fahrstuhl. In der Wohnung selbst konnte man sich während der Besichtigung kaum bewegen, so voll war es. Zwei Zimmer, Küche, Bad mit Fenster, und es gab sogar einen Balkon, Südwestseite, der von dem Makler als absolutes Highlight bezeichnet wurde. Für Frankfurter Verhältnisse waren neunhundert Euro kalt ein absolutes Schnäppchen. Maries Blick wanderte zu dem Schnöselpärchen – die beiden hatten sich über irgendetwas zu streiten begonnen. Sie kam nicht umhin, sich darüber zu freuen. Wer sich bei einer Besichtigung stritt, bekam bestimmt nicht den Zuschlag für die Wohnung.

Der Makler wurde belagert, sammelte Unterlagen ein und beantwortete Fragen. Marie ging in die leere Küche, sie würde Küchenmöbel mitbringen müssen. Sie hatte sich am gestrigen Abend noch länger bei eBay Kleinanzeigen umgesehen, da gab es günstige Lösungen. Besonders ein hübsches Küchenbüfett aus den Dreißigerjahren hatte es ihr angetan. Nun begann sie zu überlegen, ob es überhaupt in den überschaubaren Raum passen würde. Wenn da noch ein Esstisch reinsollte, könnte es eng werden. Aber war das nicht gleichgültig? Hauptsache, sie hatte überhaupt eine eigene Küche, in der sie tun und lassen konnte, was sie wollte. Im Moment musste sie ständig die Ermahnungen ihrer Mutter ertragen, unter deren Aufsicht das profane Zubereiten eines Rühreis bereits zu einem Spießrutenlauf mutierte.

»Ihrem Blick nach zu urteilen, kommt Ihnen der Raum auch etwas klein vor«, wurde sie von der Mutter mit dem Kleinkind angesprochen. Der kleine Junge, Marie schätzte ihn auf anderthalb, war trotz des Trubels auf dem Arm seiner Mutter eingeschlafen. Marie fand es bemerkenswert, dass die Frau ihre Bemühungen bei dem Andrang nicht längst aufgegeben hatte. Mit Kind war sie vermutlich die Letzte, die der Makler in Betracht zog. Bei der Auswahl an Interessenten war das das übliche Vorgehen. Meistens wurden die Bewerber mit Kindern zuerst aussortiert, dann die mit den Haustieren, danach folgten die Raucher und schließlich die Erzieher, weil jeder glaubte, dass man in sozialen Berufen grundsätzlich am Hungertuch nagte. Es war und blieb ein Trauerspiel.

»Ja, die Küche könnte größer sein«, antwortete Marie. »Aber heutzutage muss man nehmen, was kommt, und die Wohngegend ist hübsch und die Wohnung bezahlbar. Allerdings werde ich bei dem Andrang bestimmt keine Chance haben.«

»Wem sagen Sie das«, antwortete die Frau und stieß einen tiefen Seufzer aus. »Wir suchen bereits seit einem halben Jahr nach etwas Größerem, das bezahlbar ist. Mein Mann Uwe sieht sich gerade eine Wohnung im Nordend an. Aktuell wohnen wir zu dritt in seinem WG-Zimmer auf fünfzehn Quadratmetern. Seine Mitbewohner sind wirklich geduldig, besonders mit dem Kleinen, aber auf Dauer ist das natürlich nichts.«

Erneut befiel Marie das schlechte Gewissen. Fünfzehn Quadratmeter, du liebe Zeit.

Das junge Hipsterpaar hatte sich nun so arg in die Wolle bekommen, dass es sich lauthals anbrüllte.

»Wenn das so ist!«, schrie sie ihn an. »Dann such dir doch eine andere!« Sie lief an ihnen vorüber und aus der Wohnung. Er folgte ihr, »Helene warte!« rufend.

»Ich glaube, die sind keine Konkurrenz mehr«, kommentierte die Frau mit dem Kind die Geschehnisse und grinste.

»Das denke ich auch«, erwiderte Marie und lächelte den kleinen Jungen auf dem Arm der Frau an. Er war aufgewacht und blinzelte verschlafen. Im nächsten Moment klingelte das Handy der Frau. Sie fischte es aus ihrer Manteltasche und hielt es sich umständlich ans Ohr. Der Anrufer schien eine gute Nachricht zu überbringen, denn ihr Gesichtsausdruck hellte sich auf.

»Das ist nicht wahr? Oh, das ist ja wunderbar. Ja, wir kommen. Das müssen wir feiern.« Sie legte auf und sah Marie mit strahlenden Augen an. »Wir haben eine Wohnung in Sachsenhausen, sogar drei Zimmer, und nur achthundert warm. Was für ein Segen.«

»Gratuliere«, antwortete Marie, die sich ehrlich für die Frau freute.

»Ihnen dann noch viel Glück bei der Suche!« Sie wandte sich ihrem Sohn zu. »Komm, Marlon, wir gehen zu Papa. Das muss gefeiert werden.«

Die beiden verließen die kleine Küche, und Marie verspürte einen Anflug von Neid. Was gäbe sie dafür, ebenfalls einen solchen Anruf zu erhalten, doch ihr Handy blieb stumm. Seufzend verließ sie den Raum und steuerte auf den Makler zu, um ihm ihre Unterlagen zu überreichen. Als dieser ihrer ansichtig wurde, betrachtete er sie mit einer hochgezogenen Augenbraue, als wäre sie ein giftiges Insekt. In diesem Moment wusste sie, dass sie die Wohnung abschreiben konnte. Trotzdem gab sie dem Makler die mitgebrachten und in eine dunkelblaue Mappe einsortierten Kopien ihrer Unterlagen. Vielleicht hatte der ihr unbekannte Vermieter, so ihre letzte Hoffnung, ein Herz für Menschen, die in sozialen Berufen tätig waren.

2. Kapitel

𝓜arie saß auf ihrem Bett in ihrem Kinderzimmer und starrte auf das Poster von Tokio Hotel an der Wand. In einem anderen Leben, in dem sie eine abscheuliche Zahnspange getragen hatte, war sie in Tom Kaulitz verliebt gewesen und wäre am liebsten auf ein Konzert der Band gegangen. Doch ihre Mutter hatte es nicht erlaubt, weil sie glaubte, dass bei solchen Veranstaltungen Drogen an Minderjährige verkauft würden. In Tom Kaulitz war sie heute nicht mehr verliebt, er gehörte zu ihrer Vergangenheit, wie dieser Raum mit seinem gesamten Inhalt: dem zweitürigen Schrank mit der noch immer klemmenden Schiebetür, ihrem Schreibtisch unter dem Fenster, auf dem noch immer ihr altes Federmäppchen lag, als würde es darauf warten, dass sie endlich ihre Hausaufgaben machte. Auf dem Fußboden die hellbeige Auslegware aus dem Baumarkt. Warum ihre Eltern dieses Zimmer nach ihrem Auszug nicht verändert hatten, konnte sie nicht sagen. Vielleicht ja deshalb, weil es im Haus noch so viele weitere Zimmer gab und es nicht notwendig war. Sie war ein Einzelkind und hätte gern einen Bruder oder eine Schwester gehabt, aber es hatte nicht sein sollen. Ihre Mama hatte ihr vor Jahren während eines ihrer wenigen vertraulicheren Gespräche erzählt, dass sie mehrere Fehlgeburten erlitten hatte. Der Ersatz für das fehlende zweite Kind waren stets Hunde gewesen. Auch heute gab es einen im Haus. Eine struppige Promenadenmischung, genannt Lulu, die Marie als Fußhupe bezeichnete. Auf den ersten Blick hatte sie das Tier nicht leiden können. Dieser Umstand beruhte auf Gegenseitigkeit, Lulu knurrte sie meist an, wenn sie ihrer ansichtig wurde. Marie mochte Hunde, aber Lulu war hinterhältig. Erst neulich hatte der doofe Köter ihre besten Schuhe zerkaut, außerdem hatte Lulu ein Problem mit ihrer Verdauung und pupste ständig. Ihre Mutter gab ihr deshalb irgendein sündhaft teures Spezialfutter, aber es half nichts, Lulu müffelte weiter.

Der Hund war ein Grund dafür, so rasch wie möglich wieder in eine eigene Wohnung zu ziehen. Ihre mangelnde Privatsphäre war ein weiterer. Daran, irgendein Date mit nach Hause zu nehmen, dachte Marie nicht einmal. Sie griff zu ihrem Handy und öffnete die Fotogalerie. Sie wusste, dass es falsch war, das zu tun, was sie jetzt tat, aber sie konnte nicht anders. Sie scrollte in ihrer Fotogalerie durch die Bilder der vergangenen Jahre, und das Herz wurde ihr schwer. Sie und Lukas im Urlaub gemeinsam in Griechenland am Meer, auf einer Party von Freunden, kuschelnd im Bett, ihre Selfies in Paris. Ach, sie waren das perfekte Paar gewesen.

Er, dunkelhaarig mit braunen, schmal zulaufenden Augen, sie, die Blondine mit dem Lockenkopf. Er hatte sie immer sein Engelchen genannt. Sogar Bilder von ihrem ersten Date befanden sich noch auf ihrem Handy. Dreiundzwanzig war sie damals gewesen, gerade mit der Ausbildung fertig und so verliebt. Kurz nach ihrer Rückkehr aus Griechenland hatte sie herausbekommen, dass er sie betrog. Sie musste die Bilder endlich löschen und ihn aus ihrem Leben und ihrem Herzen verbannen. Aber das war leichter gesagt als getan. Fünf Jahre Leben löschte man nicht einfach so aus. Und jetzt nahte auch noch Weihnachten. Das erste Fest ohne ihn. Wie sollte sie das überstehen?

Ihr Blick wanderte erneut zu Tom Kaulitz, und sie stieß einen Seufzer aus.

»Damit, dass ich wieder bei dir wohne, haben wir beide nicht gerechnet, was?« Sie begann, sich selbst zu schelten: »Jetzt rede ich Trottel schon mit einem Poster.«

Im nächsten Moment klingelte ihr Handy, und sie schreckte kurz zusammen. Ein Blick aufs Display verriet ihr, dass es kein potenzieller Vermieter war, sondern ihre Freundin Silke. Sie nahm das Gespräch an.

»Hi, Silke, was gibt's?«

»Wo steckst du denn?«, kam als Antwort – in einem vorwurfsvollen Tonfall.

»Zu Hause, wo denn …« Marie kam ins Stocken. »Verdammt!«, fluchte sie. »Ich hab vergessen, dass ich für dich das Training leiten sollte.«

»Ja, das hast du«, entgegnete Silke. »Die Mädels stehen vor der Halle, schaffst du es noch?«

»Sicher, ich hab's ja nicht weit. Ich bin in fünf Minuten da.«

Marie legte auf, sprang vom Bett, griff nach ihrer Sporttasche und eilte aus dem Raum und die Treppe hinunter. Im Hausflur begegnete sie ihrer Mutter, die mit Lulu vom Gassigehen nach Hause kam und ihren abgetragenen moosgrünen Parka trug. Monika Hermann war Anfang fünfzig, sah jedoch um einiges älter aus. Sie trug eine Mireille-Mathieu-Gedächtnisfrisur, von Make-up oder teuren Pflegecremes hielt sie nichts, und sie trug meist schlichte Kleidung und flache Schuhe. Und sie war ein ausgesprochen großer Fan von Lukas gewesen und machte Marie unterschwellig den Vorwurf, für das Ende der Beziehung verantwortlich zu sein.

Lulu kläffte und sprang an Marie hoch, bedauerlicherweise hatte die Fußhupe schlammige Pfoten, und nun war ihre Jeans fleckig.

»Mensch, Mama, halt den Hund zurück. Sieh nur, wie ich jetzt aussehe«, fluchte Marie und begann, sich über die Hose zu wischen.

»Ach, das bisschen Dreck«, wiegelte ihre Mutter ab. »So etwas gehört dazu, wenn man einen Hund hält.« Sie lachte, griff nach einem an einem Haken hängenden Handtuch mit Hundeknochen darauf und begann, dem Hund die Pfoten zu säubern. »Na komm, Lulu. Jetzt machen wir dich fein. Ja, braver Hund. So ist es recht.«

»Ich muss dann los«, sagte Marie und zog ihre Jacke über. »Ich übernehme für Silke das Training der Kids.«

»Das ist heute? Wie schade«, entgegnete ihre Mutter. »Ich dachte, wir könnten endlich mal wieder alle zusammen essen. Ich habe eine Lasagne vorbereitet. Ach, die hatte Lukas auch immer so gern. Weißt du noch? Die hat er sich immer von mir gewünscht.«

»Ja, ich weiß, Mama«, entgegnete Marie und rollte die Augen. Ihre Mutter ließ wirklich keine Gelegenheit aus, ihren Ex-Freund in irgendeiner Form ins Gespräch zu bringen. Sie schob sich an ihrer Mutter vorbei und öffnete die Haustür.

Zu der Sporthalle, in der das Volleyballtraining stattfand, waren es mit dem Fahrrad nur wenige Minuten durch das Wohngebiet. Wenigstens diesen Vorteil hatte ihr Wiedereinzug in ihr Elternhaus. Von ihrer gemeinsamen Wohnung mit Lukas hatte sie über eine halbe Stunde zum Training gebraucht. Sie selbst spielte Volleyball seit ihrem zehnten Lebensjahr und hatte es schnell bis in die erste Damenmannschaft geschafft. Ihr Ex Lukas war ebenfalls sportlich aktiv, er spielte Fußball, unter der Woche hatten sie sich wegen ihrer unterschiedlichen Trainingszeiten deshalb nur selten gesehen, am Wochenende hatten sie Spieltage. War ihre Beziehung vielleicht an diesen vielen Verpflichtungen gescheitert? Vielleicht stand Christina ja immer brav am Spielfeldrand und feuerte Lukas an, wie einige von diesen aufgetakelten Spielerfrauen der Nationalmannschaft. Cathy Hummels fiel ihr da ein, die hatte es äußerst gut hinbekommen, aus ihrer Beziehung zu einem prominenten Fußballspieler ein Geschäft zu machen. Andererseits spielte Lukas nur beim ersten FC Rödelheim, prominent wurde man dort am Spielfeldrand nicht wirklich.

Sie erreichte die Sporthalle, die erst vor wenigen Jahren saniert worden war, jetzt funktionierte in allen Hallen das Licht, und es gab sogar Warmwasser in den Duschen. Vor der Eingangstür warteten zwölf Mädchen im Alter zwischen sechzehn und achtzehn Jahren auf sie.

»Es tut mir schrecklich leid, Mädels«, entschuldigte sich Marie und stellte ihr Fahrrad ab. »Dafür machen wir hintenraus etwas länger.«

Sie schloss die Hallentür auf, und die Mädchen strömten ins Innere. Es war eine bunt gemischte Truppe aus aller Herren Länder. Einige der Mädchen waren richtig talentiert, Silke war ganz besonders die aus Eritrea stammende Susan aufgefallen. Das Mädchen war über einen Meter neunzig groß und spielte nach sechs Monaten Training so gut wie andere Mädchen nach drei Jahren nicht. Sie könnte gut zum VC Wiesbaden vermittelt werden – in dem Erstligaclub würde sie die richtige Förderung erhalten.

Es dauerte eine ganze Weile, bis die Mädchen umgezogen waren, begleitet von einer blumig duftenden Deowolke schwebten sie aus der Umkleide. Einige von ihnen waren so stark geschminkt, als wollten sie zu einer Verabredung gehen und nicht zum Sport. Spätestens nach der ersten Aufwärmrunde, in die Marie gern

Sprints einbaute, ähnelte die eine oder andere aufgrund ihres verlaufenen Make-ups einem Waschbären.

Während die Mädchen sich nach dem Warmlaufen und dem üblichen Dehnen zu zweit einzuspielen begannen, erschien zu Maries Verwunderung Silke. Ihr kinnlanges Haar hatte mal wieder eine neue Farbe, nun war es hellrosa.

»Was machst du denn hier?«, fragte Marie verdutzt.

»Mein Date hat mich sitzen lassen«, antwortete Silke in einem missmutigen Tonfall. »Der Trottel ist einfach nicht aufgetaucht. Ich glaube, ich lösche diese dämliche Tinder-App wieder. Bisher habe ich da bloß Idioten kennengelernt.« Sie stieß einen Seufzer aus und fragte: »Wollen wir nachher auf einen Absacker in die Arche? Wir waren länger nicht mehr da, und Piet freut sich bestimmt, uns zu sehen.«

Die Arche war ihre Stammkneipe, eine kuschelige Bar, die besonders bei den jungen Leuten Sossenheims wegen ihrer guten Musik und ihrer Gemütlichkeit beliebt war. Das Problem mit der Arche war allerdings, dass sie dort Lukas zum ersten Mal begegnet war. Er war eines Abends mit einigen Fußballfreunden aufgetaucht, und irgendwann hatte er neben ihr am Tisch gesessen, und zu fortgeschrittener Stunde, als sich die Arche bereits geleert hatte, hatten sie eng umschlungen zu Bon Jovis Hit *Always* getanzt. Später hatten sie viele Abende mit Freunden in der Arche verbracht, in der Kneipe Karneval gefeiert, miteinander *Last Christmas* gesungen und gemeinsam das neue Jahr begrüßt. In der Arche hatte sie Lukas auch wegen Christina zur Rede gestellt. Auf sicherem Terrain, wie sie dachte. Am Ende war sie weinend fortgelaufen. Früher war die düstere Kneipe mit den grünen Wänden ihre Arche gewesen, ein Platz zum Wohlfühlen. Doch nun war sie ein Ort voller schmerzhafter Erinnerungen, und sie wusste nicht, ob sie schon dazu bereit war, sich ihnen zu stellen.

Silke schien ihre Gedanken zu erraten.

»Ach, Liebes. Es tut mir leid. Das war unsensibel von mir. Wenn du willst, können wir woanders hingehen.«

»Ist schon gut«, beschwichtigte Marie und schluckte den Kloß hinunter, der sich in ihrem Hals gebildet hatte. »Ich kann nicht immer vor den Erinnerungen fortlaufen, außerdem gab es die Arche schon vor Lukas. Du hast recht. Piet ist bestimmt happy, uns zu sehen.«

»Dann ist es abgemacht«, freute sich Silke. »Wenn du magst, bleib ich und unterstütze dich mit den Mädels. Komm. Lass uns zusammen schon mal das Netz aufbauen.«

Die beiden trollten sich in Richtung Geräteraum.

Eine Weile später saßen die zwei jungen Frauen an ihrem Stammplatz in der Arche, und jede von ihnen hatte ein aufwendig dekoriertes Glas des von Piet neu kreierten Christmas-Special-Cocktails vor sich stehen. Alle Jahre wieder versuchte sich der Kneipeninhaber darin, für seine Besucher etwas Neues zu entwickeln, und seine Stammgäste mussten die neuesten Kreationen ausprobieren. Der Christmas-Special-Cocktail schmeckte, als würde man in einen sahnigen Lebkuchen beißen. Nur hatte es Piet mal wieder mit dem Alkohol übertrieben. Rum schien eindeutig die verwendete Hauptzutat zu sein. Bereits drei Schlucke der weihnachtlichen Köstlichkeit sorgten dafür, dass Marie sich beschwipst fühlte. Passend zum Cocktail lief just in diesem Moment *Last Christmas* von Wham, und Piets Weihnachtsdekoration funkelte dazu in bunten Farben. Alle Jahre dekorierte er seinen kleinen Gastraum mit Lichterketten, und auf dem Tresen stand ein bunt blinkender Plastikweihnachtsbaum neben einem kitschigen Weihnachtsmann, den Piet, gegen jede Tradition, Bob genannt hatte.

Piet war Ende vierzig, sein dunkelbraunes Haar war mit den Jahren immer lichter geworden, weshalb er irgendwann dazu übergegangen war, dauerhaft Baseballkappen zu tragen. Mit seinen einsfünfundsiebzig war er für einen Mann eher klein, zusehends wurde er rundlicher. Seine Arbeitskleidung bestand stets aus einer Jeans und einem T-Shirt mit dem Namen seiner Lieblingsband, ACDC, darauf. Außer in der Weihnachtszeit, da hatte er sich dem Ugly-Christmas-Sweater-Trend angeschlossen, weshalb er auch heute wieder ein äußerst scheußliches Exemplar mit einem kitschigen Schneemann darauf trug. Der Pullover besaß sogar eine integrierte, bunt blinkende Lichterkette. Eine feste Freundin hatte Piet nicht. Die einzige weibliche Konstante in seinem Leben war seine Labradorhündin Gaby, die ihm wie immer Gesellschaft leistete und ein Rentiergeweih auf dem Kopf hatte, das, wer hätte es gedacht, ebenfalls bunt blinkte.

»Na, Mädels, wie schmeckt euch der neue Cocktail?«, fragte Piet und trat an ihren Tisch. »Ich weiß, Eigenlob stinkt, aber ich finde, ich habe mich dieses Jahr selbst übertroffen.«

»Also, was den Anteil von Alkohol angeht, auf jeden Fall«, merkte Silke an. »Ein Glas davon, und alle sind knülle. Gefühlt besteht das Zeug nur aus Rum und Lebkuchengewürz.« Marie pflichtete ihr nickend bei.

»Meint ihr wirklich?«, hakte Piet nach. »Und ich dachte, ich wäre mit dem Rum sparsam gewesen.« Er nahm Maries Glas und nippte ungeniert daran. »Ihr könntet recht haben«, räumte er ein. »Da steckt schon ordentlich Bums dahinter. Habt ihr wenigstens den Honig rausgeschmeckt? Und wie gefällt euch die Deko mit den getrockneten Blütenblättern und den Zimtstangen?«

»Die Deko ist unübertroffen«, lobte Marie.

»Nicht wahr?«, freute sich Piet. »Und die Zimtstangen sind so wunderbar wiederverwendbar. Wenn ich die Gläser abgeräumt hab, wasch ich die gleich mit ab. Ich meine, so eine Zimtstange futtert ja niemand.«

Marie brachten Piets Ausführungen zum Schmunzeln. Die Zimtstange, die neben ihrem Cocktailglas lag, beäugte sie nun jedoch skeptisch. Auf die Idee, diese abzuspülen und wiederzuverwenden, konnte nur Piet kommen.

Silke verkündete, dass sie für kleine Mädchen musste, und verschwand im hinteren Teil der Kneipe.

»Ist schön, dass du mal wieder hergekommen bist, Marie«, kam Piet nun auf Maries längeres Fernbleiben zu sprechen. »Hast mir gefehlt. Soll ich die Cocktails für euch noch mal neu machen? Diesmal mit weniger Rum, geht auch aufs Haus.«

Marie rührten seine Worte, und sie stimmte zu. Er räumte die Gläser ab und verschwand hinter dem Tresen. Entspannt lehnte sie sich zurück und lauschte, Guns N' Roses. Es lief *Knockin' on Heaven's Door*. Piet hatte ein Faible für Rockklassiker aus den Achtziger- und Neunzigerjahren. In diesem Moment erschienen zwei neue Gäste, und ihr Anblick ließ Marie erstarren. Es waren Lukas und Christina. Ihr Herzschlag beschleunigte sich sogleich, und ihre Hände begannen zu zittern.

Mit weit aufgerissenen Augen starrte sie die beiden an. Lukas erdreistet sich doch glatt, diese blöde Kuh mit herzubringen. In ihre Stammkneipe, an den Ort, der in ihrer Beziehung einen solch hohen Stellenwert gehabt hatte.

Lukas' Blick blieb kurz an ihr hängen, und sie hasste sich in diesem Augenblick so sehr für ihre aufgewühlten Gefühle, dafür, dass sie nicht einfach darüberstehen konnte. Aber wie sollte das jemals funktionieren? Sie liebte ihn noch immer, verdammt, sie hatte diesen Mann heiraten wollen, sie hatten sich ihr Eheleben in den schönsten Farben ausgemalt. Ein Haus auf dem Land, Kinder, ein Junge und ein Mädchen sollten es sein. Keine Hunde, dafür zwei Katzen und sieben Meerschweinchen, wieso genau sieben, hatte Lukas ihr nicht erklären können. Marie hätte auch auf das Haus auf dem Land und das perfekte Familienleben verzichtet und wäre für immer in der runtergekommenen Wohnung im Nordend geblieben, Hauptsache, Lukas wäre noch bei ihr, und sie könnte mit ihm gemeinsam kochen. Gut, er hatte immer nur das Gemüse klein geschnitten, aber egal. Sogar *Downtown Abbey* und *Grey's Anatomy* hatte er mit ihr angesehen und es kommentarlos hingenommen, dass sie für *McDreamy* schwärmte.

Ob er mit Christina auch *Grey's Anatomy* guckte? Natürlich sah sie großartig aus, das musste Marie zugeben. Sie war gertenschlank und trug zu ihrer engen Skinny-Jeans einen bauchfreien Strickpullover. Der Sinn solcher Kleidungsstücke war Marie schon immer schleierhaft gewesen. Strickklamotten sollten einen doch warmhalten, bauchfrei funktionierte das doch gar nicht. Christinas kastanienbraunes Haar glänzte und wellte sich über ihren Rücken, sie war perfekt geschminkt. Ihr Blick streifte Marie. Er war abfällig und arrogant. Marie ahnte, was die Frau nun dachte. Mit so einer hatte ihr Schatz mal was gehabt. Mit diesem Mauerblümchen, das wegen des vielen Volleyballtrainings zu muskulöse Waden und Oberschenkel hatte, um in eine Size-zero-Jeans zu passen.

Plötzlich hatte Marie das Gefühl, keine Luft mehr zu bekommen.

»Ich muss hier raus«, stöhnte sie und stand auf. »Ich brauche frische Luft«, sagte sie zu Piet und eilte zum Ausgang.

Draußen empfing sie kühle, nach Frost riechende Luft. Vielleicht würde es ja doch bald Schnee geben. Marie liebte es, den Schneeflocken dabei zuzusehen, wie sie vom Himmel fielen und die Welt in ein Winterwunderland verwandelten. Allerdings passierte das in Frankfurt immer seltener, und wenn es dann doch mal schneite, taute die weiße Pracht meist rasch wieder weg. Der Verkehr war inzwischen zur Ruhe gekommen. In dem einen oder anderen Fenster der Häuser brannte noch Licht. Niemand war weit und breit zu sehen. Marie atmete tief durch, und ihr Pulsschlag beruhigte sich. Sie lief um das Gebäude herum und blieb verdattert vor dem Fahrradständer stehen. Ihr Rad war fort. Einen Moment lang starrte sie ungläubig auf den Ständer.

»Das jetzt auch noch!«, schimpfte sie. »Kann es noch schlimmer werden?«

Als ob irgendeine höhere Macht sie gehört hätte, wurde sie von einer vertrauten Stimme angesprochen. Sie wandte sich mit klopfendem Herzen um. Es war Lukas, der vor ihr stand. Dieser Trottel trug auch noch den hellblauen Hoody, den sie ihm im vergangenen Jahr zu seinem Geburtstag geschenkt hatte. Gott, was waren seine Augen schön. Die hatte sie an ihm am meisten geliebt. Er hielt ihr ihre Handtasche hin.

»Hallo, Marie«, grüßte er. »Die hast du vergessen.« Er sah sie auf die Art an, die sie so sehr an ihm liebte. Etwas von unten, treuherzig wie ein Dackel. Ihr Innerstes bebte, und sie nahm ihm die Tasche mit zittriger Hand ab.

»Danke dir«, brachte sie heraus und räusperte sich.

»Wie geht es dir?«, fragte er.

Ausgerechnet er stellte ihr diese Frage. Der Mann, der ihr das Herz gebrochen, der sie belogen und betrogen hatte.

Um die Antwort kam sie zum Glück herum, denn Silke trat nun aus der Kneipentür und blickte verdutzt von Lukas zu Marie.

»Was wird das hier?«, fragte sie und sah Lukas herausfordernd an.

»Nichts«, antwortete er. »Ich habe Marie nur ihre Tasche gebracht. Sie hatte sie liegen lassen. Schönen Abend noch. War nett, dich wiederzusehen, Marie.« Er ging zurück in die Kneipe, und nachdem sich die Tür hinter ihm geschlossen hatte, atmete Marie erleichtert auf.

»Jetzt taucht er mit seiner Ziege auch noch hier auf«, ätzte Silke. »Die Arche gehört uns. Die passt doch gar nicht hierher, diese doofe Miss Superperfect.« Sie spie die letzten Worte regelrecht aus. »Geht es denn?«, fragte sie und sah Marie mitfühlend an.

Marie nickte und wischte sich eine Träne aus dem Augenwinkel.

»Muss ja«, erwiderte sie. »Mein Fahrrad haben sie auch geklaut.«

»Ach du je«, erwiderte Silke, und ihr Blick fiel auf den leeren Fahrradständer. »So ein Mist aber auch. Hat es einen Tracker?«

»Tracker? Ich war froh, dass es fuhr«, entgegnete Marie und zog die Nase hoch.

»Na, dann ist es ja nicht schlimm, dass es weg ist«, erwiderte Silke und fügte pragmatisch hinzu: »Du kannst gern fürs Erste mein Rad haben. Ich fahr sowieso nie damit.«

»Das ist lieb von dir«, antwortete Marie und zwang sich zu einem Lächeln.

»Magst du noch mit zu mir kommen?«, fragte Silke. »Kannst auch bei mir pennen. Ich hab Rotwein und Chips, wenn wir Glück haben, ist auch noch Schoki da. Besser als in deinem alten Kinderzimmer ist es bei mir allemal.«

»Ja, das stimmt wohl«, antwortete Marie und nahm Silkes Angebot an.

3. Kapitel

Marie stand in Silkes Küche am Fenster und bestaunte das morgendliche Wunder. Es schneite, dicke weiße Flocken wirbelten vom Himmel. Sogar die Dächer und Gehwege wurden allmählich weiß.

»Wenn das so weiterschneit, dann können wir mit den Kindern heute im Garten vielleicht einen Schneemann bauen«, meinte Marie. »Hoffentlich denkt unsere Küchenfee an Karotten für die Nasen.«

»Diese elende Kaffeemaschine«, fluchte Silke hinter ihr. »Was hat sie denn jetzt schon wieder? Ich sag dir was: Kauf niemals Elektrogeräte am *Black Friday*, da drehen sie dir nur den kaputten Schrott an. Zweimal hab ich das Ding schon eingeschickt, und jetzt läuft sie wieder nicht.« Sie betätigte mit Nachdruck einen der Knöpfe, doch der Kaffeevollautomat tat keinen Mucks, es blinkte bloß ein rotes Lämpchen. »Jetzt funktionier endlich, du dummer Kasten.« Sie drückte so fest, dass die Maschine ein Stück nach hinten rutschte und dadurch kurz davor war, von der Küchenarbeitsplatte zu fallen.

Silkes Küche war in den Wohnraum integriert und sah aus wie aus einem *Schöner-Wohnen*-Prospekt, nur war sie etwas unordentlicher. Silkes gesamte Zweizimmerwohnung war unaufgeräumt. Aktuell noch mehr als sonst, denn das hellgraue Sofa war ausgeklappt, und Maries Bettzeug lag darauf. Auf dem Wohnzimmertisch standen leere Flaschen und schmutzige Teller, daneben lagen Chipstüten. Sie hatten den verregneten Sonntag mit Ausschlafen und einem Serienmarathon verbracht. Beide trugen ihre plüschigen, rosafarbenen und einteiligen Schlafoveralls, die sie sich ein Jahr zuvor aus einer Laune heraus bei einem Internetshop bestellt hatten und die so gemütlich waren, dass man sie am liebsten niemals wieder ausziehen wollte.

»Pass doch auf«, kommentierte Marie das Geschehen und schob die Maschine wieder zurück. »Sie runterzuwerfen, macht es nicht besser.«

»Wenn es doch wahr ist«, grummelte Silke. »Aber ich hab noch Garantie. Dieses Mal lass ich mich von der dummen Ziege an der Service-Hotline nicht abwimmeln. Jetzt will ich endgültig ein Ersatzgerät.« Sie gab der Maschine einen abschließenden Klaps auf den Deckel und rollte die Augen. »Und ich hätte jetzt so gern einen anständigen Espresso gehabt«, maulte Marie. »Wie soll ich es denn ohne die passende Dosis Koffein durch den Tag schaffen? Die Kids sind gerade echt anstrengend.«

»Das sind unsere Schüler auch«, antwortete Silke, begann, die Schranktüren zu öffnen, und murmelte etwas von einem Rest Anrührkaffee.

Silke arbeitete bei der Schulsozialarbeit einer Gesamtschule und erzählte Marie regelmäßig gruselige Dinge aus ihrem Alltag, die Marie selbstverständlich streng vertraulich behandelte. Besonders Mobbing war ein Thema. Als sie jung gewesen waren, hatte man wenigstens zu Hause als Opfer solcher Misshandlungen seine Ruhe gehabt, doch durch die digitale Welt hatte sich die Thematik bis in die Kinderzimmer geschlichen, was die Sache verschlimmerte. In dieser Hinsicht war der Kindergarten wie eine kleine Insel der Glückseligkeit, wenn man mal von den WhatsApp-Elterngruppen absah, in denen regelmäßig von irgendwelchen Helikoptermüttern die Kompetenz der Erzieher infrage gestellt wurde.

In diesem Moment fiel Marie eine Veränderung an dem Luxuskaffeevollautomaten auf.

»Das rote Licht deiner Maschine blinkt jetzt gar nicht mehr«, merkte sie an. »Jetzt leuchtet eine Lampe grün. Was bedeutet das?«

Silke, die gerade damit begonnen hatte, den Küchenschrank auszuräumen, ließ von dieser Tätigkeit ab und sah die Maschine mit großen Augen an.

»Stimmt. Das ist gut. Ich meine, dann funktioniert sie vielleicht ja doch. Das müssen wir sofort testen.«

Sie kramte eine Espressotasse hervor und drückte auf einen der zahlreichen Knöpfe. Keine Minute später lief herrlich duftender Espresso aus der Maschine.

»Es funktioniert«, freute sich Silke: »Ich sollte dem Ding öfter sein Ende androhen.« Sie grinste und fragte: »Milchkaffee, wie immer?«

Marie stimmte zu, und Silke holte einen Kaffeebecher mit Shaun dem Schaf darauf aus dem Schrank und stellte das Radio an. Es lief die übliche *Morning Show* mit Anja Rossler und Tommi Klemmer. Die beiden kündigten gerade voller Freude ihre diesjährige große Weihnachtsaktion an, die es tatsächlich in sich hatte.

»Fliegt mit uns zum Christmas Shopping nach New York«, plärrte Anja aus dem Lautsprecher. »Das wird der Wahnsinn!«

»Richtig. Fünf Tage New York City, mit allen Highlights«, redete Tommi Klemmer weiter. »Wir laufen Schlittschuh im Central Park, besuchen das Empire State Building und die Freiheitsstatue. Das wird die Reise eures Lebens!«

»Na, das nenne ich mal ein Gewinnspiel«, kommentierte Silke den Beitrag. »New York! Davon haben wir doch schon immer geträumt. Einmal wie Carrie Bradshaw durch die Stadt laufen und nach einem Taxi winken, bei Macy's shoppen gehen und auf dem Empire State Building genau an der Stelle stehen, wo sich damals Meg Ryan und Tom Hanks gefunden haben. Das wäre schon was. Was meinst du? Wir könnten uns anmelden.«

»Ja, das wäre großartig«, antwortete Marie, der aufgefallen war, dass der Kaffeevollautomat erneut rot blinkte. Mehr als einen Espresso schien ihnen der Kasten nicht zuzugestehen. »Wobei man bei so einem Gewinnspiel ohnehin nie Glück hat. Da meldet sich doch ganz

Hessen an. Außerdem werde ich so kurzfristig keinen Urlaub bekommen. Ich muss mich immer an die Schließzeiten des Kindergartens halten.«

»Ach, komm schon. Wenn du diese Reise im Radio gewinnst, dann bekommst du bestimmt frei. Einen solchen Gewinn kann dir Judith gar nicht versauen.«

»Hm«, gab Marie zur Antwort und bemerkte erfreut, dass die Kontrollleuchte der Kaffeemaschine wieder grün leuchtete.

»Das deute ich als ein Ja«, meinte Silke und griff nach ihrem Handy. »Am besten melden wir uns beide an. Das erhöht die Gewinnchancen. Du hast doch einen gültigen Reisepass, oder?« Sie sah Marie nicht an, sondern öffnete die App des Radiosenders, dort konnte man sich anmelden.

»Natürlich«, antwortete Marie und begann, sich nach ihrem Handy umzusehen. Gestern hatte es auf dem Sofatisch gelegen, da war es nicht. Während Silke bereits fröhlich ihren Namen in das Bewerberfeld eintrug, suchte sie weiter und fand das Handy schließlich in einer Sofaritze. Auch sie besaß die App des Radiosenders und meldete sich dort an – obwohl sie das ganze Unterfangen noch immer für aussichtslos hielt. Sie musste sogar einen Grund angeben, weshalb sie unbedingt nach New York wollte. Zuerst tippte sie eine Allerweltsbegründung ein, löschte sie dann jedoch wieder. Dinge wie: Ich wollte da schon immer mal hin. Oder: New York zur Weihnachtszeit wäre mein Traum. Das schrieb bestimmt jeder. Spontan entschied sie sich dazu, etwas

Persönlicheres zu schreiben. »Damit ich meinen dummen Ex vergesse«, tippte sie und überlegte kurz, es wieder zu löschen, entschied sich jedoch dagegen. Sie akzeptierte noch die Teilnahmebedingungen, dann drückte sie auf »senden« und verkündete: »Fertig.«

»Ich auch«, erwiderte Silke. »Ach, das wäre so großartig. Wir zwei in New York City. Wenn wir Glück haben, gibt es vielleicht sogar Schnee.« Ihr Blick wurde selig, und Marie musste schmunzeln. Silke hatte es mal wieder geschafft, durch ihre Begeisterungsfähigkeit ihre Stimmung aufzuhellen.

»Und sollten wir nicht gewinnen«, fügte Silke hinzu, »dann machen wir eben eine Frankfurt-Mainhattan-Session für uns ganz allein. Wir fahren auf den Maintower, gehen auf diesen Weihnachtsmarkt auf dem Dach des Parkhauses an der Konstablerwache, der soll toll sein, und Skyline haben wir dort auch. Und wir machen einen *Sex-and-the-City*-Serienmarathon mit ganz vielen Cosmopolitan Cocktails, und wir hören Alicia Keys *New York* bis zum Abwinken.«

»Das klingt nach einem Plan«, antwortete Marie, die in diesem Augenblick fest davon überzeugt war, dass sie sich mit ihrem Ersatzprogramm zufriedengeben müssten.

Am Abend desselben Tages saß Marie mal wieder mit ihren Eltern beim Abendbrot. Ihr Vater hatte Geburtstag, und zu diesem Anlass hatte Monika Hermann sein Lieblingsessen, Königsberger Klopse, gekocht, die

Marie noch nie gemocht hatte. Aktuell beschäftigte sie sich damit, die Kapern aus der ihrer Meinung nach schleimigen Soße zu picken, und lauschte dem Gespräch ihrer Eltern nur mit halbem Ohr. Es ging um die Einladung zu einer Hochzeit, die heute ins Haus getrudelt war. Silvia Gärtner von gegenüber würde im Mai heiraten. Silvia Gärtner, die Perfektion aus der Nachbarschaft. Sie war nur wenige Monate älter als Marie, und ganz früher hatten sie sich ab und an zum gemeinsamen Spielen verabredet. Silvias Zimmer war groß wie ein Tanzsaal gewesen, sie hatte ein Bett mit einer Rutsche gehabt und sämtliche Spielsachen, die sich Marie immer gewünscht und nie bekommen hatte. Gespielt hatte sie damit nur wenig, und kindliche Fantasie war für Silvia ein Fremdwort gewesen. Die Feenbarbie konnte nicht fliegen, der Nikolaus im Kindergarten war der Pfarrer, und das Christkind war auch bloß eine Erfindung der Erwachsenen. Maries Mutter hatte Silvia immer als herrlich vernünftig bezeichnet, Marie nannte sie spießig. Miss Spießig hatte dann auch ein Einserabitur gemacht und studierte inzwischen Medizin, ihr Auserwählter war ein angehender Physiker, angeblich aus reichem Haus, die Eltern besaßen ein großes Anwesen in Bad Homburg in der Nachbarschaft der ALDI-Brüder. Marie konnte nicht mehr zählen, wie oft sie den Satz: »Nimm dir doch mal ein Beispiel an Silvia«, gehört hatte. Und jetzt hatte die dumme Ziege sie auch noch, weshalb auch immer, zu ihrer Hochzeit eingeladen. Schon die Einladungskarte sah sündhaft teuer aus.

»Also, ich weiß nicht recht, ob wir da hingehen sollten«, meinte Jörg Hermann, in seinem Mundwinkel hing etwas Soße. »Da laufen doch nur reiche Leute rum, die ganz Wichtigen aus der besseren Gesellschaft. Außerdem mag ich den Gärtner nicht sonderlich. Wie der immer mit seinem blöden Porsche angibt.« Er verdrehte die Augen.

»Aber das wird das Event des Jahres. Wir können unmöglich absagen«, entgegnete Monika Hermann in einem bestimmt klingenden Tonfall. »Ich werde mir ein neues Kleid kaufen müssen. Aber keines von der Stange, das sollte schon ein Designerteil sein. Du wirst auch etwas Neues brauchen«, wandte sie sich an Marie.

»Ich sehe das wie Paps«, erwiderte Marie. »Wir sollten besser absagen. Ich frage mich, weshalb Silvia mich überhaupt eingeladen hat? Wir haben uns in den letzten zehn Jahren vielleicht zweimal auf der Straße gesehen, und ich glaube, sie hat mich nicht einmal gegrüßt.«

»Höre ich da etwa so etwas wie Neid zwischen den Zeilen?«, fragte ihre Mutter. »Silvia kann weiß Gott nichts dafür, dass dir der Verlobte davongelaufen ist. Vielleicht liegt es auch daran, dass sie etwas mehr auf sich achtet. Ich habe dir so oft gesagt, du solltest mehr Röcke und Kleider tragen und mal etwas mit deinen wuscheligen Haaren machen, und drei, vier Kilo weniger auf den Rippen wären auch nicht schlecht. Vielleicht hat Lukas dich ja deshalb verlassen.«

Marie verzog das Gesicht. Wieso nur tat ihre Mutter

das? Weshalb beleidigte sie das einzige Kind, das sie hatte? Mütter sollten doch auf ihre Töchter stolz sein, ihnen beistehen und für sie da sein, wenn es ihnen nicht gut ging. Oder sah sie das falsch? Silke hatte ihr vor einer Weile eine Einschätzung zu dieser Thematik gegeben. Es gab diese Sorte Mütter, die wollten, dass ihre Kinder so perfekt wurden, wie sie selbst es nie gewesen waren. Die Töchter sollten ihre unerfüllten Träume ausleben. Deshalb steckten sie sie ins Ballett, prügelten sie durch das Gymnasium, zwangen sie zu einem Studium, drillten sie auf Perfektion. Und wenn das Kind nicht so geriet, wie es der Mutter gefiel, dann fiel es in Ungnade. Die Einschätzung war nicht schlecht. Marie wusste, dass ihre Mutter eigentlich Architektin hatte werden wollen, doch das Gymnasium war ihr als Mädchen von ihren Eltern verwehrt worden. Man war damals der Meinung gewesen, dass die Mittelschule reichte. So war sie Sekretärin geworden und hatte ihren Vater kennengelernt. Nach nur wenigen Monaten Beziehung war sie schwanger gewesen, und die Wünsche und Träume des jungen Mädchens fanden in einem spießigen Reihenhaus ihr Ende.

»Monika, bitte, wie redest du denn?«, versuchte Jörg, die Situation zu retten. »Maries Locken sehen doch wunderhübsch aus.«

»Lass gut sein, Paps«, antwortete Marie, die nun endgültig genug von diesem Abendessen hatte. »Ich hab keinen Hunger mehr. Ich geh nach oben.« Sie erhob sich und verließ den Raum.

In ihrem Zimmer angekommen, warf sie sich aufs Bett und kontrollierte ihre Nachrichten. Eine E-Mail des Maklers von der Wohnungsbesichtigung neulich war eingetroffen. Es war eine Absage, was auch sonst. Marie ließ das Handy sinken und starrte auf die Decke über sich. Dort klebten die gelben Plastiksterne, die im Dunkeln leuchteten. Als sie acht Jahre alt gewesen war, hatte sie sie zu Weihnachten bekommen, und ihr Vater hatte sie nach ihren Anweisungen akkurat angebracht. Gemeinsam hatten sie dann auf dem Bett gelegen und ihr Leuchten bewundert. Die Erinnerung daran zauberte ihr ein Lächeln auf die Lippen.

Als hätte ihr Vater gewusst, dass sie gerade an ihn dachte, klopfte es just in diesem Moment an die Tür.

»Marie, kann ich reinkommen?«, fragte er.

Nachdem sie bejaht hatte, trat er ein, und Marie setzte sich auf. Zum ersten Mal seit längerer Zeit betrachtete sie ihren Paps, wie sie ihn liebevoll nannte, näher. Er hatte sich mit den Jahren verändert, sein Haar war ergraut und schütter geworden, sein Bauch runder, auf seiner Nase lag eine altmodische Brille. Er trug braune Cordhosen und ein braun-blau kariertes Hemd, die Klamotten ließen ihn älter aussehen. Sie sollte mal mit ihm shoppen gehen, kam ihr in den Sinn. Früher hatten sie das öfter getan. Hatten einen ganzen Tag gemeinsam im Main-Taunus-Zentrum verbracht, er hatte sie beraten, sie ihn. Warum hatten sie mit diesem Vater-Tochter-Ding aufgehört?

Er setzte sich neben sie aufs Bett und sah sie mit

diesem milden Blick an, den sie schon immer an ihm geliebt hatte.

»Nimm dir ihr Gerede nicht zu Herzen, Liebes«, versuchte er sie zu trösten. »Sie hat es zurzeit nicht leicht, weißt du. In der Arbeit gibt es eine neue Vorgesetzte, die sie ständig traktiert.«

»Ist schon gut«, antwortete Marie. »Du musst dich nicht für sie entschuldigen. Es ist eben, wie es ist. Ich hätte mehr eine Silvia werden sollen.«

»Gott bewahre«, erwiderte er und knuffte sie in die Seite. »Ist schon gut so, wie du bist. Und zu dieser Hochzeit kann sie allein gehen. Keine zehn Pferde werden mich dahin bringen.«

Marie wusste, dass es weniger als zehn Pferde brauchen würde. Am Ende würde er mit ihrer Mutter hingehen, weil er immer nachgab, weil er zu gutmütig war und Streit nicht leiden konnte. Weil er ihre Mutter nach all den Jahren mit all ihren Eigenheiten noch immer liebte und ihr keinen Wunsch abschlagen konnte.

»Wie sieht es denn mit der Wohnungssuche aus?«, fragte ihr Vater nun.

»Nicht so gut«, antwortete Marie. »Frankfurt eben.«

»Ich kann für dich gern noch einmal im Büro rumfragen«, meinte er. »Vielleicht ergibt sich etwas unter der Hand. Ich kann auch eine Suchanzeige in unser Intranet stellen.«

»Das wäre lieb«, antwortete Marie. »Unter der Hand geht vermutlich eher etwas. Zu den offiziellen Besichtigungen kommen einfach zu viele Interessenten.« Sie seufzte, und einen Moment lang herrschte Schweigen. »Was machst du jetzt mit dem angebrochenen Geburtstagsabend?«, fragte Marie irgendwann.

»Du kennst mich und meine Einstellung zu Geburtstagen«, antwortete ihr Vater und zog eine Grimasse. »Ist ein Tag wie jeder andere. Mama räumt die Küche auf, und ich geh mit Lulu noch eine Runde raus. Da hab ich wenigstens meine Ruhe. Magst mitkommen?«

Marie lag bereits die Absage auf der Zunge, doch dann überlegte sie es sich anders. Ein Spaziergang an der frischen Luft würde ihr guttun, also sagte sie zu.

Wenige Minuten später verließ sie mit ihrem Vater das Haus, und während sie an dem abscheulich kitschig beleuchteten Haus der Gerlingers vorüberliefen, hakte sich Marie bei ihrem Vater ein und erzählte ihm, dass sie sich bei einem Radiogewinnspiel angemeldet hatte.

»Die verlosen eine Reise zum Christmas Shopping nach New York. Silke hat sich auch angemeldet. Das erhöht unsere Chancen.«

»Na, dann drücke ich euch mal fest die Daumen«, antwortete er. »New York, du meine Güte. Das ist mir altem Herrn dann doch zu weit entfernt. Und Hochhäuser hab ich in unserem Mainhattan genug. Und bei uns gibt es wenigstens einen anständigen Äppler. So was haben die da drüben bestimmt nicht.«

Seine Aussage brachte Marie zum Schmunzeln.

»Höchstens Cider«, antwortete sie, »aber der ist bestimmt nicht so gut wie unser Frankfurter Apfelwein.«

Sie liefen weiter die Straße hinunter und erreichten bald ihre Lieblingsapfelweinkneipe, in die sie einkehrten. Das Gerede vom Äppler hatte ihren Vater durstig werden lassen.

4. Kapitel

*A*m späten Nachmittag des nächsten Tages befanden sich nur noch zwei Kinder in der Bärengruppe. Es waren die Geschwister Luna und Leonie Gerster, die von ihrer Mutter mal wieder nicht pünktlich abgeholt wurden und sich mit dem Zeichnen von Bildern beschäftigten. Gesine Gerster hatte die Angewohnheit, immer dann unpünktlich zu sein, wenn es am wenigsten passte. Ungeduldig sah Marie auf die Uhr. Wollte sie noch rechtzeitig zu der heute anstehenden Wohnungsbesichtigung kommen, musste sie spätestens in einer Viertelstunde los. Sie hatte die im Nordend gelegene Zweizimmerwohnung erst am Vorabend im Internet entdeckt und kaum ihren Augen getraut. Die Wohnung war klein aber fein, und der Mietpreis war sensationell günstig. Ungeduldig wies Marie die beiden Mädchen an, die Stifte und das Zeichenpapier aufzuräumen.

»Die Mama wird jetzt bestimmt bald da sein«, sagte sie. »Ihr könnt dann schon mal eure Schuhe und Jacken anziehen.«

»Ich hab den Nikolaus 'malt«, sagte die dreijährige Luna und hielt ihr Bild in die Höhe. »Der ist ein Lieber.«

»Ja, das ist er«, antwortete Marie lächelnd. Das Bild des kleinen Blondschopfs passte zu dem heutigen sechsten Dezember und dem damit verbundenen Wochenhighlight – dem Besuch des Nikolaus. Die Rolle des Heiligen übernahm stets Pfarrer Haslinger, ein äußerst kinderlieber Geistlicher, der sich auch in den zahlreichen Jugendgruppen der Kirchengemeinde engagierte.

»Aber das heute war gar nicht der echte Nikolaus«, meinte die sechsjährige und etwas neunmalkluge Leonie, die ihr braunes Haar stets zu zwei Zöpfen geflochten trug. »Das war der Pfarrer Haslinger. Das weiß doch jeder.«

»Nein, das war der Nikolaus«, entgegnete Luna, zog ein Schnütchen und verschränkte die Arme vor der Brust.

»Es war der Pfarrer Haslinger«, beharrte Leonie auf ihrer Meinung.

So ging der Schlagabtausch der beiden ein ganzes Weilchen munter weiter, und Marie brachte es nicht fertig, die niedliche Streitdiskussion der Mädchen zu unterbrechen. Allerdings wusste sie nicht so recht, was sie sagen sollte, da sie der kleinen Luna ihren kindlichen Glauben an den wahren Nikolaus nicht nehmen wollte. Zum Glück erschien in diesem Moment Gesine Gerster. Die brünette Frau mit dem Pagenkopf trug ein Businesskostüm und hohe Pumps, ihr beiger Mantel stand offen, sie sah abgehetzt aus und entschuldigte sich sofort.

»Es tut mir so leid. Mein Chef wollte unbedingt, dass ich bis zum Ende der Besprechung bleibe. Der hat leicht reden. Seine Familie beschäftigt neuerdings ein Au-pair für seine drei Kinder. So etwas können wir uns gar nicht leisten, und Großeltern habe ich auch keine in Reichweite. Aber ich verspreche Besserung.«

Die beiden Mädchen stürzten mit ausgebreiteten Armen auf ihre Mutter zu, und Gesine Gerster fing ihre Töchter auf und begrüßte sie mit Küsschen. Sogleich plapperten die zwei munter drauflos, erzählten vom Nikolaus, der doch eigentlich der Pfarrer Haslinger war, und zeigten stolz ihre mit Schokolade, Mandarinen und Nüssen gefüllten Säckchen.

»Da war der Nikolaus aber lieb«, antwortete Gesine Gerster. »Ich hab übrigens von einer sicheren Quelle erfahren, dass er auch bei uns in der Straße gesichtet worden ist. Wollen wir ganz schnell nachsehen gehen, ob er was gebracht hat? Ihr habt doch extra eure Stiefelchen vor die Tür gestellt.«

Ihre Aussage sorgte dafür, dass sich die Mädchen im Eiltempo anzogen, was Marie enorm erleichterte.

Eine knappe halbe Stunde später erreichte sie ihr Ziel. Sie staunte nicht schlecht, als sie die in der Anzeige angegebene Adresse im Oeder Weg erblickte. Es war bereits dunkel, und der sich im Erdgeschoss des Hauses befindliche Waschsalon strahlte in buntem Lichterglanz. Marie betrachtete das Geschäft staunend. Sie kannte natürlich solche Salons, meist waren sie schlicht und kühl eingerichtet. Doch hier war es anders. *Glücks Waschsalon* stand in geschwungenen Lettern über dem Eingang, und neben dem Schriftzug kletterten Weihnachtsmänner die Hauswand hinauf. Im Schaufenster stand ein aufgeblasener Schneemann neben einem Weihnachtsbaum, den man vor lauter Deko und Lichtern gar nicht mehr sah.

Marie blickte sich um. Sie stand allein auf dem Gehweg. Es irritierte sie, dass sie die einzige Interessentin für die Wohnung zu sein schien. In der Anzeige war ein offener Besichtigungstermin vermerkt gewesen, und ein solches Mietschnäppchen wie dieses hier hätte normalerweise für großen Andrang sorgen müssen. War sie tatsächlich an der richtigen Adresse? Noch ehe sie das überprüfen konnte, öffnete sich die Tür des Salons, und eine grauhaarige Frau in einer altbackenen Kittelschürze, Marie schätzte sie grob auf Mitte siebzig, sprach sie an.

»Guten Tag, meine Liebe«, grüßte die Frau und schenkte ihr ein warmherziges Lächeln. »Kann ich Ihnen irgendwie helfen?«

Marie erwiderte den Gruß zunächst etwas zögernd. So viel Freundlichkeit war sie bei einer solchen Veranstaltung gar nicht gewohnt.

»Ich komme wegen des Besichtigungstermins«, sagte sie. »Ich bin doch hier richtig, wegen der Zweizimmerdachgeschosswohnung, oder? Sind Sie Frau Gerda Glück?«

»Die bin ich«, bestätigte die Frau. »Aber die Besichtigung der Wohnung findet erst morgen statt. Donnerstag, siebzehn Uhr, stand in der Anzeige. Heute ist erst Mittwoch.«

Marie sah die Frau verdutzt an.

»Ach du je«, entfuhr es ihr. »Da hab ich mich wohl im Tag geirrt. Es tut mir schrecklich leid. Dann komme ich selbstverständlich morgen wieder.«

»Also, wenn Sie möchten, dann kann ich Ihnen die Wohnung auch heute schon zeigen«, bot Gerda Glück an. »Möchten Sie vielleicht vorher einen Kaffee? Ich möchte Ihnen nicht zu nahetreten, aber sie sehen etwas mitgenommen aus. Ich hätte auch Schoko-Cookies im Angebot.«

Marie nahm das Angebot sofort an. Wie großartig, sie bekam eine Vorabbesichtigung, und dann war diese Frau Glück auch noch so freundlich.

Keine Minute später saß Marie auf einem Kaffee-hausstuhl neben einem alten Herrn namens Karl an einem der Tische, vor sich hatte sie eine mit Milchkaffee gefüllte Schneemanntasse, daneben einen Teller mit vier riesigen Schoko-Cookies darauf. Im Inneren war der angebliche Waschsalon noch skurriler. Auf sämtlichen Waschmaschinen lagen weihnachtliche Tisch-decken, überall stand Dekoplunder herum, und selbst an der Decke befanden sich Lichterketten. Es war so kitschig, dass es schon wieder schön war. Das Radio lief, gerade wurde, passend zu diesem Weihnachtswun-derland, *Last Christmas* von Wham gespielt. Eine der Waschmaschinen war in Betrieb, Frau Glück hatte sie eben drolligerweise mit dem Namen Elvis angespro-chen. Umgeben von der vielen Weihnachtsdeko, fühlte sich Marie wohl wie lange nicht. Es kam ihr vor, als

wäre sie in eine warme und kuschelige Weihnachts-
decke gehüllt worden.

Gerda gesellte sich zu ihnen und begann, munter die
Mieterhistorie der Dachwohnung von sich zu geben.

»Ich hab ja lange Zeit nur befristet vermietet, gern an
Studenten, da war die Wohnung auch noch kleiner. Jahrelang hat eine liebe Freundin von mir mit ihrem Mann
und ihrer kleinen Tochter oben gewohnt. Aber denen ist
es irgendwann zu eng geworden. Zu ihrem Glück hat
sich eine Erbschaft ergeben, und sie konnten ein Eigen-
heim erwerben. Ein Reihenhaus in Höchst, es musste
einiges renoviert werden, aber das stellte kein Problem
dar. Jetzt haben sie sogar einen Hund, aus dem Tier-
heim, eine ganz liebe Promenadenmischung. Weil wir
gerade bei Tieren sind. Halten Sie Haustiere?«

Marie verneinte.

»Wenn, dann wäre es auch nicht schlimm gewesen«,
antwortete Gerda Glück. »Wir mögen Tiere, außer
Schlangen oder Echsen. Einer der Studenten hatte mal
so ein Vieh. Eine Bartagame namens Bruno. Die ist ihm
mal ausgebüxt, und ich bin ihr im Treppenhaus begegnet.« Sie griff sich theatralisch an die Brust.

Marie liebte Gerda Glück mit jeder Minute, die sie in
diesem Raum verbrachte, mehr.

»Funktionierende Stromleitungen haben wir übrigens
auch, und wir sind jetzt auch an das Fernwärmenetz angeschlossen, der Uwe hat nämlich gemeint, dass das die
beste Lösung sei. Also müssen Sie sich wegen solcher
Dinge keine Gedanken machen. Und der Mustafa von

dem Mobilfunkladen die Straße runter hat dafür gesorgt, dass wir im Haus jetzt Internet haben, also richtig WLAN, weil das braucht man heutzutage. Er war auch so freundlich und hat sich um die Wohnungsanzeige gekümmert. Karl und ich sind mit dem ganzen Onlinekrempel ja nicht so firm. Ach, eh ich es vergesse: Oben gibt es keinen Waschmaschinenanschluss. Gern können Sie die Wäsche hier im Salon waschen. Unser Uwe hat einen Ersatzteilhändler im Internet gefunden und es doch tatsächlich hinbekommen, Marilyn und Rock Hudson wieder zum Laufen zu bringen. Jetzt muss der arme Elvis die ganze Arbeit nicht mehr allein machen. Ist das nicht großartig?«

»Ja, das ist es«, stimmte Marie zu. Wie niedlich. Alle Waschmaschinen hier im Raum schienen Namen zu haben.

»Können Sie stricken?«, erkundigte sich Gerda. »Wenn ja: Wir haben hier mittwochs immer einen Treff mit den Damen der Nachbarschaft. Heute ist er leider ausgefallen, weil ich einen Zahnarzttermin hatte, da hat es sich nicht gelohnt.«

»Ich denke, wir sollten jetzt mit dem Quatschen aufhören und dem jungen Fräulein die Wohnung zeigen«, unterbrach Karl Gerdas Redefluss. »Das junge Fräulein ist bestimmt berufstätig und hat keine Zeit, mit euch Tratschweibern nachmittags im Waschsalon zu sitzen.«

»Dir gebe ich gleich Tratschweiber«, entgegnete Gerda entrüstet, lenkte dann aber ein. »Aber du hast natürlich recht. Als was arbeiten Sie denn?«, fragte sie Marie. Zum ersten Mal, seitdem sie Wohnungen besichtigte, hatte Marie kein schlechtes Gefühl, ihren Beruf zu nennen.

»Ich bin Erzieherin in einer Kita in Sossenheim.«

»Ach, wie nett. Ein sozialer Beruf«, freute sich Karl. »So etwas ist doch immer was Schönes, und es ist ein sicherer Arbeitsplatz. Ich meine, Erzieher werden ja überall händeringend gesucht. Das kommt davon, wenn alle Akademiker werden wollen.«

»Wir sollten wirklich die Wohnung besichtigen«, merkte Gerda an und erhob sich. »Jetzt kommst nämlich du ins Plaudern.«

Marie schmunzelte. Die beiden waren zu niedlich.

Wenige Minuten später stand Marie in der kleinen, aber gut geschnittenen und frisch renovierten Dachgeschosswohnung, die ihr ausgesprochen gut gefiel. Es gab zwar keinen Balkon, dafür eine Wanne im Badezimmer, und eine neuwertig aussehende Einbauküche war ebenfalls vorhanden. Für den günstigen Mietpreis und diese Lage in der Innenstadt war die Wohnung ein Traum, dazu noch die netten Vermieter.

»Also, mir gefällt die Wohnung richtig gut«, sagte Marie. »Ich würde sie gern mieten wollen.«

»Das ist ja wunderbar«, antwortete Gerda. »Dann machen wir das doch. Was meinst du, Karl?« Sie sah ihren Ehemann fragend an.

Marie konnte kaum glauben, was sie da hörte. Geschah heute tatsächlich das lang ersehnte Wunder?

»Ich denke, wir sollten den morgigen Besichtigungstermin noch abwarten«, bremste zu Maries Unmut Karl seine Gattin. »Es ist zeitlich zu knapp, den abzusagen. Ich meine, nur weil das Fräulein sich im Termin geirrt und einen Tag früher gekommen ist, wäre es nicht richtig, ihr gleich eine feste Zusage zu geben.«

Marie hoffte darauf, dass Gerda ihm widersprechen würde. Doch das tat sie bedauerlicherweise nicht.

»Wenn du meinst. Dann müssen Sie sich also noch gedulden, meine Liebe. Ich notiere mir aber schon mal Ihre Adresse und Ihre Telefonnummer. Kommen Sie mit runter. Im Waschsalon habe ich etwas zu schreiben.«

Es ging zurück in den Salon, wo sich Gerda auf die Suche nach einem Notizblock und einem Stift machte. Im Radio lief just in diesem Moment die Auslosung zu dem New-York-Gewinnspiel, und Marie wurde hellhörig.

»Na, dann wollen wir mal sehen, wer heute unser Gewinner ist«, hörte sie Tommi Klemmer sagen. Es folgte das Freizeichen eines Telefons, und Tommi Klemmer stellte die eine große Frage: »Hallo, ist dort Silke? Willst du mit uns nach New York fliegen?«

Marie konnte es nicht fassen. Es war überhaupt nicht zu glauben. Das war tatsächlich Silke, die da ans Telefon ging. Sie hatten bei ihr angerufen, um sie als Gewinnerin der Reise zu benachrichtigen. Wie gebannt starrte Marie das Radio an.

»Ja, ich will mit nach New York«, erklang Silkes Stimme, und dann begann sie, lautstark zu kreischen.

5. Kapitel

Und du willst das tatsächlich machen?«, fragte ihre Mutter Marie zum gefühlt fünfzigsten Mal, nachdem sie mit ihrem gepackten Koffer die Treppe heruntergekommen war. »New York soll doch schrecklich gefährlich sein. Da gibt es andauernd Schießereien und Überfälle. Die Amerikaner haben alle Waffen im Schrank stehen, weil deren Regierung zu blöd ist, das anständig zu regulieren. Da wird ständig geschossen.«

»So schlimm ist es jetzt auch wieder nicht«, beschwichtigte Marie.

»Doch, das ist es«, blieb ihre Mutter stur. »Ich guck immer *CSI New York,* und deshalb kenn ich mich gut aus. Ich hab bei der Sache ein ungutes Gefühl.«

Marie kam nicht umhin, gerührt zu sein. Ihre Mutter machte sich tatsächlich Sorgen um ihre Tochter. Das hätte sie ihr gar nicht zugetraut.

»Ich werde bestimmt in einem Stück nach Hause kommen«, versuchte sie erneut, sie zu beruhigen. »Das verspreche ich dir. Ich bin ja mit einer ganzen Radioreisegruppe dort, und in Manhattan ist das mit der Kriminalität nicht so schlimm, da laufen gerade jetzt in der Weihnachtszeit total viele Touristen rum. Und von den gefährlichen Stadtvierteln halte ich mich fern. Fest versprochen! Ich bring euch auch was mit.«

Die Miene ihrer Mutter blieb skeptisch. Allerdings schienen ihr die Gegenargumente auszugehen.

»Das musst du nicht, Kind«, erwiderte sie. »Nicht, dass du noch für Übergepäck bezahlen musst. Hast du dich erkundigt, ob der Radiosender solche Zusatzkosten übernimmt?«

Maries Vater kam aus der Küche und sorgte dafür, dass Marie ihrer Mutter die Antwort auf diese Frage schuldig bleiben konnte. Wie es sich mit dem Übergepäck verhielt, wusste sie nämlich nicht. Sie konnte ja am Flughafen nachfragen. Obwohl sie sowieso keine größeren Shoppingtouren plante. Sie musste ihr Geld im Hinblick auf ihren baldigen Umzug zusammenhalten. Sollte es jemals eine neue Wohnung geben, fügte sie in Gedanken hinzu. Aber vielleicht geschah ja ein Wunder, und es meldete sich während ihrer Reise einer der zahlreichen Vermieter mit einer positiven Nachricht. Am liebsten wäre ihr die Wohnung bei den Glücks, aber bedauerlicherweise hatte sie von dem alten Ehepaar bisher noch nichts gehört, obwohl der Besichtigungstermin nun schon acht Tage zurücklag.

»Sind wir dann startklar?«, fragte ihr Vater. »Wir sollten wegen des Berufsverkehrs besser etwas früher losfahren. Wo bleibt denn Silke? Sie sollte längst hier sein. Pünktlichkeit war noch nie ihre Stärke«, grummelte er. »Ich bring schon mal den Koffer ins Auto.« Er griff zu seinem dunkelblauen Parka, zog ihn über und öffnete die Haustür.

Frankfurt zeigte sich an diesem Wintermorgen von seiner üblichen Seite. Es war grau und nieselte. Marie hatte auf ihrem Handy das Wetter in New York für die nächsten Tage gecheckt. Dort war es heute noch mild, doch bereits morgen sollte es kühler werden, es war sogar etwas Schnee gemeldet. Somit waren der von Oma Gertrud gestrickte Schal, eine warme Mütze und zwei Paar Handschuhe mit in den Koffer gewandert.

»Und ich soll wirklich nicht mit zum Flughafen kommen?«, fragte Monika ihre Tochter. »Ich kann den Termin bei Doktor Harling doch verschieben. So schlimm fühlt sich mein Rücken gar nicht mehr an.«

»Wir wissen beide, dass du dann zwei Monate auf einen neuen Termin warten musst«, gab Marie zu bedenken. »Und deinem Rücken geht es überhaupt nicht besser. Erst gestern Abend hast du gejammert. Paps wirft uns sowieso nur am Eingang raus und geht nicht mit rein, und er fährt uns auch nur wegen des Streiks der Öffis.«

»Wenn du meinst«, antwortete ihre Mutter. »Immer diese Streikerei, und das auch noch in der Weihnachtszeit.« Sie winkte ab. Silke tauchte auf, was Marie erleichterte. Sie schleifte einen riesengroßen pinken Reisekoffer hinter sich her und blieb vollkommen außer Atem vor dem geöffneten Gartentor stehen.

»Guten Morgen, zusammen. Da wäre ich. Sorry, wegen der Verspätung. Ich hab ganz vergessen, dass die Öffis streiken. Ich wusste gar nicht mehr, wie weit eine Station mit der Straßenbahn zu Fuß sein kann. Und dann hab ich auch noch meinen Reisepass vergessen und musste nach der halben Strecke wieder zurücklaufen. Aber jetzt hab ich alles.«

Monika begrüßte Silke, und Jörg nahm ihr sogleich den Koffer ab. »Dann wollen wir mal los, Kinder. Wegen des Streiks ist auf der Straße bestimmt viel Betrieb.«

Marie verabschiedete sich von ihrer Mutter mit einer Umarmung und versprach, sich zu melden. Wie sie das anstellen sollte, wusste sie allerdings noch nicht so recht. Vermutlich würde sie einen teuren Anruf auf dem Festnetz tätigen müssen. Bedauerlicherweise weigerten sich ihre Eltern noch immer, ein Smartphone zu verwenden. Sie besaßen beide irgendwelche Uralthandys, die sie in einer Schublade im Wohnzimmer aufbewahrten und deren Verträge längst abgelaufen waren.

Auch Silkes Koffer wurde in den alten VW-Kombi ihres Vaters geladen, und sie stieg ins Auto. Marie nahm auf dem Beifahrersitz Platz, und während sie sich anschnallte, betätigte ihr Vater den Anlasser. Wie gewohnt dauerte es, bis der Wagen ansprang, was Marie heute etwas nervös machte. Als es beim vierten Versuch funktionierte, atmete sie erleichtert auf. Ihr Vater setzte rückwärts aus der Einfahrt, und sie winkten ihrer Mutter noch einmal zu.

Die Fahrt führte sie am Kindergarten vorbei. Davor

parkten die üblichen SUV, die kleine Merle lief gerade mit ihrer Mutter zur Eingangstür. Marie sah Judith in ihrem Büro am Schreibtisch sitzen. Sie hatte Marie mit großen Augen angesehen, nachdem diese ihr von dem Gewinn erzählt hatte. Auf Silkes Anraten hatte sie etwas geschwindelt und erklärt, dass sie selbst die Reise gewonnen hätte. Zum Glück hörte Judith nie Radio, sondern nur ihre Playlist auf Spotify. Die kleine Notlüge würde ihr die kurzfristige Beurlaubung gewiss erleichtern. Judith hatte trotzdem Stress gemacht, und Marie hatte tatsächlich einen Augenblick lang befürchtet, sie könnte New York vergessen. Doch dann war alles problemlos gelaufen. Ihr Notnagel, Susanne, fand den Gewinn der Reise großartig und versprach sogleich, für Marie einzuspringen. Marie hatte sich fest vorgenommen, Susanne deshalb etwas besonders Hübsches mitzubringen.

Obwohl die öffentlichen Verkehrsmittel bestreikt wurden, erreichten sie problemlos den Flughafen, wo sie von ihrem Vater am Terminal 2 abgesetzt wurden. Rasch luden sie die Koffer aus, und es folgte eine kurze Umarmung zwischen Vater und Tochter. »Versprecht mir, gut auf euch achtzugeben, Mädchen«, mahnte auch Jörg noch einmal.

Beide versicherten, gut aufzupassen, und verabschiedeten sich endgültig. Im Terminal angekommen, blickten sie sich suchend um. Als Treffpunkt war der Check-in-Schalter der Airline genannt worden. Silke hatte die Handynummer von Anja Rossler von der *Morning Show* erhalten, damit sie im Notfall Kontakt halten konnten. Maries Herz schlug nun schneller, ihre Hände zitterten sogar ein wenig. Sie konnte es noch immer kaum glauben. Sie würden tatsächlich nach New York fliegen. In der Weihnachtszeit. Es war wie ein Traum, wie ein Wunder, dass dieses für sie so fürchterliche Jahr noch einen versöhnlichen Abschluss bekommen sollte. Einen verdammt großartigen versöhnlichen Abschluss sogar.

Sie erreichten den Schalter der Airline, mit der sie fliegen würden. Dort stand bereits die Radiogewinnergruppe beisammen. Unter ihnen befand sich auch Anja Rossler, die sie nach Amerika begleiten und von dort live jeden Morgen im Radio berichten würde. Die Moderatorin umgab eine bunt gemischte Truppe. Marie und Silke traten näher und wurden von Anja freudig begrüßt. Sie hatte ihr blondes Haar zu einem Zopf zusammengebunden und versank in einem moosgrünen Parka mit Fellkapuze. Neben ihr stand ein riesengroßer, ramponiert aussehender blauer Hartschalenkoffer mit vielen Aufklebern darauf. Das gute Stück hatte anscheinend schon einige Reiseerfahrungen machen können.

»Prima. Damit sind wir vollzählig«, verkündete Anja nach einem Blick auf ihre Namensliste. »Dann können wir jetzt zum Check-in gehen. Ach, ich freu mich schon so. Diese Reise mit euch allen wird bestimmt großartig.« Sie bedeutete ihnen, ihr zu folgen, und sie reihten sich in die Schlange für die Economy-Reisenden ein. Sämtliche andere Mitreisende waren Pärchen mittleren Alters. Nur ein Paar war in einem ähnlichen Alter wie sie. Zwei junge Männer, Andreas und Quinn, wie sie sich namentlich vorstellten.

»Es ist wie ein Wunder«, sagte Quinn mit strahlenden Augen. »Wir haben einen Tag vor der Gewinnmitteilung geheiratet und konnten uns keine Flitterwochen leisten. Und jetzt fliegen wir nach New York. Mann, das ist alles so aufregend!« Er legte den Arm um seinen Partner. Die beiden erinnerten Marie ein wenig an Dick und Doof. Quinn war klein und gedrungen, Andreas, der auffallend rotes Haar hatte und eine Nerdbrille trug, war groß und schlaksig.

»Ja, das ist es«, antwortete einer der weiteren Mitreisenden. Der dunkelhaarige Mann, Marie schätzte ihn auf Mitte vierzig, stellte sich als Marc Eschholz vor. Seine Frau hieß Sabine und lachte wie eine Ziege. Ihr Haar war wasserstoffblond und strohig, und sie war extrem stark geschminkt. Ein wenig erinnerte ihr äußeres Erscheinungsbild an die Katzenberger.

»Habt ihr auch zusätzliches Gepäck gebucht?«, fragte die Katzenbergerkopie. »Ich muss unbedingt zu Macy's. Meine Freundin hat gesagt, da gibt es eine Etage nur mit Schuhen. Da werde ich vermutlich niemals wieder rauskommen!« Sie lachte laut scheppernd.

»Also, zu den Schuhen zieht es mich nicht«, mischte sich eine weitere Mitreisende, eine pummelige Frau um die fünfzig, in das Gespräch ein. »Aber ich will unbedingt auf das Empire State Building und genau an der Stelle stehen, wo Meg Ryan und Tom Hanks gestanden haben. Hach, das wird so romantisch, nicht wahr, Eduard?« Sie stieß ihren Begleiter in die Seite, und Marie vermutete, dass der Mann in dem abgetragenen Mantel ihr Ehemann war. Eduard hatte ergrautes, schütteres Haar, war ähnlich rundlich wie seine Gattin, und auf seiner Nase ruhte eine altmodische Brille.

»Sicher, mein Schatz. Alles, was du willst. Nur auf die Eislaufbahn gehe ich nicht. Ich fliege nicht nach New York City, um mir den Hals zu brechen.«

»Obwohl das ja auch romantisch ist«, meinte die Frau. »Wie in diesen Filmen, da laufen sie immer Schlittschuh. Aber ich werde wohl doch besser nur zusehen. Ich glaub nicht, dass ich mit den engen Schlittschuhen und dem rutschigen Untergrund gut zurechtkommen würde, auch wenn die Eisbahn im berühmten Central Park liegt. Ich heiße übrigens Barbara. Wir kommen aus Griesheim. Ihr könnt mich gern Babsi nennen.«

»Wir fahren auf jeden Fall!«, meldete sich eine weitere Frau in der Schlange zu Wort. Marie schätzte sie auf Ende vierzig, ihr Haar war rotblond, und sie war sehr klein und zierlich. »Ich hab mein Leben lang davon geträumt, einmal in New York Schlittschuh zu laufen. Ach, das wird herrlich werden. Und mein Michi spielt noch Eishockey bei den Senioren. Wir haben uns sogar in der Eisdisco kennengelernt. Also, hinfallen tun wir bestimmt nicht. Ich bin übrigens die Katrin«, stellte sie sich namentlich vor. »Wir kommen aus Kassel.«

Ihr Michi hörte seiner Frau nicht zu, er unterhielt sich gerade mit Anja Rossler über das für New York gemeldete Wetter. »Es soll Schnee geben«, sagte er. »Solange es nicht zu viel wird! Nicht, dass wir am Ende wegen eines Schneesturms nicht mehr heimkommen. Das kann da ja schon heftig werden. Sieht man ja immer wieder im Fernsehen.«

»Ach, bestimmt nicht«, versuchte die Radiomoderatorin, ihn sogleich zu beruhigen. »Es wird sicher alles gut gehen.«

»Du immer mit deinem Wetterbericht«, rügte Katrin ihn sogleich. »Hör doch endlich mal damit auf.«

Silke sah zu Marie und grinste. Na, da hatten sie ja eine lustige Reisegruppe. Langweilig würde es bestimmt nicht werden.

Bald darauf war der Check-in erledigt, und sie hatten es auch durch die Sicherheitskontrollen geschafft. Nachdem sie sich noch etwas im Duty-Free-Bereich umgesehen hatten, war auch schon Zeit fürs Boarding. Mit klopfendem Herzen betrat Marie das Flugzeug und setzte sich auf ihren Platz am Fenster. Ihr Blick wanderte auf das Rollfeld hinaus. Sie sah drei weitere Maschinen, ein Kofferwagen fuhr vorüber, es regnete nun etwas kräftiger. Als sie das letzte Mal auf ein Rollfeld geblickt hatte, hatte Lukas neben ihr gesessen. Fünf Jahre, viele Reisen, bis nach Singapur waren sie geflogen, er hatte von Neuseeland geträumt. Nach Amerika hatte es ihn nie gezogen. Marie spürte, wie sich in ihrem Inneren der vertraute Schmerz Raum verschaffen wollte. Es gab immer ein erstes Mal ohne ihn. Zum ersten Mal ohne ihn aufzuwachen, ohne ihn zu frühstücken, ohne ihn Geburtstag zu feiern, ohne ihn in ein Konzert oder auf den Weihnachtsmarkt oder einfach nur am Mainufer spazieren zu gehen. Tausend kleine Dinge ohne ihn. Nun kam zum ersten Mal ohne ihn mit einem Flugzeug zu fliegen hinzu. In ihrem Hals bildete sich ein Kloß, und in ihre Augen stiegen Tränen. Sie wischte sie fort und schluckte. Sie musste endlich damit aufhören, ihm nachzutrauern.

»Also das Entertainmentprogramm verspricht, gut zu werden«, sagte Silke neben ihr. Sie beschäftigte sich damit, den Bildschirm zu erkunden, der an der Rückseite der Stuhllehne des Vordersitzes angebracht war. »Es gibt eine riesige Filmauswahl, Musik und sogar Spiele. Angeblich gibt es auch WLAN. Na, mal sehen, wie das funktioniert. Wollen wir *Sex and the City* gucken? Das stimmt uns perfekt auf die Stadt ein. Was meinst du? Ich hoffe, das Ding funktioniert mit meinen Bluetooth-Kopfhörern.«

Marie wollte Antwort geben, wurde aber durch die Stimme des Kapitäns unterbrochen, die jetzt durch die Lautsprecher schallte. Er verkündete, dass alles nach Plan liefe und sie in wenigen Minuten auf die Startbahn rollen würden. Zwei Stewardessen kamen mit einem Rollwagen und verteilten Kopfhörer, Schlafmasken und Ohrstöpsel.

»Na, das nenne ich mal Service«, lobte Silke und packte die Kopfhörer sogleich aus.

Im nächsten Moment begann das Flugzeug, langsam zu rollen. Auf der Startbahn angekommen, hielten sie noch einmal kurz an, dann setzte es sich erneut in Bewegung, und Marie spürte die Schubkraft der Turbinen. Sie beobachtete, wie das Flugzeug abhob und die Häuser unter ihr immer kleiner wurden. Das Abenteuer New York, die Reise ihres Lebens, wie sie es im Radio so schön gesagt hatten, begann.

6. Kapitel

Also ich habe mir unser Hotel schon etwas glamouröser vorgestellt. Das ist ja ein total alter Schuppen. Da hätte sich der Sender wirklich besser ins Zeug legen können. Welcher Idiot hat das denn gebucht?«, ätzte Silke und trat ans Fenster. »Und dann liegt unser Zimmer überhaupt nicht hoch genug, sondern im vierten Stock mit Blick auf einen langweiligen und runtergekommen aussehenden Hinterhof. Und irgendwas brummt hier so komisch? Hörst du das auch?« Sie sah zu Marie, die sich gerade damit beschäftigte, ihren Koffer neben den kleinen Schreibtisch zu rollen, über dem ein überdimensionaler Fernseher hing.

»Also mir gefällt das Hotel«, erwiderte Marie, die ein Faible für alte Gebäude hatte und sich auf den ersten Blick in das mondäne, direkt am Broadway gelegene Stadthaus verliebt hatte. Es erinnerte ein wenig an alte Filme aus New York, und die guckte Marie gerne. »Ich hab es mir vor unserer Abreise schon im Internet angesehen. Es ist eines der ältesten Luxushotels in Manhattan und hat bereits 1903 eröffnet. Hier hat sogar schon der Schriftsteller Mark Twain übernachtet.«

»Hm«, gab Silke zur Antwort. Mit Historie hatte sie noch nie viel anfangen können, und Marie zweifelte in diesem Moment sogar daran, dass Silke, die mit Büchern und Literatur so gar nichts am Hut hatte, Mark Twain kannte. Marie wechselte das Thema und merkte an, dass es im Zimmer keinen Kleiderschrank gebe, nur drei Kleiderhaken, an einem von ihnen hing in einem Beutel der Haartrockner.

Silke begann, das Fenster näher in Augenschein zu nehmen und versuchte, es zu öffnen, was sich nicht so leicht gestaltete. »Es muss doch möglich sein, das Fenster aufzubekommen«, murmelte sie und zerrte am Rahmen. »Irgendwo muss das komische Brummen doch herkommen.« Es gelang ihr nach einigen erfolglosen Versuchen tatsächlich, das Fenster ein Stück nach oben zu schieben. Sofort wurde das brummende Geräusch lauter. Silke lehnte sich aus dem Fenster und verkündete: »Ich habe den Übeltäter ausfindig gemacht. Da unten ist eine Lüftung.« Sie schloss das Fenster wieder. »Also mich nervt das. Wir sollten um ein anderes Zimmer bitten. Schlafen könnte aufgrund des Jetlags sowieso schon schwierig werden, da kann ich nicht auch noch eine brummende Lüftung gebrauchen. Außerdem finde ich den vierten Stock blöd. Ich dachte, wir sind höher untergebracht. Im Fernsehen haben die immer alle so einen tollen Blick über die Stadt, wenigstens den könnte es geben, wenn wir schon in so einer alten Bude sitzen müssen. Da sind wir endlich in New York, und dann gucken wir auf einen dämlichen Hinterhof. Das kann doch nicht sein.«

In diesem Punkt musste Marie ihr recht geben, und die beiden beschlossen, sich an der Rezeption nach einem anderen Zimmer zu erkundigen. Es ging mit dem Fahrstuhl nach unten, der, so vermutete es jedenfalls Silke, ebenfalls aus dem Jahr 1903 stammte, denn er bewegte sich recht behäbig. An der Rezeption folgte die Ernüchterung. Sämtliche Zimmer waren belegt, nur eine der Luxussuiten war noch frei, aber den hohen Preis dafür würde der Radiosender bestimmt nicht übernehmen.

»Dann lernen wir eben mit der Lüftung und der blöden Aussicht zu leben«, ergab sich Silke in ihr Schicksal. »Zum Glück hab ich noch die Ohrstöpsel aus dem Flieger. Damit wird das Schlafen schon gehen. Wir sollten jetzt zusehen, dass wir uns fertig machen.« Sie blickte auf ihre Handyuhr. »Es steht schon gleich der erste Programmpunkt an. Es geht auf die Aussichtsplattform *The Edge,* von der ich noch nie zuvor gehört habe. Mir wäre für den Anfang das Empire State Building lieber gewesen, aber was soll's. Da fahren wir ja auch noch hoch.«

»Stimmt, es steht bereits die erste Unternehmung an«, antwortete Marie und streckte sich gähnend. »Obwohl ich jetzt gern ein Nickerchen halten würde. Zu Hause haben wir bereits Mitternacht, und ich würde längst schlafen.«

»Also ich bin glockenwach«, erwiderte Silke. »Stell

dich nicht so an. Da draußen wartet New York. Nickerchen kannst du machen, wenn wir wieder daheim sind.«

Die beiden trollten sich zurück zu dem museumsreifen Aufzug, und in ihrem Zimmer angekommen, mummelten sie sich dick ein, denn es wehte ein schneidend kalter Wind, und keine von ihnen wollte auf einem Wolkenkratzer erfrieren.

Bald darauf war die Reisegruppe vollzählig und verließ fröhlich plappernd das Hotel. Die Strecke zur ersten Sehenswürdigkeit legten sie mit der U-Bahn zurück. Für sämtliche Mitglieder der Reisegruppe waren Wochenkarten angeschafft worden, das erleichterte den organisatorischen Ablauf. Für Marie stellte bereits das Betreten der amerikanischen U-Bahn-Station ein Ereignis dar. Die silbernen Waggons kannte sie aus dem Fernsehen, die Bahnen fuhren nach Brooklyn oder zu anderen Orten, von denen sie bereits so oft gehört und die sie in unzähligen Filmen im Fernsehen gesehen hatte. Es war verrückt, sie stand zum ersten Mal auf einem dieser Bahnsteige, und trotzdem fühlte es sich vertraut an. In der U-Bahn waren die Bänke, anders als in Deutschland, seitlich angebracht. Marie saß neben Quinn, der in einem süßlich stinkenden Rasierwasser gebadet zu haben schien. Er hielt einen aufgeschlagenen Reiseführer in Händen und las laut die Informationen über die Aussichtsplattform vor: »Das höchste Gebäude ist das 30 Hudson Yard. Hier können Besucher seit dem elften März 2020 auf die im einhundertsten Stockwerk gelegene und dreihundertdreißig Meter hoch gelegene Aussichtsterrasse treten.«

Marie hörte ihm nur mit einem Ohr zu. Sie betrachtete eine ihnen gegenübersitzende und schlafende Frau mittleren Alters, die eine Art Uniform trug, darüber eine dunkelblaue Daunenjacke, ihre Füße steckten in weißen Sneakern. Auf ihrem Schoß lag eine abgewetzte Handtasche, die sie mit der rechten Hand festhielt. Marie nahm an, dass sie von der Arbeit nach Hause fuhr. Bestimmt hatte sie einen anstrengenden Tag hinter sich. Was sie wohl über die vielen Touristen dachte? Die Bahn hielt an einer Station, und ein Mann mit braunem Teint in einer roten Weste und mit einem Zylinder auf dem Kopf betrat das Abteil und begann, nachdem sich die Türen geschlossen hatten, Zaubertricks vorzuführen. Interessiert sahen sie ihm dabei zu, wie er bunte Stoffbälle verschwinden ließ und ein Kunststück mit einem Stück Seil vorführte.

»Der ist richtig gut«, meinte Silke, die ihr Handy auf den Zauberer gerichtet hatte. Marie ahnte, dass der Mann in wenigen Minuten auf Instagram zu sehen sein würde. Silke liebte alles, was mit Social Media zu tun hatte und hatte sich auf ihrem Kanal mit ihren vielen Posts bereits eine recht ansehnliche Fangemeinschaft erarbeitet, mit der sie regelmäßig bei Marie angab. Neuerdings machte sie auch TikTok unsicher, dort würde der Zauberer bestimmt ebenfalls landen und mit der aktuell im Trend liegenden Hintergrundmusik vermutlich reichlich Aufmerksamkeit bekommen. Marie hatte mit all den Internetplattformen noch nie viel anfangen können. Sie besaß zwar einen Instagram-Account, nutzte ihn jedoch eher selten und hatte, wie es sich für eine beleidigte Ex gehörte, Lukas selbstverständlich blockiert und die gemeinsamen Bilder gelöscht.

Zwei Stationen weiter hatten sie ihr Ziel erreicht und verließen die U-Bahn. Als sie an die Oberfläche kamen, blickte sich Marie staunend um. Sie betraten einen weitläufigen Platz, der direkt vor dem Wolkenkratzer lag, auf dem sich die Aussichtsplattform befand. Hier stand ein wunderschön mit warmweißen Lichtern beleuchteter Heißluftballon, umgeben von unzähligen Laubbäumen, die ebenfalls funkelnde Lichterkleider erhalten hatten. Die sich noch an den Bäumen befindlichen gelben Blätter passten perfekt zu dem warmweißen Funkeln, die Szenerie war märchenhaft schön.

»Ist das zauberhaft und gar nicht kitschig«, sagte Sabine, die hinter Marie und Silke nach draußen trat. »Und ich dachte immer, die Amerikaner mögen es nur bunt.« Sie zückte sogleich ihr Handy und begann, Bilder zu machen.

Lange ließ ihnen Anja Rossler jedoch nicht Zeit zum Fotografieren der weihnachtlichen Pracht, denn sie hatten für die Plattform ein festes Zeitfenster gebucht. So war das bei den meisten Sehenswürdigkeiten, die auf ihrem Reiseplan standen. In den nächsten Tagen mussten sie ständig zu irgendwelchen Uhrzeiten irgendwo sein. Marie verabscheute es eigentlich, während des Urlaubs unter Termindruck zu stehen, sie ließ sich gern treiben. Aber für diese großartige Stadt machte sie selbstverständlich eine Ausnahme.

Zur Aussichtsplattform gelangte man durch ein großes, im weihnachtlichen Lichterglanz strahlendes Einkaufscenter.

»Das hier erinnert mich etwas an unser Nordwestzentrum«, merkte der nerdige Andreas an, während sie die Rolltreppe nach oben fuhren. »Die Deko dort steht dem hier in nichts nach. Sogar Starbucks gibt es bei uns, und die Rabattschilder sehen auch nicht wirklich anders aus.«

Sie erreichten den im vierten Obergeschoss gelegenen Eingang zur Aussichtsplattform. Zum Glück herrschte nur wenig Betrieb, und sie mussten nur wenige Minuten auf den Aufzug warten, der sie in den einhundertsten Stock befördern würde. Als sie diesen betraten, wurde es Marie dann doch etwas mulmig zumute. Vor einigen Jahren hatte sie einen Film gesehen, in dem so ein Aufzug in New York ungebremst in die Tiefe gesaust war. Wie der Film hieß, wusste sie nicht mehr, aber die Szene war abscheulich gewesen. Sie atmete tief durch, um sich zu beruhigen. Solch ein Unglück würde heute bestimmt nicht passieren. Das Hochhaus war erst vor wenigen Jahren errichtet worden, und der Aufzug wurde bestimmt ständig auf Sicherheitsmängel überprüft. Darauf hoffte sie jedenfalls.

Die Fahrt nach oben ging schnell, noch ehe Marie sich weitere Gruselgeschichten ausdenken konnte, öffneten sich die Fahrstuhltüren, und sämtliche Personen entflohen dankbar der bedrückenden Enge. Draußen wurden Maries Augen groß. New York City mit all seinen Lichtern und Wolkenkratzern lag ihnen zu Füßen, ihr Blick fiel direkt auf das weltberühmte Empire State Building.

»Sieh dir das an!«, rief Silke neben ihr mit vor Begeisterung strahlenden Augen. »Das ist ja der Wahnsinn. Es sieht aus wie im Film.« Sie ging weiter nach vorn, und Marie folgte ihr. Direkt vor der Glasscheibe, die zum Glück den schneidend kalten Wind abhielt, blieben sie stehen und betrachteten den unfassbaren Ausblick, der für Marie etwas Surreales an sich hatte. Noch vor Kurzem hatte sie angenommen, niemals in ihrem Leben in diese Stadt zu reisen, und nun stand sie auf einer Aussichtsplattform und betrachtete eines der berühmtesten Gebäude der Welt. Und schon bald würden sie auch dort oben stehen, denn der Besuch des Empire State Building stand selbstverständlich ebenfalls auf ihrer Ausflugsliste.

Silke zückte ihr Handy und begann, Fotos zu machen.

»Das bringt bestimmt viele Aufrufe auf TikTok«, meinte sie. »Und die beleuchtete Brooklyn Bridge, wie schön. Du musst Fotos machen, Marie, und auf Insta posten. Dann bekommst du vielleicht auch endlich mal ein paar Follower.«

Marie erwiderte nichts, holte auch ihr Handy nicht hervor. Ihr Blick haftete noch immer am Empire State Building. Es war heute grün beleuchtet, was das zu bedeuten hatte, wusste sie nicht. Am Valentinstag würde es bestimmt wieder ein großes rotes Herz erhalten. Valentinstag, der Tag für Verliebte. Wehmut breitete sich in ihrem Inneren aus, und sie hasste sich dafür. Eigentlich hätte sie jetzt glücklich sein sollen, stattdessen kämpfte sie mit den Tränen. Lukas hatte sich erneut in ihre Gedanken geschlichen. Mit ihm hätte sie jetzt hier stehen sollen und nicht mit Silke und einer Reisegruppe. Mit dem Mann ihres Lebens, ihrem Verlobten, dem Menschen, mit dem sie eine Familie hatte gründen wollen. Dieser elende Betrüger! Nun kullerten tatsächlich erste Tränen über ihre Wangen, und das Empire State Building begann, vor ihren Augen zu verschwimmen. Silke trat neben sie. Die Tatsache, dass Marie weinte, fiel ihr nicht auf, so euphorisch war sie.

»Schau mal, Marie«, sagte sie und deutete auf eine nicht weit von ihnen gelegene Stelle der Plattform, an der sich einige Besucher damit beschäftigten, Fotos zu machen. »Da befindet sich bestimmt dieser berühmte Glasboden. Das müssen wir uns genauer ansehen.«

»Geh schon mal vor«, antwortete Marie. »Ich komme gleich nach. Ich will nur noch rasch ein Bild vom Empire State Building und vom Fluss machen.«

Silke ging zu den anderen, und Marie war erleichtert, dass ihrer Freundin nichts aufgefallen war. Sie wollte Silke mit ihrem Anflug von Traurigkeit nicht den Moment verderben. Sie machte keine Bilder vom Empire State Building, sondern blieb an ihrem Platz stehen und beobachtete die Geschehnisse am Glasboden wie eine Außenstehende. Silke bekam von Barbara ihr Handy in die Hand gedrückt, und die pummelige Frau rutschte vorsichtig auf den gläsernen Untergrund. Sie breitete lachend die Arme aus und quietschte nun vor Freude.

Die gesamte Reisegruppe hatte sich vor dem Glasboden versammelt, um den Blick in den Abgrund zu wagen und Fotos zu machen. Wer mutig genug war, setzte sich auf den durchsichtigen Untergrund. Auch Anja scheute diesen nicht. Sie legte sich sogar auf die Glasfläche und grinste breit, Höhenangst schien ein Fremdwort für sie zu sein. Der dickliche Quinn machte Fotos von ihr, die bestimmt bald auf der Webseite des Radiosenders zu sehen sein würden.

Marie schauderte bei dem Gedanken daran, sich dem durchsichtigen Untergrund zu nähern. Ihr wurde bereits in geringeren Höhen schwindelig. Silke setzte sich nun auf die Platte, und Sabine begann, Bilder von ihr zu machen. Alle lachten und alberten herum. Maries Empfinden, nicht zur Gruppe zu gehören, verstärkte sich, sie fühlte diese elende Leere in ihrem Inneren. Nicht einmal New York City schaffte es, sie zu vertreiben. Am Ende verstärkte die Stadt ihren dummen Liebeskummer bloß noch. Vielleicht wäre es doch besser gewesen, sie wäre zu Hause geblieben. Sie schloss für einen Moment die Augen, atmete tief durch und begann, sich in Gedanken Mut zuzusprechen: *Gib ihm keinen Raum. Nicht jetzt, nicht hier. Das hat er nicht verdient.* Sie öffnete die Augen wieder und fasste im Angesicht des Empire State Building einen Entschluss. Diesen traumhaften Gewinn würde sie sich nicht von ihrem Ex verderben lassen. Es musste endgültig ein Ende dieser bescheuerten und unnützen Traurigkeit geben. Die Reise war wie ein Wunder und ein großes Glück. Sie zeigte ihr, wie schön und positiv das Leben sein konnte. Es galt, die Tage in dieser Stadt zu genießen und die Vergangenheit mit all ihren Schatten auszublenden.

Sie zwang sich zu einem Lächeln, straffte die Schultern, ging zu den anderen und bat Silke, ein Bild von ihr auf der Glasplatte zu machen. Als sie nur wenige Augenblicke später auf dem durchsichtigen Boden saß und einen kurzen Blick in den Abgrund unter sich wagte, bereute sie diese Entscheidung beinahe schon wieder. Sie lächelte trotzdem in die Handykamera, die Silke über sie hielt. Das entstandene Bild, das nur wenige Minuten später auf ihrem Handy eintraf, beschrieb ganz gut ihren Gefühlszustand. Sie schien in der Luft über einem Abgrund zu schweben und lächelte tapfer.

7. Kapitel

Ja, Mama, es ist alles prima«, beteuerte Marie ein weiteres Mal. »Nein, ich habe noch keine Schießerei mitbekommen. Hier ist überall Polizei, und es sind hauptsächlich Touristen unterwegs. Du musst dir wirklich keine Sorgen machen.«

»Und wie ist das Wetter?«, fragte ihre Mutter. »Papa hat im Internet nachgeguckt, Dauerfrost ist gemeldet, es soll sogar Schnee geben. Zieh dich bloß warm an, zwischen den vielen Hochhäusern da in New York zieht es bestimmt wie Hechtsuppe.«

»Wir ziehen uns warm an, fest versprochen«, antwortete Marie, die es wirklich rührte, wie besorgt ihre Mutter war.

»Und kannst du deiner Tante Ingeborg vielleicht irgendein Andenken aus dieser Kirche mitbringen? Ich vergesse immer den Namen.«

»St. Patrick's Cathedral«, ertönte die Stimme ihres Vaters aus dem Hintergrund.

»Richtig, die meinte ich. Ingeborg wollte da doch

immer mal hin, weißt ja, wie sehr sie Kirchen mag, wieso auch immer. Und warum ausgerechnet diese Kirche in New York, weiß ich auch nicht. Ich sag ja, sie ist nicht mehr ganz richtig im Kopf, aber mir glaubt mal wieder keiner.«

»Komm zum Punkt, Mama«, warf Marie ungeduldig ein. Sie hatte sich zum Glück dazu durchgerungen, ein Freiminutenkontingent für internationale Telefonate für ihr Handy zu buchen, weshalb das Gespräch mit ihren Eltern sie finanziell nicht in den Ruin treiben würde, aber sie mussten gleich los, denn der nächste Programmpunkt stand an. Die Gruppe plante, im Central Park Schlittschuh zu laufen.

»Kauf bloß nix Teures, vielleicht kannst du ja auch ein paar Bilder machen. Die könnten wir dann in der Drogerie ausdrucken lassen. Da freut sie sich bestimmt.«

»Das ist eine schöne Idee«, antwortete Marie. »Ich werde sehen, was ich finde.« Sie blickte zu Silke, die bereits ausgehfertig in ihrer Daunenjacke und mit Mütze auf dem Kopf vor ihr stand und genervt dreinblickte. »Ich muss jetzt wirklich Schluss machen. Ich verspreche, mich noch mal zu melden. Bis dann, Mama.«

Ihre Mutter sagte noch irgendetwas, doch Marie legte nun auf. »Puh«, meinte sie. »Ich dachte schon, sie wird gar nicht mehr fertig. Erinnere mich daran, dass wir unbedingt noch in diese Cathedral müssen. Wenn wir für Tante Ingeborg kein Andenken mitbringen, dann reißt sie mir den Kopf ab.« Marie stand vom Bett auf, verstaute ihr Handy in ihrer Handtasche und musterte sich in einem Wandspiegel. Sie trug einen sonnengelben Zopfpulli zu ihrer Lieblingsjeans, dazu ihre Sneaker, weil sie damit am besten lange Strecken laufen konnte, ohne dass die Füße schmerzten. Bei der Kälte wären vermutlich gefütterte Winterschuhe besser gewesen, aber der rechte Schuh selbiger war Anfang November ein Opfer der Fußhupe geworden, und sie war noch nicht dazu gekommen, für Ersatz zu sorgen. Sie strich sich eine Haarsträhne hinters Ohr und überlegte, ihren Pferdeschwanz noch einmal neu zu binden.

»Jetzt mach schon«, moserte Silke. »Ich zerfließe hier drinnen. Daunenjacken und beheizte Hotelzimmer sind nicht füreinander geschaffen.«

Somit blieb der Zopf, wie er war, und Marie griff nach ihrer Jacke und ihrem Schal.

Nur wenige Minuten später befand sich die Gruppe auf dem Weg zum Central Park, der nur wenige Gehminuten vom Hotel entfernt lag, weshalb sie dieses Mal nicht die U-Bahn nehmen mussten. Der Himmel war bedeckt, und es war kalt, aber immerhin nicht windig. Sie liefen an für die Stadt typischen Häuserreihen aus verschiedenfarbigem, meist aber rotem Backstein vorüber. Die steinernen Treppengeländer waren hier und da mit Tannengirlanden geschmückt. Silke fotografierte einige von ihnen. »Findest du nicht, dass der Hauseingang dort dem von Carrie aus *Sex and the City* ähnelt? Ein Jammer, dass wir die Tour nicht gebucht haben. Die Drehorte der Serie hätte ich nur allzu gern gesehen.«

Marie ging nicht auf Silkes Geplapper ein. Sie hatte zu ihrer Freude gerade einen der für Amerika typischen Schulbusse entdeckt, der eben an einer Ampel stehen geblieben war. Auch heute kam es ihr wieder so vor, als würden sie durch eine Filmkulisse laufen.

Die Gruppe erreichte den Eingang zum Central Park, und Anja mahnte zur Eile, denn auch auf der Eisbahn hatten sie – wie sollte es anders sein – ein Zeitfenster gebucht, das es einzuhalten galt.

Die Gruppe spurtete nun regelrecht durch den Central Park, was Marie so gar nicht gefiel. Sie hätte gern die Zeit dazu gehabt, die berühmte Parkanlage auf sich wirken zu lassen.

Und dann war er plötzlich da. Ein alter asiatischer Mann, der auf einem Hocker saß und auf einer Art Geige *Can't Help Falling in Love* spielte. Alle anderen liefen achtlos an ihm vorüber. Doch Marie blieb stehen und hörte ihm zu. Sie betrachtete ihn wie ein kleines Wunder in dieser großen hektischen Stadt, und ihr wurde warm ums Herz. Der Moment hatte etwas Magisches an sich. Der Mann saß dort ganz allein am Rand des Parkwegs, hinter ihm ragten die Hochhäuser in den Himmel, und er schien ganz vertieft in sein Spiel zu sein. Vor ihm auf dem Boden lag eine schäbig aussehende Mütze, in der zwei Dollarscheine und einige Münzen lagen. Nachdem er sein Lied beendet hatte, spendete Marie ihm Beifall. Er hob den Blick, und plötzlich überzog ein Lächeln sein altes und vom Wetter gegerbtes Gesicht, und er deutete eine kleine Verbeugung an. Marie lächelte ebenfalls, denn das wohlige Glücksgefühl in ihrem Inneren schien in diesem Augenblick überzuschwappen. In diesem Moment wurde ihr einmal mehr bewusst, wie sehr es die kleinen Dinge des Lebens waren, die ihren Alltag erhellten. Sie zählten viel mehr als mondäne Kaufhäuser oder Wolkenkratzer mit Aussichtsplattform.

Im nächsten Augenblick geschah ein weiteres kleines Winterwunder. Es begann zu schneien. Dicke weiße Watteflocken fielen vom Himmel. Sie konnte es kaum glauben, obwohl sie wusste, dass der Wetterbericht den Schnee angekündigt hatte. Doch die Realität überwältigte sie nun. Es geschah tatsächlich: Sie stand im Central Park, und es fielen flauschige Schneeflocken vom Himmel. Es fühlte sich an, als befände sie sich in einem Märchen oder in einem romantischen Hollywoodfilm. Der alte Mann begann, *So This Is Christmas* zu spielen. Sie hörte ihm weiter zu und betrachtete ihn, wie er umgeben von den Flocken auf seinem Hocker saß, und wünschte sich, dieser unvergleichliche Moment würde niemals enden. Es wurden immer mehr Schneeflocken, sie tanzten um sie herum und legten sich sanft auf den gefrorenen Boden. Zwei Spaziergänger liefen an ihnen vorüber, einer von ihnen warf einige Münzen in die Mütze. Sein Tun brachte Marie dazu, ebenfalls nach Geld zu suchen. Sie holte ihr Portemonnaie aus ihrer Tasche und legte dem Mann einen Zehndollarschein in den Hut.

»Es war eine Ehre, ihnen zuhören zu dürfen«, sagte sie. »Ihr Spiel berührt das Herz.« Ihre Worte kamen ihr viel zu geringschätzig vor. Doch ihr fielen in diesem Augenblick keine besseren ein.

Er bedankte sich freundlich und wünschte ihr Gottes Segen.

Im nächsten Moment kam eine hektisch winkende Anja angerannt und blieb nach Luft japsend vor ihnen stehen.

»Gott sei Dank, ich hab dich gefunden. Bitte tu so etwas nie wieder«, brachte sie heraus. »Die Gruppe muss zusammenbleiben. Ich komme in Teufels Küche, wenn jemandem von euch etwas geschieht, schließlich trage ich hier die Verantwortung.«

Marie entschuldigte sich, und die beiden machten sich auf den Weg zur nicht weit entfernten Eisbahn. Im Gehen blickte Marie jedoch noch einmal zurück. Der alte Mann hatte erneut zu spielen begonnen, sie kannte die Melodie, der Titel des Liedes wollte ihr jedoch nicht einfallen. Dann kam ihr ein anderer, nicht so positiver Gedanke in den Sinn. Vielleicht saß der alte Mann nicht freiwillig an diesem kalten Wintertag im Park, sondern aus der Not heraus. Wie alt mochte er sein? Sicher über siebzig. Vielleicht besserte er sich auf diese Weise seine Rente auf. Oder er spielte doch einfach nur, weil es ihm Freude bereitete. Sie hoffte auf Letzteres. Erfahren würde sie es nie, ihn vermutlich niemals wiedersehen. Sie erreichten den Wollman Rink, wie die Eislaufbahn im Central Park hieß, und gesellten sich zum Rest der Truppe, die sich in der Schlange der Wartenden schon fast bis zum Eingang vorangekämpft hatte.

»Da seid ihr ja endlich«, kommentierte Andreas ihre Rückkehr. »Wo hast du gesteckt, Marie?«

»Ich wollte ja nach dir suchen«, erklärte Silke. »Aber Anja hat gemeint, sie würde das machen. Was hast du denn um Gottes willen gemacht? Es ist doch hoffentlich nichts passiert?«

Marie nannte den Grund für ihr Zurückbleiben, und Sabine antwortete sogleich mit einer abfälligen Bemerkung. »Ach, den Alten hab ich auch gesehen. Solche Straßenmusiker sind doch allesamt Betrüger. Bestimmt lässt der einfach nur ein Tonband laufen. Die wollen den Touristen bloß das Geld aus der Tasche ziehen.«

Marie wollte Konter geben, doch sie kam nicht mehr dazu, denn sie hatten nun den Einlass erreicht und mussten ihre Karten vorzeigen. Die Eislaufanlage war gut organisiert. Im Inneren trafen sie auf zwei Mitarbeiter, die sie zur Ausleihstation für die Schlittschuhe führten. Ihre Wertgegenstände konnten sie in Schließfächern unterbringen. Der Preis für die Fächer ließ Marie kurz zusammenzucken. Silke sprach aus, was sie dachte: »Sieben Dollar für ein Schließfach. Du lieber Gott. Ich wollte doch nicht den ganzen Schrank mieten.« Sie waren kurz etwas ratlos, denn ihre Handtaschen auf die Eisflächen mitzunehmen, das wäre dann doch etwas umständlich gewesen.

Die Tatsache, dass einer der Mitarbeiter an der Ausleihstation ausgesprochen gut aussah, stimmte Silke rasch wieder versöhnlicher.

»Die blonde Zuckerschnecke würde ich nicht von der

Bettkante stoßen«, meinte sie, während sie sich einen Platz zum Schuhe umziehen suchten. »Er ähnelt Brad Pitt in seinen jungen Jahren. Findest du nicht auch?«

Marie gab ihr grinsend recht. Silke und Brad Pitt, das konnte man eine besondere Beziehung nennen. Sie hatte alle seine Filme mehrfach gesehen, war extra wegen ihm mal nach Berlin zu einer Berlinale gefahren und hatte selbstverständlich an Angelina Jolie kein gutes Haar gelassen.

Sie fanden eine freie Sitzbank und wechselten die Schuhe. Da sich Quinn nach einer ausgiebigen Diskussion mit seinem Ehemann nun doch weigerte, auf die Eisfläche zu gehen, konnten sie sich die Anmietung des teuren Schließfaches sparen, und er wurde zum Hüter der Taschen erklärt. Anja, die heute nicht ihren grünen Anorak, sondern eine rote Skijacke trug, spendierte ihm einen heißen Apfelwein, damit er nicht festfror. Für Nichtschlittschuhläufer gab es einen netten Aufenthaltsbereich mit Stühlen und Bänken, von wo aus man einen guten Blick auf die Eisfläche hatte. Zum Glück hatte es nun zu schneien aufgehört, und es zeigten sich erste blaue Lücken in der Wolkendecke.

»So ein Hasenfuß«, moserte Andreas, der neben Marie die Eisfläche betrat. »Und ich hab es mir so romantisch vorgestellt, mit ihm gemeinsam vor dieser wunderbaren Kulisse über das Eis zu gleiten. In den Filmen kann meistens auch einer von beiden nicht so gut Schlittschuh laufen, und da bricht sich auch keiner die Beine. Sogar Michi und Karin wagen sich jetzt aufs Eis.«

»Vielleicht hat sich ja mal einer was gebrochen«, meinte Sabine. »Das sagt dir ja im Nachhinein keiner. Obwohl ich glaube, dass die alle richtig gut eislaufen können und nur spielen, Anfänger zu sein. Wo steckt denn Marc? Er müsste von der Toilette doch längst zurück sein.« Suchend sah sie sich nach ihrem Ehemann um – und entdeckte ihn bei Quinn. Er hatte neben ihm am Tisch Platz genommen und trug noch nicht einmal seine Schlittschuhe. Es sah danach aus, als müsste Sabine, die sich extra für den sportlichen Event eine pinkfarbene Thermoleggins und eine babyblaue Outdoorjacke angezogen hatte, ebenfalls ohne ihren Partner ihre Runden auf der weltberühmten Eisfläche drehen.

Marie und Silke betraten die Eisbahn, und nach anfänglicher Vorsicht fuhren sie in flottem Tempo über das Eis. Da sie während ihrer Teenagerzeit Stammgäste in der Frankfurter Eissporthalle gewesen waren – Marie hatte sogar als Mädchen eine Weile am Eiskunstlauftraining teilgenommen –, stellte die sportliche Betätigung für die beiden keine Herausforderung dar. Sie drehten fröhlich ihre Runden, und nach einer Weile kam sogar die Sonne hinter den Wolken hervor und tauchte den Central Park in warmes Winterlicht. Aus den Lautsprechern kam Weihnachtsmusik, gerade wurde das neue Weihnachtslied von Cher gespielt, das die Sängerin erst kürzlich auf dem Times Square vorgestellt hatte. Die Melodie mitsummend, ließ sich Marie zu einer kleinen Pirouette hinreißen, wofür sie von ihren Mitstreitern Beifall erhielt.

»Du bist ja ein richtiger Profi«, konstatierte Barbara, die eher leidig eislaufen konnte. Sie und ihr Eduard zockelten im Schneckentempo über die Eisfläche und hielten sich meist an der Bande auf. »Vielleicht kannst du mir ja noch ein paar Tricks zeigen. Ich hab immer Probleme mit den Zacken, da bleib ich ständig dran hängen«, meinte sie. »Früher sind wir immer auf unserem Dorfteich Schlittschuh gelaufen. Aber der ist ja schon ewig nicht mehr zugefroren. Und auf dem Dorf wohnen wir jetzt ja auch nicht mehr.« Sie winkte ab, und ihr Blick wanderte zu Quinn, der inzwischen nicht mehr auf seinem Platz saß, sondern an der Bande stand und sich damit beschäftigte, mit seinem Smartphone Fotos und Videos von seinem Andreas zu machen, der ausgezeichnet Schlittschuh laufen konnte. Vorhin hatte er Marie erklärt, dass er früher mal Eishockey in der Jugendmannschaft der Frankfurter Löwen gespielt hatte. Nach einem Kreuzbandriss sei seine Karriere dann jedoch beendet gewesen.

Marie beobachtete mit einem Lächeln auf den Lippen, wie Andreas zu Quinn fuhr, vor ihm an der Bande stehen blieb und seinem Ehemann ein Küsschen gab.

»Sind die beiden nicht süß?«, fragte Silke hinter ihr. »Ach, ich wünschte, ich könnte auch so einen Menschen finden.«

»Ja, das wünschte ich auch«, erwiderte Marie und fügte hinzu: »Ich dachte, ich hätte ihn bereits gefunden. So kann man sich irren.« Ihre Schultern sackten ein Stück nach unten.

»Ach, Liebes«, antwortete Silke, und ihre Miene wurde schuldbewusst. »Es tut mir leid. Ich wollte dich mit meinem dummen Gerede nicht an Lukas erinnern.«

»Schon gut«, beschwichtigte Marie. »Es ist eben, wie es ist. Mich hat Lukas verlassen, dir verhageln Tinder-Dates die Laune. Anscheinend wird es in dieser Welt immer schwieriger, die echte und wahre Liebe zu finden. Den Mann, der für einen bestimmt ist.«

»Also wenn du mich fragst, gibt es den gar nicht«, antwortete Silke und rollte die Augen. »Meiner Meinung nach stimmt mit den Kerlen von heute irgendetwas nicht. Mein erster Vorsatz für das neue Jahr wird sein, keine Tinder-Dates mehr zu machen. Ich rate dir, dich da gar nicht erst anzumelden. Da sind nur Idioten unterwegs, die alles, aber keine feste Beziehung wollen. Die wahre Liebe findet man am Ende doch an der Gemüsetheke bei Edeka. Oder vielleicht ja hier. Wie alt, denkst du, ist der Brad Pitt vom Schlittschuhverleih?«

»Zu jung«, konstatierte Marie grinsend. Silke hatte es mit ihrem Geplapper tatsächlich geschafft, ihre wehmütigen Gedanken an Lukas zu vertreiben.

»Was für ein Jammer. Aber was soll's.« Silke zuckte die Schultern. »Komm. Lass uns noch ein paar Runden drehen. Die Gelegenheit, vor dieser Kulisse Schlittschuh zu laufen, bekommen wir so schnell nicht wieder.« Sie setzte sich in Bewegung, und während sie zu dem Weihnachtslied von Mariah Carey ihre Runden drehten, begannen sie laut darüber nachzudenken, welche Filme auf dieser legendären Eislaufbahn gedreht worden waren.

Anja, die ebenfalls recht passabel Schlittschuh laufen konnte, gesellte sich zu ihnen, und sie erfuhren, dass die Moderatorin ihre erste große Liebe in der Eisdisco kennengelernt hatte.

»Sein Name war Stefan, und er war zwei Jahre älter als ich. Damals war ich dreizehn, und er sah ein bisschen so aus wie der Schönling vom Schlittschuhverleih«, sagte sie und seufzte wehmütig. Die drei legten eine Pause an der Bande ein. »Aber Mädels, ich sag euch, Schönheit ist vergänglich. Neulich hab ich ihn auf Facebook wiedergefunden und beinahe nicht erkannt. Er hat kaum noch Haare auf dem Kopf und ist richtig aufgedunsen. Da bin ich noch mal davongekommen.« Sie kicherte albern, und Marie und Silke schmunzelten. In diesem Moment fühlte es sich so an, als wäre Anja nicht ihre Reiseleiterin, sondern eine gute Freundin, der man frei heraus sämtliche Geheimnisse anvertrauen konnte.

»So einen Freund gab es bei mir auch«, meinte Marie grinsend. »Früher war er Basketballer, sah super aus. Aber jetzt ...« Sie winkte ab. »Was bin ich froh, dass er mich verlassen hat.«

»Dann bedauern wir jetzt bereits die Frau, die sich die Zuckerschnecke vom Verleih angelt«, sagte Marie grinsend, und alle drei prusteten endgültig los. Marie lachte so sehr, dass ihr die Tränen über die Wangen liefen. Manchmal war es einfach nur herrlich, auf Kosten des männlichen Geschlechts albern zu sein. Ein neues Lied wurde gespielt, von Melanie Thornton, *Wonderful Dream*.

»Ach, wie schön«, freute sich Marie. »Das hab ich besonders gern. Kommt, lasst uns noch ein paar Runden drehen.« Sie setzte sich in Bewegung, und die anderen beiden folgten ihr.

Nur wenige Augenblicke später hielten die drei sich wie beste Freundinnen an den Händen und fuhren so an Quinn vorüber, der den Moment mit seiner Kamera festhielt. Das perfekte Video für die Homepage des Radiosenders.

Eine Weile darauf hatte die Gruppe die Eislaufbahn verlassen, und nun sollte es zum Rockefeller Center gehen, um den berühmten Weihnachtsbaum zu bewundern. Bereits der Weg dorthin ähnelte einer Sehenswürdigkeit. Es war die Fifth Avenue, die sie hinunterliefen und mit großen Augen bewunderten. Hier befand sich auch der legendäre Trump Tower. Kurz blieben sie stehen, um das Gebäude zu betrachten, das in der Realität nicht wirklich spektakulär aussah, wie Marie befand. Es ging weiter, und alle blickten sich mit großen Augen um. Scharen an Touristen liefen über die Bürgersteige, Autos fuhren, meist hupend, an ihnen vorüber. Zu ihnen gesellten sich Busse, Polizeiautos, die Feuerwehr und Unmengen an mit bunten Lichtern dekorierten Fahrradrikschas, die Touristen durch die Stadt kutschierten, jede von ihnen dudelte ein anderes Weihnachtslied. Überall standen die für New York typischen Imbisswagen herum, von einem besonders hübsch aussehenden pinkfarbenen Foodtruck machten sie Fotos. Mit großen Augen bewunderten sie das bunte Treiben, und Anja hatte alle Hände voll damit zu tun, ihre Reisegruppe zusammenzuhalten.

Sie erreichten die St. Patrick's Cathedral, und Marie erkannte das berühmte Gotteshaus seltsamerweise auf den ersten Blick. Bedauerlicherweise wurde ihr Vorschlag, die Kirche zu besichtigen, von den anderen abgelehnt.

»Was willst du denn in einer Kirche?«, fragte Sabine mit spitzer Stimme. »Da gibt es hier aber viel bessere Sachen zu besichtigen. Dort vorn ist das legendäre Saks und gleich gegenüber das Rockefeller Center.« Die Gruppe lief weiter, und Marie blieb nichts anderes übrig, als sich zu fügen. Dann würde es eben kein Mitbringsel für Tante Ingeborg geben.

Nur wenige Minuten später hatten sie das Luxuskaufhaus Saks erreicht und standen staunend vor einem der aufwendig dekorierten Schaufenster. So etwas hatte Marie überhaupt noch nicht gesehen. Im Inneren befand sich ein historisch anmutender Metallständer, auf dem drei Schneekugeln platziert waren, in jeder von ihnen befand sich eine zauberhafte Szenerie. Winterliche Stadthäuser mit einem Zeitungsladen davor, ein wunderschön detailverliebter Blumenladen sowie ein Christbaumverkauf mit funkelnden Bäumen. Es war so bezaubernd. Marie konnte sich nicht satt daran sehen.

Die größte Sensation, die das Saks allerdings zu bieten hatte, hing an der Hausfassade und ließ sich erst von der anderen Straßenseite, auf die sie nun wechselten, so richtig bewundern. Die übergroße Lichtinstallation, die in diesem Jahr eine wunderschöne und aufwendig mit Blumen dekorierte Sonnenuhr zeigte.

»Was für ein Aufwand«, konstatierte Michi und machte mit seinem Handy zahlreiche Aufnahmen. »Auf so etwas würde in Deutschland niemals jemand kommen.«

»Und wenn zum Beispiel Karstadt es machen würde, wäre das Gezeter wegen des unnützen Energieverbrauchs wieder groß«, fügte Barbara hinzu.

»Wir sollten jetzt weitergehen«, mahnte Anja an, ohne auf das Gerede einzugehen. »Wir wollen doch jetzt Fotos am Rockefeller Center machen und später noch zu Santa bei Macy's, und die Zeit fliegt mal wieder dahin. Um halb sechs haben wir ein Zeitfenster im Empire State Building gebucht.«

Da war er wieder: der Zeitdruck. Langsam kam es Marie so vor, als befände sie sich in einer der chinesischen Reisegruppen, die sie schon öfter auf dem Römerberg in Frankfurt gesehen hatte. Die armen Menschen wurden auch immer von einem Reiseführer zur Eile angetrieben.

Nur wenige Augenblicke später erreichten sie das Rockefeller Center mit seinem berühmten Baum, und Sabine und Barbara begannen vor Begeisterung zu quietschen.

»Da ist er. Oh mein Gott! Er sieht in echt ja noch schöner aus als auf den Bildern«, konstatierte Andreas. »Komm, Quinn. Lass uns näher rangehen. Wir müssen unbedingt ganz viele Bilder machen.«

Die beiden verschwanden im Gedränge. Die nächsten Minuten verbrachten sie damit, sich nach vorn zu kämpfen, um dort einen möglichst guten Platz für das perfekte Bild zu ergattern. Silke und Marie machten fröhlich Selfies, fotografierten die anderen Mitglieder der Reisegruppe und wurden fotografiert. Am Ende waren alle so weit glücklich mit ihren Erinnerungsfotos von dem wohl berühmtesten Weihnachtsbaum der Welt, und sie zogen von dannen. Das Kaufhaus Macy's und Santa standen auf dem Programm.

Das berühmte Santaland befand sich in der achten Etage des Kaufhauses, und als sie es betraten, fiel Marie die Kinnlade herunter. Es gab unzählige künstliche Weihnachtsbäume voller Lichter, Modelleisenbahnen fuhren an kleinen Häuschen vorüber, überall saßen niedliche Kuscheltiere, und es dudelte fröhliche Weihnachtsmusik. Es war extrem kitschig, hatte aber auch seinen ganz eigenen Zauber. Es fühlte sich an, als wäre man mit einem Schlag zurück in die Kindheit versetzt worden. Den Touristenstrom vor Santa regelte ein junger blonder Mann in einem grünen Weihnachtselfkostüm, der unfassbar schöne, strahlend blaue Augen hatte. Als er Marie kurz anlächelte, zitterte ihr Innerstes, und sie starrte ihn einen Moment lang einfach nur an. Einem so hübschen Weihnachtself war sie in ihrem ganzen Leben noch nicht begegnet. Wer brauchte schon einen dicken, alten Mann in einem Santakostüm, wenn der einen derart gut aussehenden Gehilfen dabeihatte. Silke neben ihr schien ähnlich zu denken.

»Meine Güte, sieht der gut aus.« Sie stieß Marie in die Seite und kicherte albern. Der hübsche Weihnachtsmannhelfer zwinkerte ihnen nun sogar grinsend zu, und Marie schmolz endgültig dahin.

Nur wenige Augenblicke später war es dann auch der Schönling, der von ihnen und Santa das Erinnerungsfoto knipste. Nachdem dies geschehen war, ging es schon wieder zum Ausgang des Weihnachtswunderlandes, durch das die Touristen wie am Fließband geschleust wurden. Santa und sein hübscher Helfer, den sie bedauerlicherweise niemals im Leben wiedersehen würde, würden bis zur Bescherung noch ordentlich zu tun haben.

Das Reiseprogramm schritt weiter voran. Sie besuchten die neunte Etage des Kaufhauses und bewunderten die Unmengen an Weihnachtsdekoration, die es dort zu kaufen gab. Gegen diese Etage sahen sämtliche Dekogeschäfte Deutschlands blass aus. Barbara zog in Erwägung, das Angebot des Tages, eine rosafarbene Baumdekoration, bestehend aus rosa Kugeln und kitschigen Glitzervögeln, zu erwerben und wurde mit einer erstaunlichen Argumentationskette ihres Gatten dann doch davon abgehalten. Der Mann schien in solchen Angelegenheiten Übung zu haben. Andreas hatte unterdessen seine wahre Freude daran, mit der alten hölzernen Rolltreppe zu fahren.

»Die ist bestimmt aus den Dreißigerjahren«, meinte er mit strahlenden Augen, nachdem sie im dritten Obergeschoss angekommen waren. »Das war noch Qualitätsarbeit. In Deutschland hätte die der TÜV längst aussortiert.« Eine Weile später hatten sie das Kaufhaus hinter sich gelassen und bewunderten im Vorbeigehen den niedlichen Weihnachtsmarkt im Bryant Park, an dem sie auf ihrem Weg zum Empire State Building vorüberkamen. Zum Glück war es von der Parkanlage bis zu dem weltberühmten Wolkenkratzer nicht weit zu laufen.

Marie spürte langsam die Erschöpfung. Der Tag war lang, und der Jetlag machte sich wieder bemerkbar.

Sie erreichten den Eingang des Empire State Building, und da fiel es Marie plötzlich auf. Ihre Handtasche war nicht mehr da. Sie wurde panisch. In ihr befanden sich ihr Handy, ihr Reisepass und ihr Geldbeutel.

»Meine Tasche ist weg«, sagte sie und fragte Silke: »Hast du sie?«

»Nein, wieso?«, fragte Silke. »Aber das kann doch nicht sein. Eben hattest du sie doch noch, oder?«

»Ja, eben noch. Auf dem Weihnachtsmarkt habe ich sie noch gehabt, oder vielleicht doch nicht. Ich weiß es ehrlich gesagt nicht mehr.«

»Was ist denn los?«, mischte sich Anja in das Gespräch ein. »Ist etwas nicht in Ordnung?«

Marie erklärte, was geschehen war. Ihre Stimme klang nun panisch, ihr Herzschlag beschleunigte sich, und ihre Hände begannen zu zittern. Sie stand vor dem Empire State Building in Manhattan, und ihre Tasche war verschwunden, am Ende war sie gestohlen worden. Großer Gott. Was machte sie denn jetzt bloß?

»Da war alles drin«, stieß sie hervor. »Mein Pass, Geldbeutel, sogar das Handy.«

»Ach du je«, antwortete Anja mit hilfloser Miene. »Und was nun? Wann hattest du sie denn zuletzt?«

Auch der Rest der Reisegruppe zeigte Betroffenheit.

»Also, am Rockefeller Center hattest du sie noch«, meldete sich Sabine zu Wort. »Da habe ich sie dir gehalten, als Marc das Foto von euch gemacht hat, und ich bin mir sicher, dass ich sie dir zurückgegeben habe.«

»Ja, daran erinnere ich mich noch. Dann sind wir zu Macy's.«

»Hattest du sie nicht im Santaland für das Bild mit dem Weihnachtsmann zur Seite gestellt?«, fragte Silke. »Warte kurz.« Sie kramte in ihrer Tasche und holte das Erinnerungsbild hervor. Darauf saßen sie rechts und links von Santa, und Maries Handtasche war nicht zu sehen.

»Hast du sie danach wieder an dich genommen?«, fragte Silke.

»Das weiß ich gar nicht mehr«, antwortete Marie. »Kann sein oder auch nicht.«

»Das Beste wird sein, wir gehen zurück zu Macy's und fragen nach«, schlug Silke vor. »Wenn du sie dort vergessen hast, ist sie bestimmt von einem Mitarbeiter gefunden worden.«

»Müssen wir das alle machen?«, fragte Barbara. »Ich hab mich schon die ganze Zeit auf das Empire State Building gefreut.«

Anja schien nicht so recht zu wissen, was sie antworten sollte. All die Souveränität, die die Radiomoderatorin in den letzten Tagen ausgestrahlt hatte, schien in diesem Moment verschwunden zu sein.

Silke kam ihr zur Hilfe. In ihr erwachte das Organisationstalent, die Volleyballtrainerin, die immer und überall alles im Griff zu haben schien.

»Wenn es okay wäre, gehe ich mit Marie zurück zu Macy's, und wir fragen nach der Tasche. Bestimmt ist sie dort gefunden worden und wird sicher verwahrt. Du kannst inzwischen mit den anderen das Programm weitermachen, Anja, und wir würden danach wieder zu euch stoßen.«

»Aber dann verpasst du wegen mir das Empire State Building«, warf Marie ein. »Du wolltest doch unbedingt an der Stelle stehen, wo Meg Ryan und Tom Hanks in *Schlaflos in Seattle* standen. Ich kann dir das nicht antun. Ich gehe allein zu Macy's.«

Doch Silke ließ sich nicht davon abbringen, Marie zu begleiten. *Schlaflos in Seattle* hin oder her.

»Freundinnen sind wichtiger als Filme oder ein Wolkenkratzer«, sagte sie und hatte keine Vorstellung davon, wie sehr sie mit diesen Worten Marie Mut machte.

»Also gut«, stimmte Anja zu und nickte. »Dann machen wir es so. Ihr geht zurück zu Macy's, und wir machen im Programm weiter. Nach dem Hochhausbesuch ist ein Essen in Rolf's German Restaurant geplant, dem Weihnachtsrestaurant der Stadt. Dort könnten wir uns dann ja treffen. Der Tisch ist für halb acht bestellt. Ich schick dir die Adresse aufs Handy«, sagte sie zu Silke.

Keine Minute später und nach einigen aufmunternden

Sätzen der Reisemitglieder trennten sich ihre Wege, und Silke und Marie machten sich auf den Weg zu Macy's. Dieses Mal jedoch war ihre Stimmung gedrückt, Marie hatte keine Freude mehr an dem weihnachtlichen Großstadttreiben um sie herum. Was sollte nur werden, wenn sie ihre Tasche nicht bei Macy's fanden? Wie sollte sie ohne ihren Reisepass wieder nach Hause kommen? Oh, wie dumm sie doch gewesen war, dieses wichtige Dokument mit sich herumzuschleppen. Hatte sich im Hotelzimmer nicht ein Safe befunden? Dorthinein hätte sie ihre Ausweisdokumente legen sollen.

Zurück im Macy's, führte sie ihr Weg direkt ins Santaland, wo sie sich mit dem Wort *Entschuldigung* bis zum Eingang vordrängelten. Dort angekommen, wurden sie von einer Aufsichtsperson, einem mittelalten Mann mit Glatze in einer blauen Ordneruniform, missbilligend angesehen. Silke erklärte den Sachverhalt, wofür Marie ihr dankbar war, denn vor lauter Aufregung war ihr gesamtes Englisch komplett aus ihrem Kopf verschwunden.

Der strenge Ausdruck auf dem rundlichen Gesicht des Mannes verschwand, und er bedeutete ihnen, ihm zu folgen. Es ging erneut durch die funkelnde Santawelt, und sie landeten wieder beim Weihnachtsmann, auf dessen Schoß ein entzückendes Mädchen saß, das ihm gerade ihre Wünsche ins Ohr flüsterte. Der hübsche Weihnachtself war bedauerlicherweise nicht anwesend, sondern eine verkniffen dreinblickende Weihnachtselfin, die sich ihr Anliegen anhörte.

»Ich hab nirgendwo eine Tasche gesehen«, sagte sie gleich. »Aber ich kann noch mal nachsehen.«

Sie begann, die Umgebung von Santa abzusuchen, immerhin recht zuverlässig, selbst unter die Bank warf sie einen Blick. Mit Argusaugen und klopfendem Herzen beobachtete Marie ihr Tun und flehte zum Himmel, dass die Frau fündig würde. Doch die Suche der Elfin blieb erfolglos.

»Es tut mir leid«, sagte sie. »Hier ist keine Tasche. Kann aber sein, dass sie im Besucherzentrum abgegeben worden ist. Das befindet sich im fünften Stock.«

»Dann auf in den fünften Stock«, sagte Silke. »Wenn wir Glück haben, ist deine Tasche tatsächlich dort abgegeben worden.«

Die beiden trollten sich Richtung Ausgang. Auf dem Weg dorthin fiel Marie auf, dass ihr Schuhband offen war, und sie bückte sich, um es neu zu binden. Im nächsten Moment erhielt sie einen heftigen Stoß und kippte mit einem erschrockenen Schrei zur Seite. Ein Fluchen war zu hören, und sie sah aus dem Augenwinkel, wie ein Mann in einem grünen Kostüm mitten in der Weihnachtsdekoration lag. Gleich fünf der hübsch dekorierten Bäume waren umgerissen, eines der Weihnachtsdörfer hatte es auch erwischt, die Kirche hatte ihren Turm verloren. Inmitten des Chaos erhob sich der gut aussehende Weihnachtself und funkelte Marie böse an. In diesem Augenblick sahen seine Augen gar nicht mehr schön aus.

»Nichts wie weg hier!«, war es Silke, die als Erste ihre

Sprache wiederfand. »Es tut uns leid«, fügte sie noch hinzu, nahm Maries Hand und zerrte sie einfach so mit sich, raus aus dem Santaland und zu einem der Fahrstühle. Dessen Tür stand gerade offen, und sie zwängten sich zwischen die Mitfahrer. Im nächsten Stock verließen sie den Aufzug wieder und atmeten tief durch. Der Schreck saß ihnen in den Gliedern.

»Großer Gott. Was hab ich da bloß angerichtet«, war es Marie, die als Erste ihre Sprache wiederfand. »Ich habe Santaland kaputt gemacht. Und am Ende verliert der Elf wegen mir jetzt auch noch seinen Job. Wir müssen zurückgehen und uns entschuldigen. Es war ein Unfall. Ich muss das aufklären.«

Silke sah sie entgeistert an und erwiderte: »Gar nichts werden wir tun. Am Ende geben die uns noch die Schuld an allem, und wir müssen den Schaden bezahlen. Und hast du gesehen, wie böse der Elf geguckt hat? Der sah jetzt eher wie der Grinch aus. Dem will ich auf gar keinen Fall noch einmal begegnen.« Sie schüttelte sich.

»An seiner Stelle wärst du aber auch sauer gewesen«, meinte Marie.

»Dann hätte er eben besser gucken sollen, wo er hinläuft«, entgegnete Silke. »Jetzt komm. Wir sollten hier keine Wurzeln schlagen. Wir fragen nach deiner Tasche und sehen dann zu, dass wir Land gewinnen. Die werden ihre Santawelt bestimmt flott wieder aufgebaut haben. War eh alles bloß Plastik.«

Marie überlegte, ihr zu widersprechen, doch ihr fehlte die Kraft. Also willigte sie ein, und die beiden machten

sich auf die Suche nach dem Besucherzentrum. Dort angekommen, teilte ihnen eine freundliche Frau in einem
dunkelblauen Kostüm nach einer kurzen Suche in einem
Nebenzimmer mit, dass sich keine Handtasche gefunden hatte, und in Marie breitete sich Verzweiflung aus.
Was sollte denn jetzt nur werden?

8. Kapitel

Wir haben wirklich überall nachgefragt. Selbst im Bryant Park an den Ständen, die wir besucht hatten. Die Tasche ist nirgendwo zu finden«, sagte Marie, die inzwischen den Tränen nah war. »Was soll ich denn jetzt machen? Da war alles drin, auch der Reisepass. Ohne komm ich doch nicht mehr heim. Und mein Handy ist auch weg.«

Die Reisegruppe saß betroffen dreinblickend in einem kleinen Café. Die Stimmung war auf dem Tiefpunkt, und das nicht nur wegen Maries Handtaschenverlust, sondern auch wegen des Wetters, das über Nacht umgeschlagen war. Es schüttete wie aus Kübeln, und ein böiger Wind wehte. Den für heute geplanten Spaziergang über die Brooklyn Bridge konnten sie vergessen. Für den Nachmittag waren sogar Gewitter und schwerer Sturm gemeldet. Marie kam es so vor, als hätte sich New York gegen sie verschworen. Ihr ganzes verdammtes Leben schien das getan zu haben. Nichts, aber auch gar nichts wollte funktionieren, selbst eine im

Radio gewonnene Traumreise mutierte zu einem Albtraum.

»Also, unsere Ausweise, Krankenkassenkarten und auch die Führerscheine liegen ja im Hotelsafe«, meldete sich Barbara zu Wort. »Wir wären niemals auf die Idee gekommen, diese wichtigen Dokumente mit uns herumzuschleppen. Da hättest du wirklich drauf achten sollen.« Ihr Tonfall klang vorwurfsvoll.

»Wir haben sogar extra für die Reise Geldbörsen mit Kordeln zum Umhängen besorgt«, meinte Andreas, und Quinn nickte zustimmend. »Darin befinden sich nur die Kreditkarten und etwas Bargeld. Die Handys verstauen wir immer in den Innentaschen unserer Jacken. Jeder Anorak sollte so etwas haben. Ich meine, man weiß doch, dass es in einer Großstadt wie New York viel Kriminalität gibt.«

»Ich finde ja, der Radiosender hätte darauf extra noch einmal hinweisen können«, warf Sabine ein, und ihr Blick wanderte zu Anja. »So ein paar Sicherheits- oder Verhaltensregeln wären gut gewesen.«

»Aber wir sind doch alle erwachsene Menschen«, sagte Eduard. »Da möchte man doch meinen, dass man an solche Dinge denkt.«

Marie zog den Kopf ein, und eine erste Träne kullerte über ihre Wange.

»Es tut mir ja leid«, entschuldigte sie sich kleinlaut. »Ich bin eben eine Hohlbirne.«

»Mit Vorwürfen kommen wir jetzt bestimmt nicht weiter«, begann Silke, sie zu verteidigen. »Ihr tut gerade so, als wäre euch noch nie ein Missgeschick passiert.«

»Silke hat recht«, meinte Anja und zog den Zopf auf ihrem Kopf fest. »Vorwürfe haben noch niemanden weitergebracht. Wir müssen jetzt rasch eine Lösung der Probleme finden. Als Erstes solltest du deine Bankkarten sperren lassen, dann dein Handy, und wir melden uns beim Konsulat wegen des Passverlusts. Dort werden wir mit Sicherheit rasche Hilfe bekommen. Und unser geplantes Tagesprogramm verhagelt uns ohnehin nicht Marie, sondern das Wetter. Ich habe bereits recherchiert und schlage vor, dass wir heute ersatzweise in das American Museum of Natural History gehen. Dort wurde auch der Film *Nachts im Museum* mit Ben Stiller gedreht. Und heute Abend steht ja noch die Weihnachtsshow in der Radio City Music Hall an. Das wird bestimmt großartig. Für morgen ist besseres Wetter gemeldet, und wir können noch über die Brooklyn Bridge laufen.«

»Also, den Film *Nachts im Museum* mochte ich gern«, meinte Quinn. »Das klingt nach einem guten Plan. Und du hast natürlich recht, Anja. Jedem von uns ist schon einmal etwas Dummes passiert. Das wird schon wieder werden, Marie.« Er tätschelte ihr die Schulter, und Marie trösteten seine aufmunternden Worte und Anjas Ausführungen tatsächlich ein klein wenig. Immerhin war sie nicht allein, sondern von Menschen umgeben, die sie unterstützten und ihr Mut machten. Und bestimmt hatte Anja recht, das Konsulat würde ihnen rasch weiterhelfen. Dort gehörten Ausweisverluste mit Sicherheit zum Alltagsgeschäft.

»Gut, dann erledigen wir jetzt gleich die organisatorischen Angelegenheiten für Marie«, meinte Anja, »und dann geht es ins Museum. Die Eintrittskarten kaufe ich am besten online.« Sie zückte ihr Smartphone.

Alle stimmten zu, und da sie nun noch ein Weilchen länger in dem kleinen und weihnachtlich dekorierten Café verweilen würden, bestellten sich Sabine und Quinn jeweils eine Zimtschnecke, und Eduard kaufte eine für Marie, denn seiner Meinung nach gab es keinen besseren Seelentröster als das herrlich süße Hefegebäck.

Silke suchte unterdessen die Telefonnummer des deutschen Konsulats heraus und gab Marie ihr Handy, damit sie dort anrufen konnte. Nachdem Marie die Nummer gewählt hatte, war eine knappe Ansage zu hören, die nichts Gutes verhieß.

»Bis auf Weiteres sind wir telefonisch nicht erreichbar«, ertönte eine unpersönliche Stimme. Sie legte auf und beantwortete Anjas unausgesprochene Frage: »Es scheint etwas mit dem Telefon nicht zu stimmen.«

»Oh je, das auch noch«, antwortete die Radiomoderatorin. »Seltsam. Im Internet steht, dass sie geöffnet haben. Vielleicht liegt ja ein technisches Problem vor. Es wird das Beste sein, wenn du persönlich vorsprichst. Leider ist auch die Homepage gerade nicht online, dort hätten wir zu unserem Problem bestimmt Informationen gefunden.«

»Das ist aber schon seltsam«, merkte Andreas an.

»Klingt ja fast so, als hätten die da einen Cyberangriff gehabt und deshalb alles runtergefahren. Also wenn es das ist, dann Prost Mahlzeit. Am Ende brauchen die Wochen, bis sie das wieder hinbekommen. Es gab da doch neulich die Geschichte mit dieser Stadt in Baden-Württemberg ...«

»Andi, bitte«, fiel Quinn ihm ins Wort. »Jetzt mal nicht gleich den Teufel an die Wand. Marie ist ganz blass geworden. Bestimmt liegt da nur ein kleines technisches Problem mit dem Server vor, das sich leicht beheben lässt. Anja hat recht. Am besten wird es sein, wenn Marie persönlich vorspricht. Vor Ort lassen sich die Dinge bestimmt rasch klären.«

»Dann gehen wir jetzt da hin«, sagte Silke und stand entschlossen auf. »Marie und ich allein, wenn du nichts dagegen hast, Anja. Ihr könnt schon mal ins Museum vorgehen. Wenn alles geregelt ist, stoßen wir dort wieder zu euch. Wir halten euch selbstverständlich auf dem Laufenden.«

Anja legte die Stirn kraus, es war ihr anzusehen, dass sie kurz mit sich haderte. Als Verantwortliche für die Reise war das nachvollziehbar. Doch dann stimmte sie Silkes Vorschlag doch zu.

»So machen wir es. Wir gehen ins Museum, und ihr kümmert euch um das Ausweisdokument und meldet euch.«

Reihum wurde zustimmend genickt.

Bald darauf verließ die Reisegruppe ohne Marie und Silke das Café und trat, mit Schirmen bewaffnet, in den strömenden Regen. Marie beobachtete, wie sie über die Straße huschten und auf der gegenüberliegenden Seite im Zugang zur U-Bahn verschwanden. Ihre Schultern sackten nun noch ein Stück weiter nach unten, und sie blickte missmutig auf die vor ihr stehende heiße Schokolade. Das kleine Sahnehäubchen war in sich zusammengefallen, bestimmt war das Getränk jetzt nur noch lauwarm.

»Es tut mir leid, dass ich Trottel dir die Reise versaue«, entschuldigte sie sich bei Silke. »Die anderen hatten mit dem, was sie gesagt haben, schon recht. Ich hätte meinen Pass und die anderen Unterlagen besser im Hotel lassen sollen. Das hab ich nun von meiner Blödheit.«

»Du hast mir gar nichts versaut«, beschwichtigte Silke. »Und ich erinnere daran, dass ich genauso dämlich bin, schließlich hab ich meinen Pass und all die anderen wichtigen persönlichen Dokumente auch dauerhaft mit mir herumgeschleppt. Ich hatte nur das große Glück, dass meine Tasche nicht abhandengekommen ist. Ich bin mir sicher, wir bekommen das Problem schnell wieder in den Griff. Als Erstes kümmern wir uns jetzt darum, dass deine Kreditkarte und dein Handy gesperrt werden, das können wir telefonisch klären, und dann gehen wir zum Konsulat und regeln den Rest. Du wirst sehen: Heute Abend sieht die Welt schon wieder anders aus.« Silkes Tonfall klang ermutigend. Sie schaffte es tatsächlich, Marie ein wenig zu beruhigen, und plötzlich schien sich der Nebel der Verzweiflung in ihrem Gehirn etwas zu lichten.

»Du hast recht. Wenn alles geklärt ist, geht es mir bestimmt gleich besser«, antwortete sie. Sie nannte Silke ihren Mobilfunkanbieter, und sogleich machte sich diese auf die Suche nach einer Servicerufnummer auf deren Webseite.

Eine Stunde später betraten die beiden durch eine Drehtür das am United Nations Plaza gelegene deutsche Konsulat. Froh darüber, dem noch immer kräftigen Regen entflohen zu sein, klappten sie ihre Regenschirme zu. Zum Glück war bisher der gemeldete Sturm ausgeblieben, weshalb die beiden dunkelblauen Klappschirme sie zum größten Teil noch trocken gehalten hatten. Nur Maries Sneaker waren komplett durchweicht, weshalb sie beim Gehen nun laut quietschten. Die Treter waren die einzigen Schuhe, die sie dabeihatte. Vielleicht könnten sie, wenn die Angelegenheit hier so weit erledigt war, rasch noch bei Macy's vorbeischauen und dort passendere Schuhe kaufen. Mit Sicherheit würde Silke ihr aushelfen.

Die Eingangshalle der Botschaft war weitläufig und von der Farbe Grau dominiert. Graue Wände, hellgrauer Fußboden. Neben dem Empfangstresen stand ein gut acht Meter hoher Weihnachtsbaum, der mit roten und goldenen Kugeln sowie mit Unmengen an Lametta dekoriert war und mit seinem warmweißen Lichterkleid dem kühlen Raum etwas Wärme verlieh. Vor dem Empfangstresen hatte sich eine recht lange Menschenschlange gebildet, die Gesichter der Personen waren missmutig, es wurde geflüstert und getuschelt. Marie befiel ein ungutes Gefühl.

»Das sieht gar nicht gut aus«, meinte sie.

Doch Silke beschwichtigte sie abermals: »Die haben bestimmt alle wie wir gedacht und sind persönlich gekommen, um ihre Angelegenheiten zu klären. Das wird schon werden.«

»Was für ein Anliegen Sie auch immer haben«, meinte eine Frau mittleren Alters mit einer altmodischen Dauerwellenfrisur, die just in diesem Moment an ihnen vorübergelaufen war und nun stehen blieb. »Man wird Ihnen nicht helfen. Es gab einen Hackerangriff auf die Botschaft, und niemand kann sagen, wann es weitergeht. Das ist eine Katastrophe. In unser Airbnb ist eingebrochen worden, unsere gesamten Dokumente hat man gestohlen, und wie es jetzt weitergehen soll, wissen wir nicht.«

Entsetzt sahen Marie und Silke die Frau an, und Maries Herzschlag beschleunigte sich. Also hatte Andreas mit seiner Befürchtung doch recht gehabt. Du liebe Güte!

»Jetzt lass uns gehen, Rosi«, meinte der Begleiter der Frau, Marie hielt ihn für ihren Ehemann, ein älterer Herr in einem grauen Wollmantel. »Und rede bitte nicht immer mit fremden Leuten. Solch persönliche Dinge gehen niemand etwas an. Du bist immer so vertrauensselig.« Er zerrte sie zum Ausgang.

»Ach du je«, war Silke die Erste, die sich wieder zu Wort meldete. »Das kann doch nicht wahr sein. Das auch noch. Und was machen wir jetzt?«

Marie wusste nicht, was sie antworten sollte. Die Menschen vor ihr in der Schlange schritten voran, es entstand zwischen ihnen und ihren Vorgängern eine größere Lücke. Marie atmete tief durch, um sich zu beruhigen. Jetzt die Nerven zu verlieren, würde sie nicht weiterbringen. Ihr Blick wanderte zum Empfangstresen, wo zwei Frauen mit streng nach hinten gebundenen Haaren und in blauen Kostümen Auskünfte erteilten. Gerade drückte eine von ihnen einem jungen Mann ein Klemmbrett und einen Stift in die Hand. Diese Szene ermutigte Marie wieder etwas. So ganz planlos schienen die Mitarbeiter doch nicht zu sein.

»Sieh nur«, sagte Marie und deutete nach vorn. »Da kann man etwas ausfüllen. Das sollten wir auch machen. Bestimmt melden sie sich bei einem, wenn das Problem mit dem Hackerangriff gelöst ist, mit Sicherheit geht das schneller als gedacht. Die Frau wirkte arg hysterisch, findest du nicht? Die beschwert sich bestimmt anderswo auch andauernd, wenn nicht gleich alles funktioniert.«

»So wird es sein«, erwiderte Silke, ihr Tonfall und ihr Blick blieben jedoch skeptisch. So ganz schien sie von Maries hoffnungsvollen Ausführungen nicht überzeugt. »Ich meine, das hier ist ja auch Amerika, das Land von Steve Jobs und Bill Gates. Für die ist so ein Cyberangriff doch ein Klacks.«

»Stehen Sie auch an?«, fragte plötzlich eine weibliche Stimme hinter ihnen auf Deutsch, und sie blickten sich erschrocken um. Die Lücke zur Schlange war noch größer geworden. Hinter ihnen stand eine junge Frau mit einem Kinderwagen.

»Ja, das tun wir«, antwortete Marie rasch. »Selbstverständlich.« Flott rückten sie auf.

Es dauerte nicht mehr lange, bis sie an der Reihe waren und Marie der Empfangsdame ihr Problem erklären konnte. Die blonde Frau, Marie schätzte sie auf Mitte dreißig, schenkte ihr ein warmherziges Lächeln und antwortete: »Verluste von Passunterlagen haben wir jeden Tag Dutzende, und in der Regel haben wir rasch ein Reisedokument für die Ausreise erstellt. Bedauerlicherweise ist hier heute wegen eines Hackerangriffs die gesamte EDV lahmgelegt. Unsere Servicetechniker tun alles dafür, dass die Anlage schnellstmöglich wieder funktioniert. Sie können aber bereits tätig werden. Wir benötigen eine polizeiliche Verlustanzeige, die Formulare dafür haben wir zum Glück stets ausgedruckt hier. Dann könnten Sie mir noch ein Formblatt ausfüllen mit Ihren Daten, und wichtig wäre, dass wir Sie telefonisch erreichen können. Wir würden uns dann, sobald alles wieder funktioniert, ich hoffe, im Laufe des Tages, bei Ihnen melden.« Sie nahm eines der bereitliegenden Klemmbretter zur Hand und steckte noch einen weiteren Zettel daran fest, es war die Verlustmeldung. Während sie Marie das Klemmbrett reichte, erläuterte sie noch, zu welcher Polizeiwache sie am besten wegen der Verlustanzeige gehen könnten.

Marie bedankte sich bei der Frau, und die beiden entfernten sich von dem Tresen.

»Das klingt doch alles recht organisiert«, meinte Silke, während sie auf einem kleinen, mit schwarzem Kunstleder bezogenen Sofa Platz nahmen. Marie überflog den englischen Text auf dem Formblatt. In diesem Moment erleichterte es sie wieder, dass sie sich nach der Schule dazu entschlossen hatte, ein Jahr als Au-pair zu arbeiten. Das Ausfüllen der Verlustanzeige würde kein größeres Problem darstellen. Das Kontaktformular auch nicht, denn sämtliche Beschreibungen waren darauf in beiden Sprachen verfasst. Nachdem sie alles ausgefüllt und das Kontaktformular zurückgegeben hatte, fühlte sie sich etwas besser. Alles war so weit geregelt, bestimmt würde sich die Behörde im Laufe des Tages bei ihr melden, und dann stünde ihrer Heimreise nichts mehr im Wege. An die Tatsache, dass ihr zu Hause ein größerer Organisationsmarathon in Sachen Krankenkasse und Behörden bevorstand, wollte sie im Moment lieber nicht denken.

Sie verließen die Botschaft, und zu ihrer Überraschung hatte es zu regnen aufgehört, es schien sogar die Sonne.

»Na, wenn das kein gutes Omen ist«, freute sich Silke. »Dann lass uns mal flott die Verlustanzeige bei der Polizeiwache aufgeben, vielleicht haben wir Glück, und die Botschaft hat bis dahin ihren Computer wieder zum Laufen bekommen.«

Am Abend desselben Tages stand fest, dass die Hoffnung vom Vormittag sich zerschlagen hatte. Es hatte sich niemand vom Konsulat gemeldet. Marie saß in der Radio

Music Hall, und es fiel ihr schwer, sich auf die bunte Weihnachtsshow zu konzentrieren oder gar Freude an der wunderschönen Inszenierung voller Weihnachtszauber zu haben. Es blieben ihr noch zweieinhalb Tage in New York, dann sollte es wieder zurück nach Hause gehen. Aber was war, wenn sich bis dahin noch immer niemand gemeldet hatte? Sie konnte doch nicht ganz allein hierbleiben.

9. Kapitel

*I*ch habe vorhin mit dem Radiosender telefoniert«, sagte Anja. »Die haben noch einmal mit dem Bürgerbüro in Frankfurt Kontakt aufgenommen. Dort bekamen sie erneut die Auskunft, dass du dich an das Konsulat hier in New York wenden musst. Einen anderen Weg gibt es nicht.«

»Ja, und von dort wird man dann neuerdings zu dieser Notfallnummer in Washington umgeleitet, die vollkommen überlastet ist«, antwortete Silke in einem missmutigen Tonfall. »Wir haben da heute gefühlte dreihundertmal angerufen, es gibt kein Durchkommen, und das Konsulat selbst ist jetzt sogar vorübergehend geschlossen. Man kann nicht mehr persönlich vorsprechen, weshalb auch immer. Ja, es liegt mitten in New York, aber dieses Vorgehen hat meiner Meinung nach etwas von der Servicewüste Deutschland. Und wir Trottel haben tatsächlich angenommen, dass sich alles bestimmt rasch klären lässt.« Sie rollte die Augen.

»Ich will nur noch nach Hause«, sagte Marie in einem

jämmerlich klingenden Tonfall und strich sich eine ihrer störrischen Locken hinters Ohr. Sie sah mitgenommen aus, war ungeschminkt, ihre Augen waren umschattet. Auch auf ihre Garderobe hatte sie keinen Wert gelegt. Auf ihrem Sweater prangte ein Fleck, und sie trug erneut ihre schäbigen Sneaker, die wieder halbwegs trocken waren. Auf die Schuhabteilung bei Macy's hatte sie keine Lust mehr gehabt. Am Ende wären sie da wieder dem Weihnachtself begegnet, der mit ihr vermutlich noch ein Hühnchen zu rupfen hatte. In ihre Augen traten erneut Tränen, die sie mit der Hand fortwischte. Anja und Silke sahen sie hilflos an.

Die drei saßen an diesem Abend in der Hotelbar an einem etwas abseits gelegenen Tisch. Am nächsten Tag sollte es für die Reisegruppe wieder nach Hause gehen, und so wie es im Moment aussah, würde Marie sie nicht begleiten können. Wieso musste ausgerechnet jetzt ein übler Hackerangriff das Konsulat lahmlegen. Marie und Silke hatten beinahe den gesamten Tag auf dem Zimmer verbracht. Nur für ein kurzes Mittagessen in einem der zahlreichen Restaurants auf dem Broadway waren sie mal rausgekommen. Sie hatten Unmengen an Süßigkeiten in einem kleinen Supermarkt gekauft und den Nachmittag über verputzt, Zucker war gut für die Nerven. Immer wieder hatten sie versucht, bei der dämlichen Nummer in Washington durchzukommen, am Ende war sogar eine Ansage zu hören gewesen, dass dieser Anschluss vorübergehend nicht erreichbar sei.

»So wie es im Moment aussieht, werden wir uns mit

dem Gedanken anfreunden müssen, Marie, dass du uns morgen nicht nach Hause begleiten kannst. Aber der Sender wird sich selbstverständlich weiterhin um dich kümmern. Du wirst im Hotel wohnen bleiben, wirst Bargeld und ein Prepaidhandy erhalten, auf dem wir dich jederzeit erreichen können. Und vielleicht haben wir ja Glück, und das Problem löst sich bis morgen doch noch in Luft auf. Obwohl ich mir da nicht ganz sicher bin. In den Frühnachrichten haben sie gebracht, dass nicht nur die deutsche Botschaft in New York von dem Hackerangriff betroffen ist. Auch andere Konsulate haben zu kämpfen. Es ist von Erpressung die Rede, niemand weiß, wer dahintersteckt.« Anja stieß einen Seufzer aus und trank von ihrem Whiskey. Den hatte sie sich für ihre Nerven bestellt, was Marie gut verstehen konnte. Sie selbst hatte sich für einen Wodka Lemon entschieden. Vielleicht würde der Alkohol dafür sorgen, dass sie zur Ruhe kam und endlich etwas schlafen konnte. Seitdem ihre Tasche fort war, hatte sie kein Auge zugetan.

Quinn und Andreas tauchten auf, und die beiden strahlten über das ganze Gesicht. Der Rest der Radioreisegruppe hatte heute den Termin im SUMMIT One Vanderbilt wahrgenommen. Dieser Wolkenkratzer war erst Ende zweiundzwanzig neu eröffnet worden, und vom dreiundneunzigsten Stockwerk an gab es eine über drei Stockwerke gehende Kunstinstallation aus Glas mit buntem Licht und mit Luft gefüllten Bällen. Marie und Silke hatten vor ihrer Abreise im Internet darüber recherchiert und sich riesig darauf gefreut. Nun hatte ihnen nicht mehr der Sinn nach solchen Erlebnissen gestanden.

Die beiden Männer gesellten sich zu ihnen an den Tisch, und Quinn bestellte zwei Gin Tonic.

»Also, diese Aussichtsplattform war bis jetzt die beste«, sagte Andreas mit strahlenden Augen. »Dieses bunte Licht, das viele Glas und dann die Bälle mit dieser Aussicht. Das war gigantisch. Ich hätte in dem Raum noch zehn Stunden bleiben können. Ihr hättet mitkommen sollen. Das hätte dich von deinem Kummer etwas abgelenkt, Marie. Ich meine, nur rumzusitzen und Trübsal zu blasen hilft dir ja auch nicht weiter.«

»Wir haben nicht nur rumgesessen und Trübsal geblasen«, antwortete Silke Andreas in einem patzigen Tonfall. »Wir haben den gesamten Tag über versucht, irgendwie das Passproblem zu lösen. Und entschuldige, wenn uns der Sinn nicht mehr nach irgendwelchen Wolkenkratzern mit großartigen Aussichten steht. Wenn nicht noch ein Wunder geschieht, werden wir ohne Marie nach Hause fliegen.«

»So war das doch gar nicht gemeint«, ruderte Andreas zurück und hob beschwichtigend die Hände. »Es tut mir ja auch leid, dass es ausgerechnet jetzt einen Hackerangriff auf das Konsulat gegeben hat. So wie du klingst, hattet ihr bei dieser Notfallnummer in Washington also auch keinen Erfolg?«

»Nein, leider nicht«, antwortete Marie. »Am Ende ist die Nummer gar nicht mehr erreichbar gewesen. Ich hoffe nur, dieser Albtraum hat bald ein Ende. Wir hätten uns niemals für dieses Gewinnspiel anmelden sollen.« Sie hob ihr Glas, leerte den restlichen Inhalt in einem Zug und stand auf. »Nehmt es mir nicht übel, aber ich gehe jetzt ins Bett. Ich fühle mich wie erschlagen. Vielleicht ist ja bis morgen früh ein Wunder passiert.«

Marie verließ die Hotelbar, und noch ehe sie den Aufzug erreicht hatte, gesellte sich Silke zu ihr.

So standen sie nebeneinander, Silke drückte mehrfach auf den Knopf, wieder einmal war das alte Ding behäbig unterwegs. Als der Aufzug endlich kam, gesellte sich ein älteres Ehepaar zu ihnen, er stank nach Zigarre. Im vierten Stock angekommen, entflohen sie dankbar der Enge und dem abscheulichen Geruch. Als sie ihr Zimmer betraten, empfing sie das vertraute Brummen der Lüftung im Hof. Silke schaltete die Nachttischlampe ein und danach den Fernseher. Es lief eine Musiksendung, gerade sang Kelly Clarkson in einem golden funkelnden Glitzerkleid *O Holy Night*. Marie sank aufs Bett und betrachtete die wunderschön aussehende Sängerin wehmütig.

»Das Lied hatte ich schon immer gerne«, sagte sie, nachdem der letzte Ton verklungen war und die Sängerin das Mikrofon sinken ließ. Es tauchte die amerikanische Sängerin Dolly Parton auf, die in einem mit weinrotem Samtstoff bezogenen Ohrensessel in einer weihnachtlichen Kulisse saß. Neben ihr stand ein glitzernder Weihnachtsbaum, es brannte ein Kaminfeuer, und sie erzählte eine weihnachtliche Anekdote aus ihrer

Kindheit. Maries Gedanken trieben davon. Zum letzten Weihnachten, das sie gemeinsam mit Lukas gefeiert hatte. Sie hatten den zweiten Weihnachtstag nach den üblichen Verwandtenbesuchen gemeinsam in ihrer Wohnung verbracht. Sogar einen Baum hatten sie gehabt. Sie hatten auf ihrem kleinen Sofa gekuschelt, die Reste des mitgenommenen Weihnachtsessens aus Tupperschüsseln gefuttert, dazu tonnenweise Plätzchen, Lukas' Mutter backte jedes Jahr mehr als zwanzig Sorten, und jede von ihnen schmeckte köstlich. Sie hatten sich geliebt, herumgealbert und auf Netflix kitschige Weihnachtsfilme angesehen. Und in einem dieser Filme war ebenfalls dieses Lied gespielt worden.

»Das sieht aus, als wäre es Florian Silbereisens Schlagershow in cool«, merkte Silke an, die sich neben Marie aufs Bett hatte fallen lassen.

»Ja, könnte sein«, erwiderte Marie. Silke entlockte ihr mit ihrer Bemerkung ein Schmunzeln.

»Und was machen wir jetzt mit dem angebrochenen Abend?«, fragte Silke. »Wollen wir uns wirklich weiterhin hier verkriechen? Immerhin sind wir in der Stadt, die niemals schläft. Findest du nicht, wir sollten noch etwas unternehmen? Wir könnten mit der U-Bahn rüber nach Brooklyn fahren und uns die vielen bunt geschmückten Häuser ansehen. Das soll großartig sein und kostet nix.«

Marie wollte erst verneinen, doch dann stimmte sie zu. Silke hatte recht. Die ganze Zeit hier im Zimmer zu sitzen und Trübsal zu blasen, würde es nicht besser machen. Brooklyn und die bunt geschmückten Häuser, die eine Touristenattraktion darstellten, würden sie auf andere Gedanken bringen.

Nach einer ewig langen Anreise mit der U-Bahn und dem Bus hatten sie den Stadtteil Dyker Heights in Brooklyn erreicht. Es war bereits neun Uhr abends, aber hier herrschte noch reger Betrieb. Autos stauten sich in den Straßen, die Polizei regelte den Verkehr, überall standen Reisebusse, und auf den Gehwegen und teilweise auch in den Vorgärten der weihnachtlich dekorierten Häuser tummelten sich die Besucher.

»Liebe Güte«, kommentierte Silke das rege Treiben. »Ganz so überfüllt hab ich mir das nicht vorgestellt. Diese Menschenmassen verderben einem ja den ganzen Spaß, und dann steht überall auch noch Polizei mit Blaulicht. Wenn ich das gewusst hätte, wäre ich gar nicht erst hergekommen.«

»Was hast du denn sonst erwartet?«, fragte Marie. »Überall im Internet und in jedem Reiseführer wird dieser Ort inzwischen als Touristenattraktion angeboten, und es gibt bezahlte Touren. Dass es dann voll ist, ist doch verständlich. Komm. Wir schlagen uns ins Getümmel. Jetzt sind wir extra hergekommen, jetzt will ich die Häuser auch sehen. Das wird bestimmt lustig.« Sie nahm Silke bei der Hand und zerrte sie entschlossen mit sich.

Silke ergab sich in ihr Schicksal, und sie betrachteten einige der aufwendig dekorierten Häuser, Silke machte mit ihrem Handy einige Fotos. Marie überforderten die vielen Lichter und Dekorationen etwas. Auch in Frankfurt gab es das eine oder andere aufwendig dekorierte Wohnhaus, aber so etwas hatte sie noch nie gesehen. Ganze Nussknackerscharen standen in Vorgärten, ihnen leisteten Rentierherden in den buntesten Farben Gesellschaft. Lichterketten gab es so ziemlich überall. An Bäumen, Sträuchern und Dachvorständen, in einem Vorgarten war eine lebensgroße Krippe aufgebaut, in einem anderen stand ein gut drei Meter großer aufblasbarer Schneemann, überall um ihn herum blinkte und leuchtete es.

»Die fangen bestimmt schon im August mit der Dekoration an«, meinte Marie und betrachtete einen beleuchteten Weihnachtsmann samt Rentierschlitten in einem der Vorgärten. »Sonst wird das doch niemals rechtzeitig fertig.«

»Ich hab im Internet gelesen, dass die Hausbewohner das größtenteils gar nicht mehr selber dekorieren, sondern Firmen dafür beauftragt werden. Manch eine Dekoration kostet bis zu zwanzigtausend Dollar. Und da ist der Stromverbrauch noch gar nicht mit eingerechnet. Das muss man sich mal vorstellen.« Silke schüttelte den Kopf.

»Hm«, gab Marie zur Antwort und betrachtete das nächste Weihnachtshaus mit einem etwas anderen Blick.

»Also, wenn das professionelle Firmen dekorieren und nicht die Hausinhaber, finde ich, verliert es seinen Zauber. Dann riecht es nur noch nach Geschäftemacherei mit den Touristen. Ich fände es viel besser, wenn die Leute das noch selbst machen würden. So wie bei den Griswolds in *Schöne Bescherung*. Selbst ausgewurzelter Weihnachtsbaum, selbst festgetackerte Lichter auf dem Dach. Das war noch echtes Engagement.«

»Da ist was dran«, merkte Silke an und grinste. »Besonders weil ja nicht alles gleich funktioniert hat. Es wäre doch nett, auch hier einen Hausbesitzer zu sehen, der wütend seine Rentiere durch die Gegend schleudert, weil die Lichter nicht funktionieren. Weißt du was: Wir sollten hier verschwinden und uns eine andere Attraktion aussuchen. Wir könnten zum Beispiel über die Brooklyn Bridge zurück nach Manhattan laufen. Was meinst du?«

»Klingt gut«, stimmte Marie zu. »Und vielleicht finden wir noch eine dieser berühmten Rooftop Bars. Mit Blick auf die nächtliche Skyline einen Cocktail schlürfen – das könnte ich jetzt gut gebrauchen.«

Sie trollten sich zurück zur Bushaltestelle und fuhren einige Stationen mit der U-Bahn. Diese verließen sie nicht weit von der Brooklyn Bridge entfernt. Allerdings plagte Marie bereits seit einer Weile ein Problem, das nun dringlich geworden war. Sie musste zur Toilette.

»Also wenn ich auf der Brücke nicht in die Hose machen will«, merkte sie an, »müssen wir vorher unbedingt noch ein stilles Örtchen finden.«

Sie blieben an einer Kreuzung stehen, und Marie entdeckte ein Stück entfernt ein Restaurantschild. »Das da vorn sieht gut aus.« Ohne eine Antwort von Silke abzuwarten, steuerte sie auf das Restaurant zu, das sich in einem niedlichen, zweistöckigen Backsteinhaus befand, daneben, in einem Innenhof gab es einen Christbaumverkauf, der noch geöffnet hatte. Ein älteres Ehepaar hatte gerade seinen Weihnachtsbaum erworben, und der Mann trug ihn zu einem nicht weit entfernten, am Straßenrand parkenden Auto. Hier gab es nicht so viel Weihnachtsbeleuchtung wie im Stadtteil Dyker Heights, aber Marie empfand den Ort als wesentlich heimeliger. Sie liefen die Stufen zum Eingang des Restaurants hinauf. An der Tür prangte ein Schild, auf dem darauf hingewiesen wurde, dass dieses Etablissement keine öffentliche Toilette darstellte.

»Und was jetzt?«, fragte Silke. »Schaffst du es noch woandershin?«

»Nein, ich muss zu dringend. Dann trinken wir eben hier etwas und vergessen die Rooftop Bar. Nett sieht der Laden ja aus.« Ohne eine Antwort von Silke abzuwarten, öffnete sie die Tür, und sie traten ein. Im Restaurant empfing sie ein gemütliches, im Landhausstil gehaltenes Ambiente. Auf den Tischen befanden sich hübsche kleine Weihnachtsdekorationen, die Bar war mit einer warmweißen Lichterkette dekoriert, zwischen den Flaschen stand ein etwas spezieller Weihnachtsmann: ein Skelett mit roter Mütze. Die junge schwarze Bedienung bot ihnen einen Platz am Tresen an, und nachdem sie ihre Jacken abgelegt hatten, eilte Marie sogleich zur Toilette, die sich im hinteren Bereich des Restaurants befand.

Als sie diese wenige Minuten später wieder verließ, stieß sie aus Versehen mit einem jungen Mann zusammen, der just in diesem Moment mit zwei Tellern voller Essen aus der Küche kam. Zu Maries Bedauern erschrak er so sehr, dass ihm der eine Teller aus der Hand rutschte und zu Boden fiel. Erschrocken blickte sie auf das Malheur und dann in das Gesicht des Mannes. Sein Anblick ließ sie erstarren. Sie erkannte ihn sofort. Vor ihr stand der Weihnachtself. Großer Gott. Nicht schon wieder. Er sah sie mit weit aufgerissenen Augen an, und es war offensichtlich, dass auch er sie wiedererkannte. Seine Miene verfinsterte sich. Doch noch ehe sie zu einer Entschuldigung ansetzen konnte, kam eine hübsche dunkelhaarige Frau mittleren Alters aus der Küche, schüttelte den Kopf und begann, den jungen Mann zu rügen: »Was hast du da nur wieder angerichtet, Jack. Sieh nur, das gute Essen. Auf dem Boden hat das sicher nichts verloren. Wenn ich nicht deine Tante wäre, würde ich es dir vom Lohn abziehen.«

Marie nutzte den Moment der Ablenkung und entfernte sich eiligen Schrittes. An der Bar angekommen, griff sie nach ihrem Anorak und zerrte Silke vom Stuhl.

»Wir müssen hier weg«, raunte sie ihr zu. »Der Weihnachtself von Macy's arbeitet hier.«

»Echt jetzt!«, entgegnete Silke überrascht dreinblickend. »Was ein Zufall. Ausgerechnet er.«

»Ja, ausgerechnet er«, wiederholte Marie. »Ich konnte es auch nicht glauben. Aber er ist es. Eindeutig. Diese strahlend blauen Augen vergesse ich nicht so schnell. Und wegen mir hat er gerade eine Bestellung fallen lassen. Also nichts wie weg hier.«

Die Kellnerin kam und sah sie irritiert an.

»Wir haben es uns doch anders überlegt«, sagte Marie und schenkte ihr ein verbindliches Lächeln. »Wir kommen ein andermal wieder.« Sie zerrte Silke mit sich nach draußen. Erst ein Stück von dem Restaurant entfernt blieben sie stehen, zogen ihre Jacken über und wickelten sich ihre Schals um die Hälse. Maries Herz klopfte noch immer wie verrückt, und sie blickte nun zurück. Die Tür des Restaurants blieb geschlossen, es folgte ihnen zum Glück niemand.

»Ich kann das noch immer kaum glauben«, meinte Silke. »Und du bist dir ganz sicher? Ich meine, in dieser Stadt wohnen Millionen von Menschen. Da ist es doch sehr unwahrscheinlich, genau diesem Weihnachtself ein zweites Mal zu begegnen.«

»Wenn ich es dir doch sage: Er war es. Ich bin mir ganz sicher«, beteuerte Marie. »Und ich Trottel trage wieder die Schuld an seinem Missgeschick. Dieser Mann muss mich für das fleischgewordene Unglück halten. Und entschuldigt hab ich mich schon wieder nicht. So bin ich doch eigentlich gar nicht.« Sie seufzte.

»Wenn er so böse geguckt hat wie bei Macy's, dann finde ich, ist es legitim wegzulaufen«, meinte Silke. »Du solltest dir darüber keine weiteren Gedanken machen. Ein drittes Mal wirst du ihm bestimmt nicht begegnen. Immerhin muss jetzt niemand mehr von uns zur Toilette. Dieses Problem hat sich wenigstens in Luft aufgelöst.«

»Ja, wenigstens etwas«, antwortete Marie. »Nur leider haben wir jetzt ein anderes. Es regnet.«

»Also keine Brooklyn Bridge«, erwiderte Silke. »Wenn du mich fragst, wird dieses Bauwerk sowieso überbewertet. Komm. Wir gehen zurück zur U-Bahn. Ich bin müde.« Sie hakte sich bei Marie unter, und die beiden liefen die Straße hinunter. Im Gehen wandte sich Marie noch einmal um, doch noch immer trat niemand aus dem Restaurant.

10. Kapitel

»Wie, du hast deinen Pass nicht mehr und kannst deshalb nicht nach Hause kommen?«, hakte Maries Mutter mit entsetzt klingender Stimme nach.

Marie wiederholte noch einmal, was geschehen war.

»Aber so wichtige Dokumente wie einen Reisepass schleppt man doch nicht überall mit sich herum. Habt ihr denn keinen Safe im Zimmer?«

»Doch, den haben wir«, erwiderte Marie, bemüht darum, ihren Tonfall nicht genervt klingen zu lassen. »Wir haben da einfach nicht dran gedacht. Silke hat ihren auch überallhin mitgenommen, und er ist noch da. Wir nehmen an, dass meine Tasche gestohlen wurde.«

»Ich hab dir gleich gesagt, dass diese Stadt gefährlich ist«, entgegnete ihre Mutter. »Aber du wolltest mir ja nicht glauben. Es wäre besser gewesen, du wärst gleich zu Hause geblieben. New York, solch ein Unsinn. Du hast ja auch weiß Gott im Moment andere Sorgen und hättest dich lieber um die Wohnungssuche kümmern sollen. Für immer kannst du nicht bei uns wohnen bleiben.

Das weißt du. In deinem Alter wohnt man einfach nicht mehr in seinem Kinderzimmer.«

»Das weiß ich auch, Mama«, antwortete Marie und rollte die Augen. »Aber wie du weißt, ist es nicht so einfach, in Frankfurt eine bezahlbare Wohnung zu finden.«

Nun erklang die Stimme ihres Vaters im Hintergrund. Er machte darauf aufmerksam, dass es jetzt nicht um die Wohnungssituation, sondern um Maries Rückreise ging. Er fragte nach der deutschen Botschaft.

Marie erklärte die Situation, die sich bedauerlicherweise auch an diesem Tag noch nicht geändert hatte. Das Konsulat in New York hatte zwar wieder geöffnet, und sie hatten am Morgen dort auch ihre von der Polizei ausgefüllte Verlustmeldung abgeben können. Aber wann der Betrieb wieder aufgenommen werden konnte, stand noch in den Sternen. »Es tut uns wirklich schrecklich leid«, hatte die Mitarbeiterin beteuert. »Unsere IT-Fachleute arbeiten mit Nachdruck an dem Problem. Sobald wir eine Lösung gefunden haben, melden wir uns sofort bei Ihnen.«

»Das darf doch nicht wahr sein«, echauffierte sich ihre Mutter. »Gegen solche Angriffe muss doch so eine wichtige Behörde geschützt sein. Und was nun? Wieso kümmert sich denn nicht dieser Radiosender um dich? Ich meine, die sind doch verantwortlich. Diese Anja Rossler kann dich doch nicht einfach allein in New York sitzen lassen!«

Marie erklärte die allgemeine Situation, und ihr Blick wanderte währenddessen zu Silke, die ihr flüsternd klarmachte, dass ihre gebuchten Freiminuten vermutlich gleich aufgebraucht waren.

Deshalb unterbrach Marie den erneuten Redefluss ihrer Mutter und bat sie, die Nummer des Prepaidhandys zu notieren, auf dem sie erreichbar sein würde. Nachdem dies geschehen war, versprach sie, sich so bald wie möglich wieder zu melden, und legte auf. Als sie das Handy sinken ließ, blieb ihr Blick an Silkes offenem, neben ihr auf dem Bett liegendem Koffer hängen.

»Mama hat schon recht mit dem, was sie gesagt hat«, meinte sie. »Diese ganze Reise war eine Schnapsidee. Ich muss mein Leben wieder auf die Reihe kriegen und sollte mich nicht in New York rumtreiben.« Ein dicker Kloß bildete sich in ihrem Hals, der sich nicht hinunterschlucken lassen wollte. »Was soll ich denn jetzt allein hier machen? Und was ist, wenn Mama recht hat und ich bis Weihnachten nicht heimkomme? Das alles ist ein Albtraum.« Sie begann zu schluchzen, schlug die Hände vors Gesicht und sackte wie ein Häufchen Elend in sich zusammen. Da spürte sie Silkes Umarmung. Ganz fest drückte ihre Freundin sie an sich, und Marie klammerte sich fest an sie und wollte sie am liebsten niemals wieder loslassen. Silke roch so herrlich vertraut, ihr Strickpulli kratzte zwar etwas, aber das war egal. In diesem Moment wünschte sich Marie nichts mehr auf der Welt, als mit ihr zurück nach Hause fliegen zu können. Oder wenigstens, dass ihre beste Freundin mit ihr hierbleiben könnte. Zu zweit wäre dieses Chaos gewiss einfacher zu ertragen. Ihr letzter

Gedanke brachte sie dazu, sich aus der Umarmung zu lösen, und sie sprach ihn laut aus.

»Daran habe ich auch schon gedacht«, antwortete Silke. »Aber es geht wegen der Arbeit nicht. Ich hab keine Urlaubstage mehr, und du kennst meinen Chef. Er würde das niemals genehmigen. Außerdem macht der Sender das bestimmt nicht mit. Aber ich bin mir ganz sicher, dass sich bald alles klären und sich das Konsulat noch vor Weihnachten bei dir melden wird. Du wirst die Feiertage bestimmt zu Hause verbringen und dich wie jedes Jahr bei mir über deine Mutter beschweren.« Sie nickte Marie aufmunternd lächelnd zu.

»Vermutlich schon. Sie wird Lukas vermissen, Papa anmotzen, dass er wieder einen hässlichen Baum angeschleppt hat, mir wird sie irgendetwas Seltsames schenken und jammern, dass die Gans zu trocken geworden ist. Trotzdem werde ich es vermissen.«

»Das wirst du nicht«, erwiderte Silke. »Du wirst nämlich dabei sein. Daran wollen wir festhalten.«

»Ja, das machen wir«, antwortete Marie, stand auf und holte sich ein Stück Klopapier aus dem Badezimmer, mit dem sie sich die Tränen von den Wangen wischte und die Nase putzte. Silke räumte ihren Toilettenbeutel in den Koffer und schloss ihn.

»Ich muss dann jetzt los«, sagte sie und zog ihre Jacke an. »Der Shuttleservice zum Flughafen kommt gleich.«

Marie nickte und antwortete: »Ich komm zur Verabschiedung mit runter.«

Bald darauf stand Marie vor dem Hotel und blickte dem Kleinbus hinterher, der ihre Mitreisenden zurück zum JFK-Airport brachte. Sie fühlte sich in diesem Moment so verloren wie lange nicht. Der Himmel über New York hatte sich ihrer Stimmungslage angepasst. Am Morgen war er noch strahlend blau gewesen, es hatte die Sonne geschienen. Nun hatte es sich zugezogen, und es wehte ein kühler Wind. Sie schlang die Arme um den Körper und beschloss, zurück in ihr Zimmer zu gehen. Dort angekommen, warf sie sich aufs Bett, starrte zur Decke und lauschte dem dämlichen Brummen der Lüftungsanlage. Neben ihr auf dem Bett lag das Prepaidhandy, das ihr Anja gegeben hatte. Marie begann, darüber nachzudenken, was Anja ihr genau zu dem gebuchten Tarif erklärt hatte. Sie hatte ein begrenztes Datenvolumen und sollte es mit dem Surfen nicht übertreiben. Für Telefonate nach Deutschland hatte sie Freiminuten. Wie viele das waren, hatte Marie vor lauter Aufregung vergessen. In finanzieller Hinsicht war sie vorerst abgesichert, Anja hatte ihr ausreichend Bargeld für Essen und Trinken gegeben. Auf dem Tisch unter dem Fernseher lagen Chipstüten und Süßkram – Silke hatte ihr die Sachen spendiert. Verhungern würde sie in den nächsten Tagen nicht, eher vereinsamen. So war das mit großen Städten. Man konnte von unzähligen Menschen umgeben sein und sich trotzdem mutterseelenallein fühlen. In dieser Hinsicht unterschied sich New York nicht sonderlich von Frankfurt.

Maries Blick wanderte zum Fenster, und sie bemerkte,

dass es zu schneien begonnen hatte. Dicke weiße Flocken wirbelten vom Himmel, und der Anblick sorgte schlagartig dafür, dass sich ihre Stimmung verbesserte. Schnee hatte sie schon immer geliebt. Stundenlang konnte sie den Flocken beim Fallen zusehen. Auch jetzt stand sie vom Bett auf, trat ans Fenster und sah den flauschigen Schneeflocken dabei zu, wie sie in den Innenhof zwischen die Hochhäuser fielen. In diesem Moment betrachtete sie den Ort mit anderen Augen. Hinter den Häusern befanden sich keine schmuddeligen Hinterhöfe, sondern kleine Oasen mit Sitzgruppen zum Verweilen, sie entdeckte ein Trampolin und eine Schaukel. Im Sommer saßen hier bestimmt die Bewohner beisammen und spielten Kinder. Die Gerüche von Gegrilltem würden den Hof erfüllen, der jetzt von Frau Holle zugedeckt wurde. Die Vorstellung, dass eine alte Frau, die ihre Betten im Himmel ausschüttelte, für den Schneefall verantwortlich war, hatte Marie schon immer gemocht. Ihr Papa hatte ihr das Märchen früher jeden Winter zum Einschlafen vorgelesen. Genauso wie die Geschichten von Winnie Puuh. Da fiel ihr ein, dass dieser Bär doch in New York in der Public Library ausgestellt wurde. Der echte Winnie, mit dem Christopher Robin damals gespielt hatte. Sie hatte sich vor ihrer Abreise fest vorgenommen, Puuh und seinen Freunden einen Besuch abzustatten, doch diese Planung war zwischen all den anderen Attraktionen und dem Stress rund um den Passverlust in Vergessenheit geraten. Jetzt hatte sie doch eigentlich die Zeit dazu. Und für die Public

Library musste sie nicht einmal Eintritt bezahlen. Die Idee gefiel ihr, und sie beschloss, sich auf den Weg zu machen.

Bald darauf stand sie vor der in der Fifth Avenue gelegenen Public Library. Diese war zu Beginn des zwanzigsten Jahrhunderts im Beaux-Arts-Stil errichtet worden und zählte mit über fünfundfünfzig Millionen Medien zu einer der größten Bibliotheken der Welt. Marie beeindruckte der Anblick des historischen Gebäudes. Und weil sie es gewohnt war, machte sie auch mit dem Prepaidhandy ein Foto davon. Es schneite noch immer kräftig, und zwei Männer mit Schneeschaufeln bemühten sich redlich, die zum Eingangsportal hinaufführenden Stufen vom Schnee zu befreien. Marie betrat das Gebäude und betrachtete staunend die weitläufige Astor Hall. Sie war mit weißem Marmor verkleidet, es gab beeindruckende Bögen, breite Treppen führten rechter und linker Hand in die oberen Stockwerke. Gegenüber dem Eingang stand ein wunderschöner, an die acht Meter hoher und elegant geschmückter Weihnachtsbaum, den Marie mit großen Augen betrachtete. Er sah einfach nur bezaubernd aus und gefiel Marie sogar noch besser als der Baum am Rockefeller Center. Dieser Raum zeigte ein anderes Gesicht dieser Stadt, und Marie gefiel, was sie sah. Silke kam ihr in den Sinn. Sie würde jetzt vermutlich darüber nachdenken, wo genau die Dreharbeiten für *Sex and the City* hier stattgefunden hatten. Schließlich hatte in einer Folge keine Geringere als Carrie

Bradshaw diesen Ort für ihre Serienhochzeit erwählt. Vermutlich hatte er noch vielen weiteren Filmen als Kulisse gedient. Und hier befand sich der wohl berühmteste Bär auf Erden. Marie erkundigte sich bei einem der Empfangsmitarbeiter danach, wo sie ihn finden könnte. Der Weg war nicht weit. Gleich im Erdgeschoss befand er sich in einer Ausstellung. Umgeben von seinen Freunden saß der alte Puuh in einer Glasvitrine, und Marie ging das Herz auf. Das war also der alte Teddy, mit dem Christopher Robin damals gespielt hatte. Sie betrachtete ihn und auch seine Freunde, besonders niedlich war das kleine Ferkel anzusehen. Der kleine Kerl, der sich immer vor allem fürchtete, der beste Freund von Puuh, der, wenn er einen schweren Tag hatte, einfach so neben ihm sitzen blieb und seine Beine so lange baumeln ließ, bis es Puuh wieder besser ging. Wie sehr Marie sich in diesem Moment wünschte, sie hätte gerade jetzt einen solchen Freund an ihrer Seite. Trotzdem machte der Anblick des kleinen Ferkels ihr in diesem Augenblick den Tag ein wenig leichter und zauberte ein Lächeln auf ihr Gesicht.

Dieses verschwand jedoch schlagartig, als sie plötzlich von jemandem angesprochen wurde: »Aber dich kenne ich doch.«

Sie wandte sich um und blickte in das Gesicht des Weihnachtselfs. Entsetzt sah sie ihn an. Wie war das möglich? Wieder begegnete sie demselben Menschen in dieser Millionenstadt. So viel Zufall konnte es doch gar nicht geben!

»Du bist der Unglücksrabe«, rutschte ihr heraus. »Kann es sein, dass du mich verfolgst?«

Er sah sie mit hochgezogener Augenbraue an, wobei ihr erneut seine strahlend blauen Augen auffielen. Ihr Innerstes begann zu beben.

»Aber unseren Freund Puuh lässt du bitte in Ruhe. Nicht, dass du dem armen Kerl auch noch etwas antust«, sagte er und deutete grinsend auf die Vitrine. Marie begann, sich etwas zu entspannen. Er schien ihr nicht böse zu sein, sonst würde er keine Scherze machen.

»Ehrenwort«, antwortete sie auf Deutsch, und sein Grinsen wurde noch breiter. Zu ihrem Erstaunen redete er nun in ihrer Sprache weiter.

»Du bist also aus Deutschland.«

Was für einen charmanten Akzent er doch hatte, seine Stimme klang tief und warm, in Marie verstärkte sich das kribbelige Gefühl.

Sie bejahte und fügte hinzu: »Frankfurt.«

»Meine Großmutter stammt aus Bamberg. Mit ihr und mit meiner Mutter habe ich oft Deutsch gesprochen. Wie heißt du?«

Marie wunderte es ein wenig, dass er so zugänglich war, schließlich hatte sie ihm bisher nur Scherereien eingebracht. Flirtete er etwa mit ihr? Oder bildete sie sich das nur ein? Von Männern hatte sie eigentlich fürs Erste genug. Lukas saß noch immer in ihrem Herzen, und bevor sie ihn nicht endgültig rausgeworfen hatte, konnte niemand Neues darin Platz finden. Trotzdem sah sie keinen Grund, dem Weihnachtself ihren Namen zu verschweigen. Freundliches Interesse war ja nicht mit einem Flirt gleichzusetzen.

Sie nannte ihren Namen und musterte ihn danach eingehender. Er trug eine Art Ordnungsuniform, dunkelblaue Stoffhosen, ein hellblaues Hemd und ein passendes Jackett. Sein Haar war zurückgekämmt, und er war glatt rasiert. An seinem Revers hing ein Schild des Museums, darauf stand auch sein Name.

»Jack Hendrick«, las sie laut vor und fügte hinzu: »Du hast deine Arbeitsgarderobe gewechselt.«

»Ja, das habe ich. Es kam da zu einem Vorfall bei Macy's in der Weihnachtswelt. Wegen einer unachtsamen Touristin hab ich bedauerlicherweise beinahe die gesamte Deko zerstört und bin daraufhin fristlos entlassen worden. Und stell dir vor: Die Touristin hat sich nicht einmal bei mir entschuldigt, sie ist einfach weggelaufen. Es gibt schon unhöfliche Menschen auf der Welt. Findest du nicht?« Er sah ihr nun direkt in die Augen. Marie schluckte und ging in den Verteidigungsmodus über.

»Ich wollte mich entschuldigen, ehrlich. Aber meine Freundin Silke hat gemeint, dass die uns am Ende alles bezahlen lassen, da sind wir lieber abgehauen. Außerdem warst du auch nicht ganz unschuldig, oder? Ich habe mich nur gebückt, um meine Schnürsenkel zu binden. Klar, mitten im Weg, und es war schlecht beleuchtet, aber du warst unachtsam.«

»Da ist etwas dran«, räumte er ein. »Und das bei

meiner Tante neulich? Du bist einfach so in mich rein-
gelaufen.«

»Ich in dich?«, entgegnete Marie verdutzt. »Ich bin
nur aus der Toilette gekommen. Ich konnte doch nicht
ahnen, dass ein Kellner im Stechschritt aus der daneben-
liegenden Küche gerannt kommt.«

»Hm«, gab er zur Antwort. Marie fühlte sich sieges-
sicher.

»Könnten Sie beide vielleicht woanders Ihre privaten
Gespräche führen«, wurden sie plötzlich angesprochen.
»Ich würde gern ein Bild des Puuh-Bären machen, und
Sie stehen mitten vor der Vitrine«, mahnte ein älterer
Mann in einem abgetragenen Anorak und mit einem
zerrupft aussehenden Bart, der einen altmodischen
Fotoapparat in den Händen hielt.

»Selbstverständlich, entschuldigen Sie bitte«, war es
Jack, der ihm antwortete. Er nahm Marie am Oberarm
und zog sie zur Seite. Diese kurze Berührung versetzte
Marie das Gefühl eines elektrischen Schlags, und sie
zuckte erschrocken zurück. Liebe Güte. Was war das
denn? So hatte ihr Körper noch nie auf die Berührung
eines anderen reagiert, selbst bei Lukas nicht.

Sie standen nun neben einem weniger beachteten
Ausstellungsstück, irgendein berühmtes Buch, das Marie
nicht kannte, und es herrschte eine seltsame Stille.
Marie trat von einem Bein aufs andere, und weil sie
nicht so recht wusste, wo sie mit ihren Händen hin-
sollte, steckte sie sie in ihre Jackentaschen.

»Ich muss dann mal weiterarbeiten«, sagte Jack

irgendwann. »Sonst verliere ich schon wieder einen Job, und der hier ist besser bezahlt. Es wäre also ein Jammer. Die Bezahlung bei Macy's war richtig mies, und das Kostüm sowieso nicht so mein Ding. Selbst Santa zocken die dort ab. Aber das musst du für dich behalten.«

»Werde ich«, entgegnete Marie.

»Wenn ich es genau nehme, muss ich mich also bei dir bedanken«, fügte er hinzu.

»Keine Ursache«, erwiderte sie.

Herrgott, wie redete sie denn, kam ihr in den Sinn. Keine Ursache, so etwas sagte höchstens ihr Vater.

»Wie lange bist du noch in New York?«, fragte er. Sein Blick sorgte dafür, dass das Gefühlsdurcheinander in ihrem Inneren wieder zunahm, ihr Puls klopfte wie verrückt in ihrem Hals.

»Weiß nicht«, antwortete sie.

»Aber so etwas muss man doch wissen«, entgegnete er verdutzt.

»Ja, ich meine ... eigentlich schon ... aber«, stammelte Marie und suchte nach Worten, um auf die Schnelle zu erklären, weshalb sie die Antwort auf seine Frage nicht kannte. Da ihre innere Erregung dafür sorgte, dass es in ihren Ohren rauschte und sie nur noch seine schönen Augen wahrnahm, sah sie sich in diesem Augenblick jedoch nicht dazu imstande, die genauen Geschehnisse zu erklären. »Also, es ist kompliziert«, brachte sie schlussendlich heraus.

»Wenn das so ist, könntest du es mir vielleicht später erzählen«, antwortete er. »Ich hab um sechs Feierabend und würde dich auf eine heiße Schokolade auf dem Weihnachtsmarkt drüben im Bryant Park einladen. Dann könntest du mir das Komplizierte erklären. Kurz nach sechs? Am Eingang der Library?« Er sah sie hoffnungsfroh an, und Marie sagte sofort zu.

»Fein«, antwortete er und grinste erneut so herrlich verschmitzt. Er hatte süße Grübchen in den Mundwinkeln, das gefiel Marie.

Zum Abschied kam er nicht umhin, sie noch einmal zu necken: »Und in Durchgangswegen keine Schnürsenkel binden.«

»Ich werde es beherzigen«, antwortete sie und fügte nach einer kurzen Pause hinzu: »Ich freu mich.«

Als sie diese Worte aussprach, hatte er sich bereits abgewandt und steuerte auf eine Kollegin zu. Marie beobachtete, wie die beiden den Raum verließen. Ihre Aufregung ließ nach, und ihr logisches Denkvermögen begann, die Oberhand zu gewinnen.

»Was tust du da eigentlich, Marie Hermann. Herrgott«, schalt sie sich leise. »Du kannst dich jetzt nicht auch noch verlieben, schließlich hast du schon genug Probleme.«

11. Kapitel

Marie stand in der Dusche ihres Hotelzimmers und war kurz davor, aus lauter Verzweiflung das Duschen aufzugeben und irgendein Notfallprogramm am Waschbecken zu starten. Wie hatte Silke es nur hinbekommen, hier die richtige Temperatur einzustellen? Sie fühlte sich ohne die Freundin vollkommen hilflos. So sehr Marie sich an dem Regler auch abmühte, die Temperatur des Wassers veränderte sich nicht. Es blieb kochend heiß. Das Hotelbadezimmer war bereits von Dampf erfüllt, es hatte etwas von einer Sauna. »Fahr nach New York, haben sie gesagt«, fluchte sie vor sich hin und drehte das große Rad des Reglers mit Schwung nach links. »Da kannst du was erleben, haben sie gesagt. Da wird es lustig, haben sie gesagt. Verdammt noch eins, jetzt werde endlich kühler, du dämliches Ding.« Ungeduldig drehte und drehte sie, und es schien, als wollte sie ihre angestaute Wut wegen der Geschehnisse der letzten Tage an dem ungewohnten Bedienelement auslassen. Zu ihrem Erstaunen hatte sie irgendwann tatsächlich Erfolg, und das Wasser wurde endlich kühler. Nun war es zwar etwas zu frisch, aber besser frieren, als sich verbrühen.

Nachdem sie sich von Jack verabschiedet hatte, war sie noch ein wenig ziellos durch die Gegend gelaufen und hatte im Spiegel eines Kaufhauses mit Entsetzen festgestellt, wie fürchterlich sie aussah. Sie ähnelte einem zerfledderten Wischmopp. Ihre zu einem Zopf gebundenen Haare waren fettig und ihre Haut rot und fleckig, Make-up hatte sie wegen der gruseligen Situation und weil sie andauernd in Tränen ausgebrochen war, erst gar nicht aufgetragen. Wie hatte dieser gut aussehende Typ bloß auf die Idee kommen können, sie einzuladen? Spontan hatte sie beschlossen, sich aufzuhübschen, denn in diesem Zustand konnte sie auf gar keinen Fall zu einer Verabredung gehen. Sie verbat sich, diese als Date zu bezeichnen. Sie würde einen netten Abend mit einem neuen Bekannten auf einem Weihnachtsmarkt verbringen. Nicht mehr und nicht weniger. So redete es ihr die Vernunft ein. Ihre Gefühlswelt sah das jedoch anders, und das kribbelige Gefühl von Glückseligkeit in ihrem Inneren sorgte dafür, dass sie, während sie ihre Haare abtrocknete, *Last Christmas* zu summen begann. So gut gelaunt war sie schon lange nicht mehr gewesen.

Im Zimmer war der Fernseher an, und es lief eine New Yorker Nachrichtensendung, der Wettermann sprach von einer längeren Kältewelle und kündigte weitere Schneefälle für die nächsten Tage an. Marie hörte ihm nur mit halbem Ohr zu. Ihre Aufmerksamkeit galt nun dem Inhalt ihres Koffers, den sie auf dem Bett verteilt hatte. Was sollte sie bloß anziehen? Die Auswahl war begrenzt. Eine schwarze oder eine blaue Jeans, ein hellbeiger Pullover mit Zopfmuster? Vielleicht ein T-Shirt und die blau-weiß gestreifte Strickjacke darüber? Die war allerdings schon etwas ausgeleiert. Den roten Hoodie hatte sie mit Absicht zwei Nummern zu groß gekauft, damit er schön gemütlich war. Das dünne, tailliert geschnittene Oberteil mit dem Glitzersteinchen am tiefen Ausschnitt schied für sie als Erstes aus. Damit würde sie auf dem Weihnachtsmarkt sicherlich erfrieren.

Ihr Blick wanderte zum Fenster. Es schneite noch immer etwas. »Stirnbandwetter«, murmelte sie und holte das hellblaue und mit glitzernden Silberfäden durchwirkte Strickstirnband hervor, das sie an einem der zahlreichen Straßenverkaufsstände für Winteraccessoires vor zwei Tagen erworben hatte. Ihre Wahl fiel schlussendlich auf den Strickpullover. Obwohl er den vermutlich gar nicht zu Gesicht bekommen würde, schließlich trug sie ihre Jacke darüber. Dann sah sie auf die neben dem Bett liegenden Sneaker, und sie stieß einen Seufzer aus. Bedauerlicherweise hatte sie sich nun doch keine warmen Schuhe gekauft, also mussten es die alten Treter noch tun. Aber was sollte es schon. Carrie war in der Serie *Sex and the City* ständig in Manolo Blahnik Heels durch die Gegend gestöckelt, und sie hatte auch nie gejammert, dass sie kalte Füße hätte. Sie beschloss trotzdem, zwei Paar Socken übereinander anzuziehen. Einen Schnupfen konnte sie jetzt nicht auch noch gebrauchen.

Es war das Läuten des Handys, das sie nur wenige Augenblicke später zusammenzucken ließ. Erschrocken blickte sie auf das Display, und die Vorwahl von Frankfurt ließ kurz die Hoffnung aufkeimen, dass es der Radiosender war und sie eine Lösung für ihr Problem gefunden hatten. Doch der Rest der Nummer war ihr vertraut. Es waren ihre Eltern, die anriefen. Ach du je. Das Gejammer ihrer Mutter wollte sie jetzt nicht hören, und Neuigkeiten gab es von den beiden gewiss keine. Sie beschloss, das Gespräch nicht anzunehmen, ging zurück ins Bad und begann, ihre Haare zu föhnen. Nach einer gefühlten Ewigkeit hörte das Klingeln auf, und Marie befiel das schlechte Gewissen. Ihre Eltern machten sich Sorgen um sie, was verständlich war. Sie hätte ihnen wenigstens ein kurzes Update zur Situation geben können. Einen Moment lang war sie versucht, zurückzurufen, unterließ es jedoch, denn ihr Freiminutenkontingent auf der SIM-Karte war ja begrenzt. Ihre Mutter würde mit Sicherheit in wenigen Minuten einen weiteren Versuch starten, dann konnte sie immer noch rangehen.

Sie sollte Recht behalten. Genau in dem Moment, als sie ihren Lidstrich zog, begann das Handy erneut zu läuten. Dieses Mal nahm Marie das Gespräch an, und sie hörte die vertraute Stimme ihres Papas, der sich in seinem ruhigen und von ihr so geliebten Tonfall nach ihrem Befinden erkundigte und ihr, nachdem sie ihm erklärt hatte, wie der Stand der Dinge war, mitteilte, dass sie in Verbindung mit dem Sender und dem Bürgerbüro stünden.

»Wir tun alles dafür, dass du bald wieder nach Hause fliegen kannst, meine Kleine. Mama will dein Lieblingsessen kochen, und sie hat gestern dein Bett mit der Kuschelbettwäsche frisch bezogen, die du so gernhast.«

Seine Worte rührten Marie.

»Das ist lieb von ihr«, antwortete sie. »Ich werde morgen früh noch einmal zum Konsulat gehen. Wenn wir Glück haben, hat der Spuk dann endlich ein Ende, und ich sitze bald wieder im Flieger.«

»Das wäre schön«, antwortete ihr Vater. »Ach, und was ich ganz vergessen hatte, dir zu sagen. Es gibt gute Neuigkeiten zum Thema Wohnungssuche. Hier hat sich eine Frau namens Gerda Glück gemeldet. Sie würde dir die Wohnung vermieten. Wenn du aus New York zurück bist, kannst du dich bei ihr melden.«

Marie konnte kaum glauben, was ihr Vater gerade gesagt hatte. Dieser Tag, der so fürchterlich begonnen hatte, nahm nun doch ein versöhnliches Ende.

»Wie großartig«, antwortete sie freudig. »Das ist eine Dachgeschosswohnung im Nordend, klein, aber gemütlich, und die Miete ist für Frankfurter Verhältnisse ein Traum.«

»Das freut mich für dich«, erwiderte ihr Papa. »Du kannst sie mir dann ja zeigen, wenn du wieder hier bist. Ich mach jetzt besser Schluss. Es ist hier mitten in der Nacht, Mama ist gerade eingenickt. Pass gut auf dich auf da drüben.«

»Mach ich«, antwortete Marie. »Schlaf schön, Paps. Ich hab dich lieb.«

Sie legte auf und hielt sich das Telefon einen Augenblick von einem seligen Glücksgefühl erfüllt an die Brust. Es ging voran, der lähmende Schatten, der in den letzten Monaten ihr Leben verdüstert hatte, begann sich zu verziehen. Eine alte Frau mit dem süßen Nachnamen Glück hatte ihr Glück gebracht. Wie schön das doch war.

Eine Weile darauf verließ Marie in bester Stimmung die in der Nähe der Public Library gelegene U-Bahn-Haltestelle und steuerte auf den Haupteingang der Bibliothek zu. Der Schneefall hatte wieder etwas zugenommen, war aber nicht störend. Es sah bezaubernd aus, wie die Flocken durch die Hochhausschluchten wirbelten. So stellte man sich New York City zur Weihnachtszeit vor, verschneit und voller Lichter, es kam ihr vor, als würde sie durch einen Netflix-Weihnachtsfilm laufen. Fehlte nur noch der perfekte Mann. Oder hatte sich der nicht bereits gefunden?

Sie erblickte Jack, er wartete vor dem Eingang auf sie. Ihr Herz begann höherzuschlagen, und sie atmete tief durch. *Er ist ein Bekannter, eine nette Ablenkung in dieser Stadt, mehr nicht. Wenn alles klappt, sitzt du morgen um diese Zeit im Flugzeug*, redete sie sich ein, während sie die Stufen zum Eingang hinauflief und darauf achtete, auf dem glitschigen Untergrund nicht auszurutschen. *Du wirst ihn niemals wiedersehen. Ein netter Abend, mehr ist es nicht.*

Er begrüßte sie mit dem ihr bereits vertrauten Grinsen. »Da bist du ja«, sagte er. »Und ich dachte schon, du kommst nicht, Mädchen aus Deutschland.«

Diese Bezeichnung klang charmant, und das kribbelige Gefühl in ihrem Inneren verstärkte sich. Er sah unsagbar gut aus in seiner dunkelblauen Daunenjacke und seinen hellblauen Jeans. Sein Haar war nun etwas verwuschelt, und um seinen Hals hing ein schlichter, grauer Schal.

»Ich habe doch gesagt, dass ich hier sein werde. Pünktlichkeit ist eine deutsche Tugend«, scherzte sie.

»Ich vergaß«, antwortete er. »Das hat meine Granny auch immer gesagt. Also, dann mal los. Es ist kalt, und die heiße Schokolade wartet. Du wirst begeistert sein. Es gibt in ganz Amerika keine bessere als bei Joe's Weihnachtsbude im Bryant Park. Magst du Marshmallows?«

Sie setzten sich in Bewegung und steuerten den direkt hinter der Library gelegenen Bryant Park an. Dort tauchten sie in den glitzernden Budenzauber ein, und schon bald hielt Marie einen Becher der hoch angepriesenen heißen Schokolade in den Händen. Auf Marshmallows hatte sie verzichtet, dafür hatte ihre heiße Schokolade ein Sahnehäubchen in Form eines Schneemanns. Es sah so hübsch aus, sie traute sich gar nicht, davon zu trinken. Der Tatsache, dass Jack das süße Machwerk als das beste Amerikas bezeichnete, war seiner Freundschaft zum Inhaber des Stands, Joe, geschuldet.

»Da hast du ja einen richtigen Weihnachtsengel mitgebracht«, sagte der kräftige Mann. Er trug einen Vollbart und einen dicken Sweater mit einem Firmenlogo darauf, auf seinem Kopf prangte eine Mütze mit aufgestickten NY-Buchstaben. »Nimm dich in Acht, Engelchen. Unser Jack Hendrick ist ein Herzensbrecher.« Er zwinkerte Marie zu und wandte sich dann weiterer Kundschaft zu. Sie ergatterten einen freien Platz an einem der Stehtische, und Marie wiederholte in neckischem Tonfall Joes Warnung: »Ein Herzensbrecher also.«

»Glaub ihm kein Wort«, entgegnete Jack und winkte ab. »Er übertreibt gern, der alte Gauner. Von uns beiden ist nämlich er der Herzensbrecher. Er sieht gut aus und verkauft den ganzen Tag süße, heiße Schokolade, die Frauen rennen ihm in Scharen hinterher. Da hat ein Ex-Weihnachtself wie meiner einer das Nachsehen.«

»Wie bedauerlich«, entgegnete Marie und nippte an ihrer Schokolade. Jack schien keine Vorstellung davon zu haben, wie gut er aussah. Er hätte problemlos eine Schauspielkarriere in Hollywood starten oder Männermodell werden können. Ein Blick aus seinen leuchtend blauen Augen reichte aus, um sie vollkommen aus dem Konzept zu bringen. Dazu konnte er sie mit Leichtigkeit zum Lachen bringen. Diese Eigenschaft hatte Marie an Männern schon immer anziehend gefunden, auch Lukas besaß sie.

Jack kam auf ihr Gespräch vom Nachmittag zurück und erkundigte sich danach, weshalb die Sache mit ihrer Aufenthaltsdauer in New York so kompliziert war.

Marie erklärte, was vorgefallen war.

»Das ist wirklich dumm gelaufen«, antwortete er, nachdem sie ihren Bericht beendet hatte. »Über den Hackerangriff ist sogar in den Nachrichten berichtet worden. Es ist ein größeres Ding, nicht nur die Deutschen sind davon betroffen. Auch andere Konsulate hat es eiskalt erwischt, angeblich stammen die Hacker aus China und wollen Lösegeld erpressen.«

»Von der Erpressung habe ich auch gehört«, antwortete Marie und stieß einen Seufzer aus. »Jetzt ist es mit mir ein wenig wie bei *Kevin – Allein in New York*. Nur hab ich zum Glück keine zwei Ganoven an mir kleben.«

»Na ja. So allein bist du ja gar nicht mehr«, antwortete er. »Du hast jetzt mich.« Er grinste erneut schelmisch und hatte einen Schokomund, was ihn für Marie noch sympathischer machte.

»Stimmt«, entgegnete sie. »Jetzt habe ich dich. Aber morgen wirst du wieder in der Library arbeiten, und ich werde ganz allein in meinem Hotelzimmer sitzen und mein Prepaidhandy anstarren.«

»Eine unschöne Beschäftigung in einer so großartigen Stadt wie New York. Da gibt es bessere Wege, um sich die Zeit zu vertreiben«, meinte er.

»Aber die meisten davon sind teuer, und ich muss mit meinem Geld haushalten«, gab sie zu bedenken.

»Ich hätte zufällig morgen frei. Ich könnte dir eine kostenlose Stadtführung anbieten, fernab von den Touristenecken, und wenn du magst, stelle ich dir ein paar Freunde von mir vor. Das sind echt nette Leute.« Er sah sie hoffnungsvoll an. Etwas in Marie wollte sofort zusagen. Die Vorstellung, den morgigen Tag mit diesem gut aussehenden, witzigen und charmanten Begleiter zu verbringen, war verlockend. Trotzdem zögerte sie. War sie tatsächlich schon bereit dazu, sich auf einen neuen Mann einzulassen, auch wenn Jack vermutlich nur ein Flirt und vielleicht sogar eine kleine amerikanische Affäre bleiben würde? Sie hatte ihr Herz gerade erst wieder zusammengesetzt, ein winziger Stoß würde ausreichen, um es abermals in tausend Scherben zerspringen zu lassen. Marie überließ, wenn auch widerwillig, der Vernunft in diesem Augenblick die Oberhand. Es war besser, es bei diesem einen Treffen zu belassen. Jack mit einer Absage vor den Kopf stoßen wollte sie aber auch nicht.

»Mal sehen«, blieb sie bei einer vagen Zusage, und es entstand ein seltsamer Moment, in dem keiner von beiden etwas sagte. Marie trank von ihrer heißen Schokolade, die extrem süß schmeckte. Sie wollte lieber nicht daran denken, wie viele Kalorien in diesem Becher steckten. Ihr Blick wanderte zur nahen Eislaufbahn, auf der buntes Treiben herrschte.

»Kannst du Schlittschuh laufen?«, fragte er.

»Ja, ganz gut sogar«, antwortete sie. »In Frankfurt gibt es eine große Eishalle, als Teenager waren wir oft in der Eisdisco.«

»Ich hab früher sogar eine Weile im Eishockeyteam gespielt und von einer NHL-Karriere geträumt«, erwiderte er. »Aber ein übler Kreuzbandriss mit sechzehn hat sie mir verhagelt.«

148

»Verstehe«, antwortete Marie und trat von einem Bein aufs andere. Sie begann zu frieren. Die Kälte war in ihre Sneaker und ihre Beine hinaufgezogen. Lange würde sie es auf diesem Weihnachtsmarkt nicht mehr aushalten.

»Du frierst«, merkte Jack an. Er hatte eine gute Beobachtungsgabe, das musste Marie ihm lassen.

»Vielleicht ein wenig«, gestand sie.

»Was hältst du davon, wenn wir hier verschwinden und zu meiner Tante Milli ins Restaurant fahren. Ihre Kürbissuppe ist unübertroffen, und bezahlen musst du als mein Gast natürlich nichts.«

Sein Vorschlag klang verlockend, allerdings lag das Restaurant seiner Tante in Brooklyn. Dorthin mussten sie ein ganzes Stück mit der U-Bahn fahren. Marie kam dieser Weg im Moment wie eine Weltreise vor, und sie fühlte sich plötzlich wie erschlagen, weshalb sie die Einladung ablehnte.

»Das klingt großartig, aber ich bin ehrlich gesagt müde und werde lieber ins Hotel zurückfahren. Der Jetlag macht mir noch immer etwas zu schaffen, und die letzten Tage waren anstrengend. Sei mir deshalb nicht böse. Vielleicht ein andermal.«

Ihr letzter Satz klang wie eine Absage, die man jemandem erteilte, den man für immer loswerden wollte. Aber das wollte sie eigentlich gar nicht, denn auch auf den zweiten Blick gefiel er ihr. Wie er redete, wie er sich gab. Er schien perfekt zu sein, und genau darin lag das Problem. Die Angst, erneut verletzt zu werden, gesellte sich zu der beißenden Kälte. Jede Minute länger, die sie mit Jack verbrachte, würde den unausweichlichen Abschied schlimmer machen, denn sie lebten nun einmal in verschiedenen Welten. Sie dachte einen Augenblick darüber nach, ihm ihre Absage genauer zu begründen. Aber was sollte sie ihm sagen? In dich könnte ich mich verlieben? Mein Verlobter hat mich sitzen lassen? Ich wollte Kinder mit ihm. Der Verlust ihrer Beziehung, ihrer verlorenen Träume traf sie mit voller Wucht, und sie war kurz davor, in Tränen auszubrechen. Jacks Anwesenheit schien in diesem Augenblick ihren Liebeskummer nur noch schlimmer zu machen, und sie wollte bloß noch weg von hier. Weg aus dieser Stadt, zurück nach Hause, in ihr Kinderzimmerbett, unter dem Poster von Tokio Hotel heulen, sich in ihrem Selbstmitleid suhlen und die Welt vergessen.

»Gut«, antwortete er. Ihm war anzusehen, dass ihm ihre Absage nicht gefiel. »Das ist verständlich«, räumte er dennoch ein. »Aber allein lass ich dich nicht gehen. Ich begleite dich zu deinem Hotel. Wie heißt es denn?«

Mit einer solchen Antwort hatte Marie nicht gerechnet, er schien nicht gekränkt zu sein. Jeder deutsche Junge hätte den Wink mit dem Zaunpfahl verstanden. Jack hingegen war hartnäckig, und auch das gefiel ihr. Nun konnte sie wieder lächeln, und der düstere Liebeskummerschatten, der sich auf ihr Gemüt gelegt hatte, lichtete sich.

»Belleclaire Hotel, es liegt am Broadway«, antwortete sie.

»Das kenne ich. Ist ein schönes, altehrwürdiges Haus mit ganz eigenem Charme, ein Freund von mir hat da letztes Jahr als Portier gearbeitet.«

»Altehrwürdig trifft es«, antwortete Marie überrascht. »Gibt es irgendetwas in dieser Stadt, das du nicht kennst?«, fragte sie scherzhaft und stellte ihren leeren Kakaobecher auf den Tisch. Ihre Finger waren nun trotz der Strickhandschuhe eiskalt. Sehnsüchtig wanderte ihr Blick zu einem nicht weit entfernten Ciderstand, an dem es Heizpilze gab.

»Einiges«, antwortete er. »Du würdest dich wundern, was alles nicht. Aber das erzähle ich dir ein anderes Mal. Wir sollten los. Du musst aus der Kälte raus.«

Wie selbstverständlich nahm er ihre Hand und zog sie mit sich. Sie ließ es geschehen, und sie steuerten auf die nächstgelegene U-Bahn-Haltestelle zu.

Im Untergrund angekommen, blieben sie vor einer Musikband stehen, um die sich eine große Schar an Zuschauern versammelt hatte. Die Gruppe spielte gerade das Lied *Snap* von Rosa Linn. Der Titel der Armenierin hatte beim ESC-Contest einen der hinteren Plätze belegt, war danach jedoch zum Hit avanciert, und auch Marie hatte ihn gern. Der Sänger der Band, ein gut aussehender Mittzwanziger in einer Lederjacke, sang ausgezeichnet. Sie gingen auch nicht, als das Lied zu Ende war. Es gab von den Umstehenden Beifall, auch sie und Jack klatschten, einige Passanten warfen Geld in einen geöffneten Gitarrenkoffer. Die Band stimmte das nächste Lied an. Es war ein Weihnachtslied,

Happy Xmas (War Is Over), von John Lennon. Marie liebte dieses Lied sehr, sie freute sich jedes Mal, wenn es in der Weihnachtzeit im Radio lief. Ein altes Pärchen begann, dazu zu tanzen, zwei weitere Paare schlossen sich an. Es war verrückt. In Deutschland würde niemals jemand auf die Idee kommen, in einer U-Bahn ein Konzert zu geben, niemand würde dort tanzen. Solche Orte galten als Mittel zum Zweck, im kalten Neonlicht zeigten nur wenige Passanten ein Lächeln. Und hier tanzten die Menschen, hörten andächtig zu, hier fühlte sich das Leben sogar an einem solchen Ort lebenswert an, und Marie vergaß ihre kalten Füße.

»Möchtest du auch tanzen?«, riss Jack sie aus ihren Gedanken. Seine Aufforderung kam so überraschend, dass Marie ihn irritiert ansah.

»Tanzen«, wiederholte sie. »Hier?«

»Wieso nicht«, entgegnete er. »Oder kannst du nicht tanzen?«

»Natürlich kann ich das.« Schließlich war ich in diesem dämlichen Tanzkurs für Hochzeitspaare, weil Lukas sich in den Kopf gesetzt hatte, auf seiner Hochzeitsfeier einen perfekten Wiener Walzer aufs Parkett zu legen, dachte sie, sprach den Gedanken aber nicht laut aus.

»Na dann. Darf ich bitten?« Er hielt ihr die Hand hin und schenkte ihr ein süßes Lächeln, dem sie nicht widerstehen konnte. Wieso denn nicht? Sie war in New York, weit weg von zu Hause. Da konnte man auch mal verrückt sein und mit einem schönen Mann in einem

U-Bahnhof tanzen. Und sie schwebte nun regelrecht in Jacks Armen, ließ sich von ihm führen, genoss seine Nähe und atmete seinen Geruch ein, er benutzte ein herb duftendes Rasierwasser. Die Vernunft mit all ihren mahnenden Worten war in diesem Augenblick weit fort, und das unbändige Gefühl von Glück hatte die Oberhand gewonnen.

Die Vernunft kehrte bereits auf dem Weg zum Hotel zurück. Sie stiegen die Treppen der U-Bahn hinauf, und beide schienen sie nicht so recht zu wissen, was sie sagen sollten. Also schwiegen sie. Eine dünne Schneeschicht lag auf dem Gehweg, es schneite leicht. Vor dem Hoteleingang blieben sie stehen.

»Der Abend war schön«, sagte Jack schließlich. Er sah sie nun beinahe schüchtern an, von unten nach oben, was seine blauen Augen noch besser zur Geltung brachte.

»Ja, das war er. Danke für deine Gesellschaft.« Wie förmlich das klang, kam es ihr in den Sinn.

»Würde es Sinn ergeben, Nummern auszutauschen?«, fragte er.

»Weiß nicht«, antwortete Marie. Sie hätte in diesem Moment gerne Ja gesagt. Natürlich, ich will dich ja wiedersehen, noch einmal mit dir tanzen und vielleicht noch viel mehr als das. Aber es überwogen plötzlich wieder die Zweifel. Bald würde er einen Ozean entfernt sein, sie lebten in verschiedenen Welten, er in New York und sie in Frankfurt. Anfangs würden sie sich vielleicht noch schreiben, gegenseitig Bilder auf Instagram liken. Sie würde mitbekommen, wie er eine andere liebte und vielleicht sogar heiratete. Allein der Gedanke schmerzte. War es da nicht besser, hier und jetzt einen Schlussstrich zu ziehen und sich von ihm zu verabschieden? Ein guter Abend, die perfekte Erinnerung, um sie für die Ewigkeit zu bewahren. Social Media würde alles zerstören.

Sie sah an seinem Blick, dass ihr Zögern ihn verletzte. Also suchte sie in einer pragmatischen Ausrede Zuflucht: »Ich hab aktuell gar kein richtiges Handy und weiß auch noch gar nicht, ob ich meine alte Nummer behalten werde.«

»Ich versteh schon«, antwortete er und nahm plötzlich ihre Hand. Er sah ihr nun direkt in die Augen. »Es klingt selbstsüchtig, aber ich wünschte, du würdest morgen nicht fliegen. Ich weiß, dass ich jetzt egoistisch denke. Aber ich hätte so gern mehr Zeit mit dir.«

»Ich weiß noch gar nicht, ob ich morgen fliege«, antwortete Marie. Sein Blick ging ihr durch und durch, und all die idiotischen Gedanken von einem unguten Social-Media-Kontakt begannen, sich in Luft aufzulösen.

»Wenn nicht, und falls du Gesellschaft suchst, dann weißt du jetzt, wo du mich findest«, antwortete er.

Sie nickte und lächelte. Der Moment des endgültigen Abschieds war gekommen. Marie wusste nicht, was sie tun oder sagen sollte. Er traf die Entscheidung für sie. Er umarmte sie einfach so und küsste ihre Wange. Die kurze Berührung seiner weichen und warmen Lippen auf ihrer Haut löste ein flirrendes Gefühl in ihr aus, und sie schauderte. Er trat einen Schritt zurück und grinste nun wieder so wunderbar spitzbübisch.

»Wir sehen uns. Mädchen aus Deutschland.«

Er ging, und Marie sah ihm noch so lange nach, bis er die Treppe zur U-Bahn erreicht hatte. Erst dann ging sie ins Hotel.

12. Kapitel

$\mathcal{E}$s war das Läuten des Hoteltelefons, das Marie am nächsten Morgen aus einem unruhigen Schlaf riss. Sie nahm den Hörer ab, und eine Frauenstimme war zu hören, die ihr erklärte, dass sie bis zehn Uhr das Zimmer räumen müsse, da es für den heutigen Tag wiedervermietet sei. Es folgte noch eine Entschuldigung wegen der späten Mitteilung. Marie war schlagartig hellwach und setzte sich auf. Erst antwortete sie entsetzt auf Deutsch: »Aber der Radiosender hat die Buchung doch verlängert!« Rasch verbesserte sie sich und wiederholte den Satz auf Englisch.

Die Frau teilte ihr mit, dass sie keine längere Buchung vorliegen habe. Eine Unterbringung in einem anderen Raum sei ebenso nicht möglich, sie seien ausgebucht.

Marie konnte nicht glauben, was sie hörte. Sie warfen sie aus dem Hotel. Aber das war doch unmöglich! Anja hatte ihr versichert, dass alles geklärt sei und sie so lange wie nötig im Zimmer würde bleiben können. Genau das teilte sie auch der Rezeptionistin mit, doch diese blieb hart. Sie müsse bis zehn Uhr das Zimmer verlassen.

Verzweifelt beendete Marie das Gespräch und sah auf die Uhr. Es war gleich halb zehn. Eine halbe Stunde blieb ihr noch bis zur Obdachlosigkeit. Marie kramte das Prepaidhandy aus ihrer Tasche und wählte die Nummer des Radiosenders. Es dauerte eine gefühlte Ewigkeit, bis endlich ein Freizeichen zu hören war und jemand abhob. Es war eine junge Frau, die sich meldete, und Marie begann, aufgeregt ihre missliche Lage zu schildern, und fragte nach Anja Rossler oder Tommi Klemmer.

»Oh, das tut mir leid«, antwortete die Frau, von der Marie den Namen nicht verstanden hatte. »Die beiden sind heute nicht im Haus. Anja hat sich krankgemeldet, und Tommi ist unterwegs wegen einer Reportage für die Hessenschau. Aber ich kann gern Ihr Anliegen notieren und es weitergeben. Wie war Ihr Name noch gleich?«

»Das ist jetzt nicht wahr«, antwortete Marie in einem harschen Tonfall. »Mir wurde gesagt, ich kann mich jederzeit melden, und der Sender würde sich kümmern. Ich möchte sofort mit jemand Zuständigem sprechen. Mein Name ist Marie Hermann, und ich sitze noch immer in New York fest und fliege jetzt auch noch aus dem Hotelzimmer.« Ihre Stimme war laut geworden.

»Ach, dann sind Sie diejenige mit dem verlorenen Pass«, kam bei der jungen Frau nun doch noch die Erleuchtung, wen sie da in der Leitung hatte. »Dafür ist Sabine zuständig, aber die ist heute auch krank, also ihr Sohn ist krank. Die geht heute früh zum Kinderarzt, könnte sein, dass sie bis Weihnachten ausfällt. Aber wissen Sie was: Ich notiere jetzt Ihre Nummer und gebe sie weiter. Wir melden uns dann so rasch wie möglich bei Ihnen. Einen schönen Tag noch.« Sie legte auf. Verdutzt sah Marie das Telefon an. Dann fiel ihr Blick auf die Zeitanzeige. Es blieben noch zwanzig Minuten, bis sie das Zimmer verlassen musste.

»Wir werden Ihnen jederzeit helfen«, ätzte sie, warf das Handy aufs Bett und stand auf. Barfuß taperte sie ins Bad und redete dort mit ihrem Spiegelbild weiter. »Sie können so lange, bis alles geklärt ist, selbstverständlich in Ihrem Zimmer bleiben, die gesamte Redaktion tut alles dafür, dass diese unschöne Situation für Sie bald wieder vorbei ist. Und diese dämliche Kuh kannte nicht einmal meinen Namen!«

Marie schloss kurz die Augen und ermahnte sich in Gedanken dazu, die Nerven zu behalten. Irgendwie würde es schon weitergehen. Sie öffnete die Augen und stellte fest, dass sie erbärmlich aussah. Sie hatte sich am Vorabend nicht mehr abgeschminkt und hatte nun Waschbäraugen. Sie war leichenblass und ähnelte einem Gespenst.

»Okay, keine Panik«, sagte sie zu ihrem Spiegelbild. »Wenn du Glück hast, hat das Konsulat geöffnet. Dann bekommst du den vorübergehenden Reisepass und kannst direkt zum Airport fahren und den nächsten Flieger nach Hause nehmen. Und bis dahin wird sich bestimmt auch in diesem verdammten Radiosender jemand gefunden haben, der sich mit dem Fall auskennt.

Zur Not rufe ich einfach meine Eltern an. Die werden mir auch weiterhelfen.«

Die nächsten Minuten verbrachte sie mit einer Katzenwäsche, ihre Haare band sie zu einem Dutt am Oberkopf zusammen. Flott wanderten ihre wenigen Klamotten und ihre Toilettentasche in den weinroten und etwas ramponierten Schalenkoffer. Wieder klemmte der Reißverschluss, doch nach einigen Versuchen und üblen Flüchen erbarmte sich das alte Ding und tat, was es sollte. »Du dämlicher Koffer wanderst als Allererstes auf den Müll, wenn ich wieder zu Hause bin«, schimpfte Marie und schlüpfte in ihre Sneaker, die auch heute für die Wetterverhältnisse vollkommen ungeeignet waren. Es schneite erneut kräftig. Demonstrativ setzte Marie ihr Stirnband auf und öffnete die Zimmertür. Normalerweise war sie in Momenten wie diesen etwas wehmütig und verabschiedete sich ausführlich von ihren Hotelzimmern. Lukas hatte sie jedes Mal ausgelacht. Dieses Mal tat sie es nicht. Dieser Raum hatte einen Abschiedsgruß nicht verdient.

In der Lobby entstieg sie dem behäbigen Fahrstuhl gemeinsam mit einem alten Ehepaar, das sich während der kurzen Fahrt auf Spanisch stritt und es auf dem Weg zum Ausgang weiterhin tat.

Sie gab der Frau an der Rezeption ihren Zimmerschlüssel, zum Glück teilte diese ihr mit, dass die Rechnung für das Zimmer wie vereinbart an den Radiosender gehen werde. Zumindest dieser Kelch ging an ihr vorüber. Mit hängenden Schultern schlich sie zum Ausgang. Der

Portier erkundigte sich freundlich, ob er ihren Koffer noch den Tag über aufbewahren sollte, oder ob sie ein Taxi zum Flughafen benötigte. Sie bedankte sich und überließ ihm nach kurzer Überlegung ihren Rollkoffer. Dann musste sie das Ungetüm wenigstens nicht durch die halbe Stadt hinter sich herzerren.

Als sie nach draußen trat, traf sie eine eisige und äußerst kräftige Windböe von der Seite, und Schneeflocken wehten ihr ins Gesicht.

»Na prima«, murmelte sie und wickelte ihren Schal fester um den Hals. »Einen Schneesturm kann ich jetzt richtig gut gebrauchen.«

Sie kämpfte sich durch den Wintersturm bis zur U-Bahn-Haltestelle – wenigstens ihre Wochenkarte war noch gültig – und ergatterte einen Sitzplatz. An einer Haltestelle stieg eine Frau mit einem Baby auf dem Rücken ein, die Süßigkeiten verkaufte. Marie sah der Frau nach, sie war etwa in ihrem Alter, und sie dachte an die vielen Schlagzeilen über mexikanische Einwanderer, an die Mauer, die Trump hatte bauen wollen. Vielleicht war sie eine dieser armen Seelen, die im Land der unbegrenzten Möglichkeiten auf eine bessere Zukunft hoffte und vielleicht niemals finden würde. Vom Tellerwäscher zum Millionär, das funktionierte nicht für alle. Marie kam nicht mehr dazu, ihre trüben Gedanken weiterzuspinnen, denn die Bahn hielt an ihrer Zielstation, und sie stieg aus.

Mit klopfendem Herzen kämpfte sie sich nur wenige Augenblicke später den Bürgersteig entlang, gefühlt waren der Wind jetzt stärker und der Schneefall heftiger geworden. Auf der Straße fuhr kaum ein Auto. Die Tatsache, dass sie ihre Füße kaum noch spürte, versuchte sie zu ignorieren.

Sie erreichte das deutsche Konsulat, und zu ihrer Erleichterung war die Tür nicht verschlossen. Froh darüber, dem eisigen Wind entflohen zu sein, betrat sie die Eingangshalle und sah sich erstaunt um. Sie hatte, aufgrund der allgemeinen Situation, mit einem großen Andrang gerechnet. Aber hier war niemand. Hinter dem Empfangstresen saß eine blonde Frau in dem bereits vertrauten Businesskostüm. Sie tippte auf ihrem Smartphone herum und bemerkte Marie erst, als sie direkt vor dem Tresen stand und sich räusperte.

Die Frau hob den Blick und musterte sie mit hochgezogener Augenbraue.

»Guten Tag«, grüßte Marie auf Deutsch und trug ohne Umschweife ihr Anliegen vor.

»Hören Sie denn keine Nachrichten?«, fragte die Frau in einem arrogant klingenden Tonfall. Wie sehr Marie derart aufgetakelte Tussis doch hasste, die glaubten, mit normalen Menschen reden zu dürfen wie mit Fußabstreifern. »Das Hackerproblem ist noch immer nicht gelöst. Ist Ihnen denn nicht unsere Servicenummer zu dem Thema mitgeteilt worden?« Sie öffnete eine Schublade, nahm einen Zettel heraus und legte ihn vor Marie auf den Tresen. »Hier können Sie sich melden und erhalten dann die neuesten Informationen. Gehen Sie aber lieber davon aus, dass das vor Weihnachten nichts mehr wird.

Heiligabend und am ersten Feiertag arbeiten wir nur mit Notbesetzung. Schönen Tag noch.« Sie wandte sich wieder ihrem Smartphone zu.

Marie war so baff, dass ihr die Worte fehlten. So viel Frechheit musste sie erst einmal verarbeiten. Sie zog sich von dem Tresen zurück und blickte wie erstarrt Richtung Ausgang. Draußen tobte der Schneesturm. Was sollte jetzt werden? Wenn die dumme Tussi recht behielt, würde sie über Weihnachten hier festhängen, und ein Zimmer, um sich zu verkriechen, hatte sie nun auch nicht mehr. Sie besaß noch dreihundert Dollar Bargeld. Das waren in dieser Stadt bestenfalls Peanuts. Noch dazu zwang sie das Wetter, sich nach Winterschuhen umzusehen. Ihre Sneaker waren komplett durchweicht, ihre Füße eiskalt. In den Tretern konnte sie auf keinen Fall weiter durch die Gegend laufen.

Es war zum Haareraufen. Sie unterdrückte die aufsteigenden Tränen und beschloss, ihre Eltern anzurufen. Vielleicht konnten sie ja im Radiosender jemanden auftreiben, der sich wenigstens rasch um eine neue Unterbringung für sie kümmerte. Sie holte das Prepaidhandy aus ihrer Tasche und stellte fest, dass sie nur noch acht Prozent Akku hatte.

»Verdammt!«, fluchte sie und wühlte erneut in ihrer Tasche, doch das Ladegerät fand sie natürlich nicht. »Bestimmt hab ich Trottel es vorhin in den Koffer gesteckt«, murmelte sie.

Nun war sie doch den Tränen nahe. Wieso musste jetzt wieder alles schiefgehen? Sie fischte ein gebrauchtes

Tempo aus ihrer Jackentasche und schnäuzte sich. Noch gestern Abend war sie glücklich gewesen, hatte in einer U-Bahn-Station getanzt, hatte sich von Jack in der Hoffnung verabschiedet, heute im Flieger nach Hause zu sitzen.

Jack. Sie wusste, wo sie ihn finden würde. Bereits der Gedanke an ihn sorgte dafür, dass sie sich besser fühlte. Er war der einzige Mensch in dieser Stadt, den sie kannte, der ihr helfen konnte. Doch bevor sie sich auf die Suche nach ihm machen würde, brauchte sie dringend ein Paar brauchbare Winterschuhe, und sie beschloss, sich bei Macy's umzusehen. In der riesigen Schuhabteilung würde sie mit Sicherheit ein günstiges Angebot finden.

Zwei Stunden später und um vierzig Dollar ärmer betrat Marie die Public Library mit warmen Winterschuhen an den Füßen, die als Deal des Tages um fünfzig Prozent reduziert und zu ihrem Glück in ihrer Größe da gewesen waren. Dazu war noch ein Paar trockene Socken gekommen. Ihre komplett durchweichten Sneaker hatte die Verkäuferin im Laden für sie entsorgt. In der Library erkundigte sie sich beim Pförtner nach Jack, was ihr einen erstaunten Blick des älteren Herrn einbrachte. Vermutlich kam es selten vor, dass Besucher nach Mitarbeitern fragten.

»Da muss ich erst einmal nachfragen«, antwortete er und winkte einen seiner Kollegen näher.

»Sag, Louis, arbeitet Jack Hendrick heute?«

Der blonde, kräftige Mann schüttelte den Kopf.

»Nein, heute nicht. Der ist nur samstags und mittwochs da.«

»Sie haben es gehört. Tut mir leid«, wandte sich der Pförtner an Marie.

»Aber vielleicht haben Sie Glück und treffen ihn im Restaurant seiner Tante in Brooklyn an. Dort hilft er häufiger aus. Wissen Sie, wo das ist?«

Marie bejahte die Frage und bedankte sich. Mit gedrückter Stimmung verließ sie die Library und eilte durch den Sturm zur U-Bahn zurück. Wie genau sie nach Brooklyn kam, musste sie jetzt noch herausfinden. Normalerweise hätte sie Google gefragt, aber ihr Handy hatte inzwischen den Geist aufgegeben. Wieso war sie so dumm gewesen und hatte vergessen, es aufzuladen, und dann packte sie das Ladekabel auch noch in den Koffer.

In der U-Bahn-Station steuerte sie einen Informationsschalter an. Die mollige Frau hinter der Scheibe erwies sich als äußerst hilfsbereit und erklärte ihr freundlich, wo sie am besten in welche Bahn umstieg. Das musste man dieser Stadt lassen. Die meisten Menschen waren freundlich. Wenn man mal von der Tussi im Konsulat absah, aber die kam wahrscheinlich aus irgendeinem Nest in Deutschland, wo Unhöflichkeit zum guten Ton gehörte.

In Brooklyn angekommen, war es nicht mehr weit zu dem kleinen und gemütlichen, unweit der Brooklyn Bridge gelegenen Restaurant. Der Christbaumverkauf im nebenan liegenden Innenhof hatte heute geschlossen, was Marie verstand. Bei einem solchen Schneesturm hielt sich die Kundschaft gewiss in Grenzen. Auch das Restaurant zeigte sich unerwartet leer, nur zwei der Tische waren besetzt. Hinter der Bar stand eine Frau mittleren Alters, die Marie als Jacks Tante erkannte. Sie begrüßte Marie mit einem Lächeln und freundlichen Worten. »Na, was hat Sie denn bei diesem abscheulichen Wetter auf die Straßen getrieben? Bei einem solchen Blizzard sollten Sie lieber drinbleiben, meine Liebe.«

Die Frau erinnerte von ihrem Äußeren her an die Schauspielerin Andy McDowell, die Marie schon immer gern gemocht hatte. Sie war ähnlich alt und hatte ebenfalls gelocktes dunkelbraunes Haar, das sie im Nacken zusammengebunden hatte.

»Das würde ich ja gern«, antwortete Marie. »Aber ich bin bedauerlicherweise obdachlos geworden und weiß nicht wohin.«

Verdutzt sah die Frau sie an. Sie schien nicht so recht zu wissen, was sie mit dieser Antwort anfangen sollte. Deshalb fügte Marie hinzu: »Ich bin eine Freundin von Jack. Ist er zufällig da?«

»Verstehe«, antwortete die Frau. »Sie haben ihn leider verpasst. Er ist vor zehn Minuten weg. Aber er ist nicht weit. Er engagiert sich in der Plymouth Church in der Obdachlosenbetreuung.«

Wie passend, kam es Marie in den Sinn. Obdachlos war sie ja jetzt.

»Die Kirche liegt nicht weit von hier in der Orange Street. Ich erkläre Ihnen gern, wie Sie dorthin kommen.«

Marie bedankte sich, und die beiden traten kurz auf die Straße, wo ihr die Frau den Weg wies.

»Sie können es gar nicht verfehlen«, meinte sie.

Marie bedankte sich und lief los. Sie unterquerte die Brooklyn Bridge, danach folgte sie ein Stück der nur wenig befahrenen Henry Street. Wie von Jacks Tante beschrieben, ging es rechts in die Orange Street ab, in der die Kirche lag. Zu ihrer Erleichterung hatte der böige Wind nun etwas nachgelassen. Die Plymouth Church entpuppte sich als ein schlichter Bau aus rotem Backstein. Neben der Kirche befand sich ein parkähnlich angelegter Hof, in den man durch ein schmiedeeisernes Tor gelangte. Es war geöffnet, ein Schild wies auf die Obdachlosenaktion hin. Marie folgte der Beschilderung in den ersten Stock eines zweistöckigen Gebäudes, das in Deutschland vermutlich als Gemeindezentrum bezeichnet würde.

Im oberen Stock betrat sie einen geräumigen Raum, in dem an mehreren Tischen einige Frauen und Männer saßen und sich unterhielten. Essensgeruch hing in der Luft. Hinter einer Theke standen zwei ältere schwarze Frauen in altmodischen Strickwesten, Marie schätzte die beiden auf Mitte sechzig. Rechts neben der einen stand Jack, der auch in seinem einfachen grauen Sweater und den Jeans noch gut aussah. Er unterhielt sich gerade mit einem alten ungepflegt aussehenden Mann in abgetragener Kleidung und schenkte ihm einen Becher warmen Tee ein. Der Anblick wärmte Maries Herz, und in ihrem Magen breitete sich das kribbelige Gefühl aus, das sie inzwischen gut zu deuten wusste. Trotzdem kamen wieder Zweifel auf. Dieser Mann war zu gut, um wahr zu sein. Es musste einfach einen Haken geben. Der alte Mann setzte sich an einen der Tische, und Jack hob den Blick und sah in ihre Richtung. Erstaunt hob er die Hand zum Gruß. Unsicherheit breitete sich in ihr aus. Sie hatte ihn am Vorabend verabschiedet und ihm dabei das Gefühl gegeben, dass es kein Wiedersehen geben würde. Er könnte ihr die Abweisung krummgenommen haben. Vielleicht hatte er sich mehr erwartet, eine heiße Nacht mit dem Flirt aus Deutschland. Am Ende war das der Haken, und er wies sie jetzt ab.

Doch ihre Zweifel schienen unbegründet, denn er kam zu ihr und begrüßte sie sogar mit einer kurzen Umarmung, die in diesem Moment unfassbar guttat, sodass sie Mühe hatte, die Tränen zurückzuhalten. Er schien sofort zu wissen, dass etwas im Argen lag, und fragte: »Was ist passiert?«

»Sie haben mich aus dem Hotel geworfen, und ich weiß jetzt nicht wohin. Ich war noch mal bei dem Konsulat, und sie haben mir gesagt, dass es vor Weihnachten nichts mehr wird mit meiner Ausreise. Im Radiosender war nur so eine dumme Praktikantin dran, und jetzt ist auch noch mein Handy-Akku leer«, brach es aus Marie heraus, und nun kullerten Tränen über ihre Wangen. »Entschuldige, wenn ich so unangemeldet auftauche, aber du bist der einzige Mensch, den ich hier kenne.« Sie schniefte.

»Ach du je. Nicht weinen. Das bekommen wir schon

wieder hin.« Er legte tröstend den Arm um Marie und drückte sie noch einmal kurz an sich. »Du bist zufälligerweise am richtigen Ort angekommen. Soweit ich weiß, erhalten hier alle Obdachlosen Hilfe, etwas zu essen und warmen Tee. Du siehst durchgefroren aus. Komm. Wir kümmern uns.«

Er führte sie zu den beiden Frauen, stellte sie einander vor und erklärte, weshalb Marie hier war. Die eine von ihnen hieß Jenny, die andere, ihr zu einem Pferdeschwanz hochgebundenes Haar durchzogen graue Strähnen, Delores. Sogleich erhielt Marie mitleidige Blicke und aufmunternde Worte, und ihr wurde eine warme Suppe angeboten, die sie dankend annahm.

13. Kapitel

Marie beförderte weitere Teller in die Spüle und begann, sie zu reinigen. Sie befand sich in der ziemlich unordentlichen Küche des Gemeindesaals, die vom Einrichtungsstil her aussah, als wäre sie aus einem Sechzigerjahre-Film gefallen. Dazu passend lief in dem nostalgisch anmutenden Radio auf der Fensterbank irgendein Lied aus den Fünfzigern, Marie kannte den Song aus dem Film *Dirty Dancing*. Auf der Arbeitsplatte und den Tischen stapelte sich schmutziges Geschirr in ungeahnte Höhen. Der Grund dafür war die kaputte Spülmaschine, die seit den Achtzigerjahren ihren Dienst in dieser Küche jeden Tag anstandslos verrichtet, am Vorabend jedoch den Geist aufgegeben hatte.

Delores erschien mit einem weiteren Stapel schmutziger Teller, und aus Ermangelung einer freien Stelle auf Tischen oder den Arbeitsplatten stellte sie ihn auf einem der Stühle ab.

»Es ist wirklich lieb von dir, dass du uns hilfst«, glaubte sie, sich erneut für Maries spontane Unterstützung bedanken zu müssen. »Ausgerechnet jetzt muss die Maschine kaputtgehen. Der Hausmeister hat heute Morgen den Fehler auch schon gefunden. Er hat allerdings gemeint, dass es schwierig werden könnte, das Ersatzteil aufzutreiben. Aber er will sein Bestes geben, er kennt da einen alten Schrotthändler. Das sagt er immer.« Sie winkte ab. »Wenn du mich fragst, sollte die Kirchengemeinde uns endlich eine neue Maschine spendieren, aber der Higgins ist und bleibt ein alter Geizhals.«

»Ich helfe gern«, antwortete Marie und ging nicht auf das Geplapper von der kaputten Maschine oder dem ominösen Higgins ein. »Die Arbeit lenkt mich von meiner unschönen Situation ab.«

»Ach, Kindchen, es tut mir leid«, entschuldigte sich Delores. »Ich wollte dich nicht auch noch mit unseren banalen Problemen belasten. Ich bin mir sicher, dass sich für dich alles schnell wieder zum Guten wenden wird. Ihr habt doch bereits bei diesem Radiosender und deinen Eltern angerufen. Bestimmt wird sich bald jemand bei Jack melden, und es wird eine Lösung geben. Die da in Deutschland werden es schon irgendwie hinbekommen, dich vor dem Fest nach Hause zu bringen. Trotz dieses dummen Hackerkuddelmuddels bei den Konsulaten.«

»Hoffentlich«, antwortete Marie und seufzte. Ihr Blick wanderte zum Fenster. Der Tag versank langsam in Dunkelheit, zu Hause war es jetzt mitten in der Nacht. Eine positive Rückmeldung vom Sender oder von ihren Eltern würde sie heute höchstwahrscheinlich nicht mehr erhalten. Bedauerlicherweise hatte niemand im Gemeindezentrum ein passendes Ladegerät für ihr Handy gehabt, aber Jack war so freundlich gewesen und hatte sie über sein Mobiltelefon kurz beim Sender und bei ihren Eltern anrufen lassen. Im Sender war wieder jemand anderes am Apparat gewesen, der sich Jacks Nummer notiert und versprochen hatte, sich zu kümmern. Bei ihren Eltern war nur der Anrufbeantworter rangegangen, Marie hatte kurz ihre Situation geschildert und Jacks Nummer hinterlassen. Ihr Vater hatte eine Stunde später zurückgerufen und ihr versichert, dass er sich sofort kümmern und beim Sender auf den Tisch hauen würde.

»So können die nicht mit dir umgehen«, hatte er gepoltert. Geschehen war danach nichts, und Marie begann langsam darüber nachzudenken, wo sie die Nacht verbringen konnte, ihr Koffer befand sich noch immer im Belleclaire. Sie hatte nicht einmal eine Zahnbürste.

Jack betrat die Küche mit einer Thermoskanne in Händen.

»Der Tee ist leer«, verkündete er. »Wir brauchen dringend Nachschub, eben kamen vier neue Besucher. Wie sieht es denn mit dem Essen aus? Ist die neue Lieferung schon warm?« Sein Blick wanderte zum Herd, auf dem ein großer Topf mit Eintopf vor sich hin köchelte. Dieser war vor einer halben Stunde von einem Mitarbeiter eines in der Nachbarschaft liegenden Restaurants gebracht worden, das der Kirche regelmäßig Essen für die Verköstigung der Obdachlosen spendete.

»Ist warm und kann raus«, antwortete Delores. »Gib mir die Kanne, ich kümmere mich um den Tee. Kannst du flott unserer hübschen Küchenhilfe zur Hand gehen, sonst gehen uns noch die Teller aus.«

»Wird erledigt, Chefin«, antwortete Jack und salutierte sogar vor Delores, die augenrollend den Kopf schüttelte, »Kindskopf« murmelnd, während sie die Thermoskanne mit Tee auffüllte und den Raum verließ.

Jack schnappte sich ein Geschirrtuch und gesellte sich zu Marie. Es lag nun eine seltsame Stimmung im Raum, im Radio lief *Jingle Bells*, von draußen drangen Stimmen herein, Jennys prägnant klingende Lache war zu hören.

»Es sieht danach aus, als würde sich heute aus Deutschland niemand mehr melden«, sagte Marie irgendwann.

»So scheint es«, antwortete er.

»Und was jetzt?«, fragte Marie. »Ich kann doch nicht unter der Brücke schlafen.«

»Das wirst du auch nicht, denn wir werden hier schlafen«, entgegnete er.

»Hier?«, hakte Marie verdutzt nach.

»Ja, hier. Ich hab für heute gemeinsam mit Delores die Aufsicht über die Obdachlosen, die sich für die Übernachtung angemeldet haben. Normalerweise bietet die Kirchengemeinde diesen Service für Obdachlose erst ab Januar an, dann ist es in der Stadt meist am kältesten. Aber aufgrund des Blizzards wurde die Aktion vorgezogen. Und da du ja sozusagen ebenfalls eine Obdachlose bist, beherbergen wir auch dich gern. Luxus gibt es keinen, aber ein sauberes Feldbett und eine warme Stube. Manch einer schnarcht, ich hoffe, du kommst damit klar.«

»Das ist sehr freundlich«, antwortete Marie. Sie fühlte sich etwas überrumpelt. Er hatte sie gar nicht gefragt, ob sie das wollte, und über ihren Kopf hinweg die Angelegenheit anscheinend mit Delores abgestimmt und entschieden. Andererseits gefiel es ihr, dass er sich kümmerte. Sie wollte noch etwas sagen, kam jedoch nicht mehr dazu, denn nun betraten gleich drei Personen die Küche. Es waren zwei korpulente Frauen mittleren Alters, die eine mit braunem, die andere mit schwarzem Teint und einer neonpink-grün karierten Bluse. Die Farbkombination war ein Angriff auf die Augen. Die beiden begleitete der Hausmeister, der triumphierend ein elektrisches Bauteil in die Höhe hielt.

»Auf den guten alten Luigi ist Verlass. Es gibt nix, was er nicht hat. Wenn ich recht habe, müsste sich damit die Maschine wieder zum Laufen bringen lassen.«

»Dann sind wir ja vollkommen umsonst hergekommen«, kommentierte eine der beiden Frauen seine Worte.

»Abwarten«, meinte die andere. »Wenn es wie sonst läuft, können wir froh sein, wenn die Kiste nicht explodiert.« Ihre Warnung sorgte dafür, dass Marie erschrocken die Augen aufriss. Was war das für ein Hausmeister? Die Frau mit südamerikanischer Abstammung sah Marie fragend an.

»Ein neues Gesicht«, bemerkte sie.

Noch ehe Marie etwas erwidern konnte, stellte Jack sie einander vor, und Marie erfuhr, dass sie es mit Ruth und Sofia zu tun hatte.

»Aus Deutschland, wie schön«, meinte Sofia. »Da wollte ich immer schon mal hin. Zum Oktoberfest nach München, dort soll es das beste Bier der Welt geben, und die tragen diese hübschen traditionellen Kleider. Wie ist es da denn so?«

Marie unterdrückte ein Schmunzeln. Die Frau griff das typische Klischeedenken einiger Amerikaner auf, die Deutschland nur mit Bayern und bevorzugt dem Oktoberfest verbanden.

Maries Antwort, dass sie in Frankfurt lebe und noch nie auf dem Oktoberfest gewesen sei, sorgte für eine enttäuschte Miene.

»Aber du magst doch gar kein Bier«, sagte Ruth zu Sofia.

»Vielleicht das Bier aus München schon, wenn es so berühmt ist«, entgegnete die Frau. »Muss ja was dran sein, wenn die ganze Welt davon redet.«

Der Hausmeister hatte inzwischen die Spülmaschine von der Wand abgerückt und begann, die rückseitige Abdeckung abzuschrauben.

»So alte Geräte sind noch Qualitätsprodukte«, murmelte er. »Nicht wie das moderne Zeug, das schon den Geist aufgibt, wenn man nur einmal daran rüttelt.«

»Dann wollen wir Paul mal seine Arbeit machen lassen«, meinte Jack und klatschte in die Hände. »Es gibt reichlich zu tun. Ruth und Sofia kümmern sich jetzt

174

um den Abwasch. Ein flotteres Küchenteam findet sich in ganz New York nicht.« Er schenkte den beiden ein strahlendes Lächeln. Ruths Blick wurde verlegen, und Sofia antwortete: »Den Charme hast du von deinem Vater, genauso wie das gute Aussehen. Also, wenn ich in deinem Alter wäre, meine Liebe ...«, weiter kam sie nicht, denn Ruth stieß ihr den Ellenbogen in die Seite. »Ist gut jetzt. Immer dieses Süßholzraspeln, lass uns lieber an die Arbeit gehen.«

Sofia rollte die Augen und entgegnete etwas in einem ruppigen Tonfall auf Spanisch. Dann trollten die beiden sich Richtung Spüle.

Marie sah ihnen schmunzelnd nach. Jack wandte sich nun an sie und fragte: »Willst du mir helfen, das Essen zu verteilen? Unsere Gäste freuen sich immer, ein neues Gesicht zu sehen.«

Marie stimmte freudig zu. Mit Menschen ins Gespräch zu kommen, gefiel ihr wesentlich besser, als schmutzige Teller zu reinigen. Im nächsten Moment war das laute Fluchen des Hausmeisters zu hören. Es schien nun doch etwas mit dem großartigen Ersatzteil von Luigi nicht ganz in Ordnung zu sein.

Nur wenig später füllte Marie einen Teller mit dem köstlich duftenden Eintopf und reichte ihn einer älteren Frau mit grauen strubbeligen Haaren in einem abgetragenen und nicht sonderlich warm aussehenden dunkelgrünen Anorak. Die Frau bedankte sich mit einem schüchternen Lächeln und ging zu einem der Tische. Immer mehr

Menschen kamen, ältere und junge, auch Mütter mit Kindern waren unter ihnen. Für die jüngsten Gäste gab es eine liebevoll eingerichtete Spielecke.

Es dauerte nicht lange, da verteilte Marie kein Essen mehr, sondern saß auf einem Puzzleteppich aus Schaumstoff und spielte mit Autos, kleidete Barbies ein und stapelte Bauklötzchen aufeinander, während sie sich mit einer der bedürftigen Mütter unterhielt, ihr Name war Susan, und sie war noch keine Mitte zwanzig.

»Du kannst gut mit Kindern«, merkte Susan an. In ihrem Arm lag ihre kleine Tochter, sie war gerade mal drei Monate alt, und schlief. Ihr Sohn David, noch keine zwei, hatte gerade mit einem lauten Quietschen den von ihm und Marie errichteten Turm aus Bauklötzchen wieder umgeworfen und beschäftigte sich nun freudig damit, die bunten Klötzchen wieder in die Kiste zu werfen. Die drei waren schwarz, Susan hatte halblanges Haar, das sie am Hinterkopf zu einem Dutt zusammengebunden hatte. Sie trug ein ausgeleiertes lila Langarmshirt, dazu blaue Jogginghosen, und sah erschöpft aus.

»Ich arbeite zu Hause in Deutschland als Erzieherin«, antwortete Marie. »Kleine Kinder sind mein Beruf.«

»Das ist großartig«, erwiderte die junge Frau. »Ich wollte früher einmal Kinderkrankenschwester werden. Aber dann musste ich mich um meine kranke Mutter kümmern und wurde schwanger. Meine Mutter starb kurz vor der Geburt von David an Brustkrebs, uns fehlte das Geld für die teure Behandlung. Davids Vater war Mitglied einer Gang und ist erschossen worden, da war

176

er gerade mal vier Monate alt. Der Vater von Lilli sitzt im Knast, Drogenhandel. Wenn er rauskommt, ist sie fünfzehn. Der Idiot hatte mir versprochen, die Finger von dem Zeug zu lassen. Und ich naive Kuh hab ihm vertraut. Ich dachte, mit ihm würde alles besser werden. Schön dumm bin ich gewesen.« Ihre Stimme klang bitter. »Vor drei Wochen hat uns unser Vermieter rausgeworfen, wir wohnen jetzt nicht weit von hier in einem Obdachlosenheim für Frauen. Es ist ganz okay dort, aber hier ist es besser, die Leute sind netter, und es wird nicht geklaut.«

Marie nickte, sie wusste nicht, was sie antworten sollte. Plötzlich kamen ihr ihre eigenen Probleme banal vor.

Delores gesellte sich mit einem Becher Tee zu ihnen und betrachtete das Baby mit einem Lächeln.

»Deine Kleine wird immer niedlicher, Susan, und sie sieht dir mit jedem Tag ähnlicher. Wie steht es denn mit dem Antrag für die Sozialwohnung? Hast du ihn schon abgegeben?«

»Ja, gestern«, antwortete Susan. »Und ich hab, wie abgesprochen, gesagt, dass du mich schickst.«

»Braves Mädchen«, lobte Delores und tätschelte Susan die Schulter. »Ich hab was gut bei Dan. Wenn du Glück hast, sitzt du noch vor Weihnachten in deiner neuen Wohnung.«

David kam mit einer Kiste voller Spielzeugautos zu Marie, hielt sie ihr hin und sagte auffordernd: »Brummbrumm.«

»Du willst mit mir Auto spielen«, sagte Marie und lächelte. Ob Amerika oder Deutschland, ob arm oder reich, Kinder waren Kinder. Sie erhob sich und folgte dem Jungen zu einem Straßenteppich, auf dem er die Kiste ausleerte. Nun galt es, das Verkehrschaos zu beheben und die zahleichen Spielzeugautos zu sortieren. Und was es da nicht alles gab! Ein Polizeiauto, Lastwägen, einen Krankenwagen, sogar ein Traktor und ein Müllauto fanden sich. Nach einer Weile gesellte sich zu Maries Erstaunen Jack zu ihnen.

»Was sehe ich denn da? Ihr spielt mit den Spielzeugautos ganz ohne mich. Das geht aber so nicht. Na, David? Kennst du schon unsere beiden Rückziehautos? Das sind die coolsten von allen. Komm. Ich zeig sie dir.« Er griff nach zwei kleinen Rennautos, setzte das eine auf die Teppichstraße, zog es auf und ließ es gegen einen Spielzeuglaster sausen. Davids Augen wurden groß, dann klatschte er freudig quietschend in die Hände, lief sogleich los und griff sich das Auto.

Es begann ein lustiges Spiel der beiden. Sie hatten Freude daran, die Rennwagen immer und immer wieder gegeneinander fahren zu lassen. Marie hatte das Gefühl, nun vollkommen abgemeldet zu sein, und sah dem ungleichen Paar lächelnd dabei zu, wie es eine Karambolage nach der anderen verursachte. Nach einer Weile kam ihr in den Sinn, was für ein guter Vater Jack vermutlich irgendwann einmal sein würde. Die Frau, die ihn eines Tages heiratete, konnte sich glücklich schätzen. Er würde mit Sicherheit niemals Mitglied einer Gang werden oder mit Drogen dealen. Das glaubte sie zumindest – wobei sie Jack ja eigentlich gar nicht kannte. Sie hatte einen Abend mit ihm verbracht, er jobbte als Elf und Museumsaufseher, arbeitete bei seiner Tante im Restaurant. Wenn sie ehrlich war, erschien er ihr flatterhaft und wenig bodenständig zu sein. Sie hatte ihn nicht nach seinen Zukunftsplänen gefragt. Aber wieso auch? Noch vor einigen Stunden hatte sie angenommen, ihn niemals wiederzusehen. Dass er sich für Obdachlose und sozial Schwache engagierte, hatte sie überrascht und imponierte ihr. Die Art, wie er mit dem Jungen umging, wärmte ihr Herz. Ihn so zu sehen und diese Seite von ihm kennenzulernen, ließ ihre Gefühl für ihn minütlich anwachsen. Doch das war eigentlich nicht schlau, wegen der Sache mit dem Ozean, der sie voneinander trennte, den zwei Welten, in denen sie lebten. Wegen des Scherbenhaufens in ihrem Inneren, den sie gerade erst wieder zusammengesetzt hatte, des bittersten Schlags in ihrem Leben, von dem sie sich noch erholte.

Jacks Blick wanderte zu ihr, er nickte ihr kurz zu. Sofort stieg das wunderbare Prickeln in ihr auf, bis in die Zehenspitzen reichte dieses Gefühl, und sie schob die zweifelnden Gedanken zur Seite. Sie durfte nicht zu viel nachdenken und musste vielleicht einfach mal den Moment genießen. Was morgen sein würde, war in diesem Augenblick nicht wichtig.

Einige Minuten später war es ein Marie wohlbekannter und recht würziger Geruch, der ihre Aufmerksamkeit erregte. Der kleine Übeltäter war rasch ausgemacht. Er bückte sich gerade, hob ein Polizeiauto auf und brachte es Jack.

»Ich glaube, hier braucht jemand eine frische Windel«, merkte Marie an.

»Das ist dann wohl mein Stichwort«, erwiderte Susan, erhob sich und legte die selig schlafende Lilli in den Kinderwagen. »Wir müssen sowieso gleich los. Ich muss noch was mit der Leiterin der Unterbringung klären, und die ist nur bis sieben Uhr da. Dann mach ich den kleinen Mann hier mal schnell frisch. War nett, dich kennenzulernen, Marie. Ich hoffe, wir sehen uns noch mal wieder. David mag dich.«

»Und ich mag ihn«, antwortete Marie und bückte sich noch einmal zu dem Kleinen herunter, der sich ohne Scheu von ihr umarmen ließ. Sie bekam sogar ein Küsschen auf die Wange.

Die drei steuerten auf den Ausgang des Gemeindesaals zu. Marie kannte ihr Ziel. In der Damentoilette gab es einen Wickeltisch.

»Was für eine Zukunft die drei wohl haben werden?«, fragte sie sich leise auf Deutsch. Jack beantwortete ihre Frage: »Keine gute, befürchte ich. Susan hatte schon mehrfach Probleme mit dem Gesetz, kleinere Delikte, aber wenn sie so weitermacht, könnte es sein, dass sie doch noch im Gefängnis landet. So funktioniert das System. Wer in dieser Welt einmal weit unten ist, der hat es schwer, jemals wieder nach oben zu kommen.« Er seufzte.

Marie nickte, und sie erinnerte sich an die Frau mit

dem Kind auf dem Rücken, die in der U-Bahn Süßigkeiten verkauft hatte. New York war eine reiche Stadt, voller weihnachtlichem Glitzer und Touristen. Die Wolkenkratzer ragten in den Himmel und erzählten Geschichten vom American Way of Life. Doch in den Straßenschluchten sah die Welt anders aus, dort lagen Licht und Schatten nah beieinander. Zwischen einem Luxusappartement in der Upper West Side und einem Schlafplatz in einem Pappkarton in einem Hinterhof lagen manchmal nur wenige Meter.

Und plötzlich drang eine vertraute Melodie an Maries Ohr, und sie wandte sich um. Der Asiate aus dem Central Park saß am Kopfende eines Tisches und spielte genau dasselbe Lied, das er bei ihrer ersten Begegnung gespielt hatte. Marie rührte sein Anblick in diesem Augenblick zutiefst, und ohne es zu bemerken, lehnte sie sich an Jack, der wie selbstverständlich die Arme um sie legte.

14. Kapitel

*H*aben Sie vielen Dank fürs Aufbewahren«, sagte Marie zu dem Hotelmitarbeiter des Belleclaire, der ihr eben ihren Koffer aus dem Aufbewahrungsraum geholt hatte. »Das war wirklich lieb von Ihnen.«

»Keine Ursache«, antwortete der hochgewachsene und hagere junge Mann, der eine adrette dunkelblaue Uniform trug. »Ich wünsche Ihnen eine gute Heimreise. Beehren Sie uns bald wieder.«

Marie schenkte ihm ein Lächeln und wünschte ihm noch einen schönen Tag.

»Eher einen guten Umzug«, murmelte sie in einem bissigen Tonfall, während sie auf den Hotelausgang zusteuerte.

»Jetzt sei nicht so«, mahnte Jack, der neben ihr herlief und ihr, ganz Gentleman, die Tür aufhielt. »Er hat es nur nett gemeint.«

»Ich weiß«, erwiderte Marie und seufzte. »Trotzdem wird mich dieser Laden niemals wiedersehen. Besondere Historie hin oder her.«

Eisige Luft schlug ihnen draußen entgegen. Das New Yorker Wetter zeigte sich weiterhin von seiner winterlichen und leider nicht besonders schönen Seite. Es war bewölkt, vereinzelt fielen Schneeflocken vom Himmel, und es wehte ein böiger Wind. Der Gehweg war nur nachlässig geräumt und mit Split bestreut worden. Auf den Straßen herrschte, trotz der noch immer widrigen Verhältnisse, wieder mehr Verkehr als am Vortag. Just in diesem Moment fuhr mit lautem Sirenengeheul ein Feuerwehrauto vorbei, ihm folgte ein schwarzer SUV, der aus irgendeinem Grund laut hupte. Eine der bunt blinkenden und Weihnachtsmusik dudelnden Fahrradrikschas fuhr an ihnen vorüber, Kundschaft befand sich keine darin, was Marie nicht verwunderte. Bei diesen widrigen Straßenverhältnissen würde sie niemals in ein solches Gefährt einsteigen.

Jack und sie legten den kurzen Weg zur U-Bahn-Haltestelle wortlos zurück. Zwischen ihnen herrschte seit dem Anruf des Radiosenders eine seltsame Stimmung. Das Telefon hatte am Morgen geklingelt, da hatten sie gerade Frühstück an die Obdachlosen verteilt. Heißen Kaffee und Tee, Zimtschnecken und Cranberry-Brötchen, gespendet von einer Bäckereikette, dazu selbst gebackenen Kuchen von Delores und Jenny. Marie und Jack hatten am Vorabend nicht mehr viel miteinander geredet, obwohl sie es sich gewünscht hätte. Jack war von einem der Obdachlosen in Beschlag genommen worden, sie hatten eine ausgiebige Partie Schach gespielt. Marie hatte am anderen Ende des Saals bei den Frauen genächtigt, ihr Feldbett hatte direkt neben dem von Delores gestanden, und die Gute hatte übelst geschnarcht. Der Sender hatte ihr eine neue Unterbringung in der Nähe des Times Square organisiert, das Hotel St. James. Jack kannte es nicht, was darauf hindeutete, dass es nichts sonderlich Spektakuläres war. An der U-Bahn-Haltestelle angekommen, trug Jack ganz selbstverständlich Maries Koffer die Treppe hinunter. Wer es nicht besser wusste, hätte sie glatt für ein Pärchen halten können. Marie hatte sein Angebot, sie bei ihrem Umzug zu begleiten, mehr als nur gefreut. Nach dem Anruf des Senders hatte sie Sorge gehabt, er könnte sich nun für immer von ihr verabschieden. Schließlich hatte er bestimmt Besseres zu tun, als Aufpasser für eine gestrandete Touristin aus Deutschland zu spielen. Doch er ließ sie nicht allein und redete sogar davon, mit ihr den Tag verbringen zu wollen. Marie war neugierig.

Die U-Bahn brachte sie zum Times Square, und nur wenige Minuten später betraten sie das St. James Hotel, das ähnlich wie das Belleclaire etwas in die Jahre gekommen, aber nicht schäbig war. An den Fenstern hingen weinrote Brokatvorhänge, davor standen in der Lobby altmodische, mit weinrotem Samtstoff bezogene Ohrensessel, die zum Verweilen einluden. An der Rezeption wurden sie von einem freundlichen Mitarbeiter begrüßt, der, nachdem Marie ihm ihren Namen genannt hatte, ihr sogleich ihren Zimmerschlüssel aushändigte. Auf ihre Nachfrage hin erklärte er ihr, dass es kein Frühstück im Haus gebe, sich aber nebenan ein äußerst empfehlenswertes Deli mit einem guten und günstigen Essensangebot befinde. Ihr Zimmer befand sich im fünften Stock des Gebäudes und war überschaubar groß. Auch hier war die Einrichtung in die Jahre gekommen. Zu Maries Bedauern lag es zur Straße hin, und die Fenster waren nicht sonderlich schalldicht.

»Na, großartig«, meinte sie missmutig. »Hier drin werde ich noch weniger ein Auge zutun als in dem Vorgängerschuppen. Laute Straßen, Gebläse in Hinterhöfen. New York, die Stadt, die einen nicht schlafen lässt, könnte man auch sagen.«

»Also, bei mir zu Hause schläft es sich ruhig und hervorragend«, sagte Jack, der ihren Koffer neben dem Schreibtisch unter dem Fernseher abgestellt und gerade neugierig das Badezimmer in Augenschein genommen hatte. »Allerdings liegt meine Bleibe auch nicht ganz so verkehrsgünstig am Times Square.«

Marie trat vom Fenster weg und setzte sich aufs Bett. Ein lautes Quietschen ertönte.

»Ein Qualitätsprodukt«, merkte sie an.

»War es vermutlich mal, irgendwann in den späten Siebzigern«, sagte Jack und setzte sich spontan neben sie, was ein erneutes Quietschen auslöste. Beide mussten nun lachen. »Aus der Zeit stammt vermutlich auch noch der mondäne Fensterbehang«, meinte Marie und deutete auf die kitschigen und kunstvoll drapierten Vorhänge. »Selbst meine Oma fände diese Dinger scheußlich. Und Silke fand das Belleclaire schon altbacken. Wir hatten, als wir die Reise gewannen, von einer anderen

Art Hotel geträumt. Modern, schick, Fenster mit Aussicht auf die Wolkenkratzer. Aber im Sender scheint der Organisator der Reise andere Prioritäten gesetzt zu haben. Historisch morbiden Charme scheint er zu mögen.«

»Das echte New York eben. Schickes Wolkenkratzerhotel kann jeder«, antwortete Jack, grinste und sagte dann das, worauf Marie insgeheim seit Tagesanbruch gehofft hatte: »Du könntest aber auch bei mir wohnen. Ist jetzt nicht das Hilton, aber gemütlicher als dieses ehrlich gesagt ziemlich trostlos aussehende Zimmer ist es allemal. Ich würde dir auch das Bett überlassen und aufs Sofa umziehen. Aber wenn dir das zu aufdringlich ist, kann ich es gut verstehen. Immerhin kennen wir uns ja noch gar nicht richtig. Andererseits hättest du dann Gesellschaft von gleich zwei gut aussehenden Männern, von mir und von Lucky. Letzterer ist allerdings der attraktivere von uns beiden.«

»Lucky«, wiederholte Marie. »Vermutlich dein Mitbewohner.«

»Jepp. Der Herr im Haus, wenn man es genau nimmt. Ich bin mir sicher, dass du ihn mögen wirst. Er ist ein Charmeur und hat Frauen besonders gern.«

»Ein Weiberheld also«, hakte Marie nach, die bereits ahnte, dass mit Lucky kein Mensch gemeint war.

»Ja, ein Herzensbrecher«, sagte Jack und blieb, was Luckys Identität anging, noch immer vage. »Was meinst du? Wollen wir hier verschwinden und wieder rüber nach Brooklyn fahren?« Er sah Marie nun direkt an, und sein Blick ging ihr durch und durch. Ihre Gesichter waren einander so nah, sie musste den Impuls unterdrücken, ihn zu küssen. Sie stellte sich vor, wie es wäre, in seinen Armen zu liegen und seine Lippen auf der Haut und an ihrem Hals zu spüren. Allein diese Fantasie sorgte dafür, dass ihr Herz nun klopfte wie verrückt. Dachte er in diesem Moment ähnlich? Er sagte nichts mehr, ihre Blicke schienen sich aneinander festgesaugt zu haben. Würde er sie nun küssen?

Es war das Ertönen von Jacks bescheuertem Klingelton, *Cotton Eye Joe*, der sie beide zusammenzucken ließ und den romantischen Moment zerstörte. Jack holte sein Handy aus der Jackentasche, sah aufs Display, reichte es an Marie weiter und sagte: »Es ist für dich.«

Es war Maries Vater, der sich meldete. Besser gesagt, ihre Eltern, denn er hatte auf Lautsprecher gestellt.

»Marie, Liebes«, war die Stimme ihrer Mutter zu hören, nachdem ihr Vater sie begrüßt hatte. »Wir haben eben vom Sender erfahren, dass du eine neue Unterbringung hast. Wie ist die denn so? Geht es dir gut? Papa hat gesagt, du hättest die letzte Nacht mit Obdachlosen in einer Kirche verbracht. Du liebe Güte, ich hoffe, dir ist nichts geschehen. Solche Leute sind doch alle Kriminelle. Wie bist du denn dazu gekommen?«

»Lass doch, Liebes«, sagte Jörg Hermann, sein Tonfall klang genervt. »Deshalb rufen wir doch gar nicht an. Ich habe direkt zur Deutschen Botschaft in Berlin Kontakt aufgenommen, weil die hier in Frankfurt auf dem Bürgeramt vollkommen überfordert sind, und diese

Praktikantin vom Radio auch. Stell dir vor: Die Anja Rossler und den Tommi Klemmer hat es jetzt beide voll erwischt. Die sind beide total krank. Hier geht so ein abscheulicher Virus um, also bei uns auf der Arbeit ...«

»Also, das war bestimmt nicht der Virus von hier«, fiel ihm seine Gattin ins Wort, und ihre Stimme hatte nun wieder diesen schrecklich schrillen Unterton, den Marie noch nie leiden konnte. »Den hat die Anja von Amerika mitgebracht und den armen Tommi angesteckt. Vielleicht hat sie den ja aus dem Flieger. Die da immer mit ihren Klimaanlagen. Weißt du noch, bei dem Rückflug von Teneriffa, da bin ich auch so krank geworden, saukalt war das in dieser Sardinenbüchse, und mein Sitznachbar hat furchtbar nach Knoblauch gestunken.«

»Was ist denn jetzt mit Berlin?«, hakte Marie nach, als ihre Mutter kurz Luft zu holen schien.

»Jetzt sei mal still, Moni«, rügte ihr Vater dann auch seine Frau. »Ich hatte da in Berlin einen ganz kompetenten Mitarbeiter am Telefon. Einen Herrn Köhler oder Kahler. Ist ja jetzt egal. Ich hab den Namen notiert und seine Nummer auch. Er hat gesagt, dass sie mit dem Konsulat in New York in Kontakt stehen und versuchen, so rasch wie möglich eine Lösung zu finden. Er hat gemeint, dass das wirklich eine einmalige Sache sei und er so einen Angriff noch nicht erlebt hätte. Die da in Amerika wollen jetzt auch eine bessere Firewall einrichten. Ich hab dem deine Nummer gegeben, dann kann er sich direkt bei dir melden, wenn es Neuigkeiten gibt. Also nicht wundern, wenn ein Herr Köhler oder Kahler anruft. Er klang zuversichtlich, dass wir dich bis Weihnachten wieder zu Hause hätten.«

»Nein, Lulu, was machst du denn da?«, rief ihre Mutter plötzlich aus dem Hintergrund. »Die schönen Hauspuschen. Aus, verdammt! Die sind neu. Gib den Schuh her!« Ein Knurren war zu hören.

»Jetzt hört doch mal mit dem Krach auf«, schimpfte ihr Vater. »Diese Filztreter waren sowieso scheußlich.«

»Du hast gestern noch gesagt, dass sie dir gefallen«, jammerte Monika.

Marie rollte die Augen und konnte ein Grinsen nicht unterdrücken. Zu Hause war alles wie gewohnt. Nun ertönte ein Jaulen, und ihr Vater sagte hastig: »Ich muss jetzt Schluss machen. Wir wollten ja nur kurz fragen, wie es dir geht, und dir das mit diesem Köhler oder Kahler mitteilen. Ich melde mich wieder.« Er legte auf.

»Was war das denn?«, fragte Jack mit erstauntem Blick.

»Meine Eltern und die Fußhupe, ein strubbeliger kleiner Hund namens Lulu. Ich glaube, sie hat gerade Mamas neue Filzpantoffel gefressen.«

»Verstehe«, antwortete er, und Marie fragte vorsichtshalber: »Dieser Lucky ist nicht zufällig ein Hund in Handtaschengröße? Nicht, dass ich was gegen Hunde im Allgemeinen hätte oder gegen Tiere, ich liebe Tiere. Aber Lulu ist, sagen wir mal, speziell.«

»Bedeutet diese Erkundigung nach Lucky, dass du mein Angebot annehmen und mein Gast sein wirst?«, hakte er nach und sah Marie erwartungsfroh an.

Sie bejahte die Frage, und er begann zu strahlen.

»Wie schön. Und nein, Lucky ist kein Hund in Handtaschengröße, sondern ein recht ansehnlicher Kater, der bedauerlicherweise zu Übergewicht neigt. Du wirst ihn mögen. Sind in deinem Koffer Filzpantoffeln?« Er deutete auf ihr Gepäck, und Marie antwortete grinsend: »Nein, die hab ich zu Hause gelassen. Sie erschienen mir für einen Stadtbummel durch New York nicht geeignet.«

»Perfekt«, erwiderte er und erhob sich. »Denn für solche Treter könnte ich bei Lucky ebenfalls nicht garantieren. Dann lass uns gehen.« Marie folgte seiner Aufforderung und bedauerte, während sie nach ihrem Rollkoffer griff und er die Zimmertür öffnete, dass es wegen des Anrufs ihrer Eltern nicht zu dem Kuss gekommen war. Andererseits war das sowieso besser, denn sie würde sich von Jack schon ganz bald für immer verabschieden müssen. Vermutlich war es besser, wenn sie Momente wie den gerade eben tunlichst vermied. Ja, das war es ganz sicher, bekräftigte sie diesen Gedanken noch einmal, während sie den Flur hinunterliefen. Doch die Stimme der Vernunft war leiser geworden, und die Freude darüber, mit Jack Zeit zu verbringen, überwog. Als sie nur wenige Augenblicke später nebeneinander im Fahrstuhl standen, wünschte sich der romantische Teil in ihrem Inneren, dass er auf die Stopptaste des Fahrstuhls drücken und sie leidenschaftlich küssen würde. Doch diesen Gefallen tat er ihr nicht.

Kurz darauf erreichten sie ihr Ziel – eines der typischen Stadthäuser New Yorks in Brooklyn. Fünf Stufen führten zur Haustür hinauf, das steinerne Geländer war mit einer Tannengirlande dekoriert. Jack lief aber nicht die Stufen nach oben, sondern steuerte auf die danebenliegende Souterrainwohnung zu.

»Übersieh das Chaos«, entschuldigte er sich für seine Unordnung, noch bevor er die Tür öffnete. »Lucky und ich haben nicht mit einem Übernachtungsgast gerechnet.«

Sie betraten die Wohnung, und sogleich kam ihnen der schnurrende, schwarz-weiße Kater entgegen, der ein herrlich flauschiges Fell und hübsche blaue Augen hatte.

Jack begrüßte den Kater, hob ihn hoch und stellte ihm Marie vor.

»Sie mag Katzen, sie hat nur etwas gegen die Fußhupe. Und so pummelig wie du bist, kannst du so gar nicht bezeichnet werden, mein Dickerchen.«

Marie begrüßte schmunzelnd den tatsächlich recht voluminösen Kater.

»Wenn er könnte, würde er jetzt antworten, dass das alles nur Fell ist«, meinte sie und ließ ihren Blick kurz über die überschaubar große und tatsächlich recht unaufgeräumte Wohnung schweifen. Es gab eine kleine Küchenzeile, dort stapelte sich schmutziges Geschirr. Neben dem Kühlschrank standen Luckys Napf und Wasserschale. Benutztes Geschirr, Fast-Food-Packungen und leere Flaschen und Dosen lagen auf und neben einem Couchtisch. Der dunkelblaue Stoff eines dreisitzigen

Sofas war an den Lehnen abgewetzt, an den Wänden hingen Poster von schicken Autos, immerhin keine halb nackten Frauen, wie Marie spontan dachte. Zwei Türen führten in Nebenräume. Marie vermutete dahinter ein Schlafzimmer und ein Badezimmer.

Jack setzte Lucky ab, und der Kater sprang aufs Sofa und ließ Marie nicht aus dem Blick.

Jack begann, hektisch die Unordnung auf dem Couchtisch zu entfernen, und präsentierte eine der für Männer üblichen Entschuldigungen für das Chaos.

»Neulich abends waren ein paar Jungs da, und wir haben das Spiel gesehen.«

»Verstehe«, antwortete Marie, schlenderte zu einer am anderen Ende des Raums liegenden Terrassentür und blickte nach draußen. Der Anblick erstaunte sie. Sie hatte einen städtischen, trostlosen Hinterhof erwartet, stattdessen blickte sie auf eine hübsche, kleine und erstaunlicherweise recht aufgeräumte Terrasse. Es gab sogar einen kleinen Garten mit Bäumen. An einem Vogelhaus tummelten sich einige Amseln, und zwei dicke Tauben tapsten durch den hohen Schnee. In den Fenstern eines Nebengebäudes blinkte eine bunte Lichterkette.

»Was für eine Idylle«, sagte Marie.

»Ja, das ist es«, antwortete Jack und trat neben sie. »Der Garten ist ein echtes Highlight, und die Nachbarn sind auch alle großartig. Im Sommer machen wir ab und an zusammen ein Barbecue. Allerdings werde ich mir wohl bald eine andere Bleibe suchen müssen, denn ich habe einen neuen Vermieter, dem nichts Besseres einfiel, als die Miete zu erhöhen. Fünfhundert Dollar mehr im Monat will er von mir haben, und dabei kostet mich die Bude sowieso schon zweitausend Dollar im Monat. Ohne einen Zuschuss meiner Eltern und die Nebenjobs würde es gar nicht gehen, und ich müsste mein Studium an den Nagel hängen.«

Zweitausend Dollar, wiederholte Marie in Gedanken. Und sie hatte geglaubt, Frankfurt wäre teuer.

»Du studierst?«, hakte sie nach.

»Ja, Sozialwissenschaften, nachdem aus Jura nichts geworden ist, was besonders meinen Vater wurmt«, antwortete Jack. »Er hat in Jersey eine erfolgreiche Kanzlei und wollte, dass ich sie eines Tages übernehme. Aber das Rechtsgeschäft ist einfach nichts für mich.«

»Verstehe«, antwortete Marie. Wie hatte sie auch nur einen Augenblick lang annehmen können, dass Jack sich nur mit Gelegenheitsjobs durchschlug? In diesem Moment wurde sie sich bewusst, wie wenig sie eigentlich über ihn wusste.

Im nächsten Moment ertönte erneut die Melodie von *Cotton Eye Joe,* und Marie hoffte, obwohl das doch eigentlich total irrational war, dass es niemand aus Deutschland war, der ihr die gute Nachricht überbrachte, nach Hause fliegen zu können.

Jack nahm das Gespräch an, und sie erkannte die aufgeregt ins Telefon sprechende Stimme sofort. Es war Delores. Jack hörte sich mit ernster Miene an, was sie sagte, und versicherte ihr, dass er sofort kommen werde. Nachdem er aufgelegt hatte, wandte er sich an Marie.

»Planänderung. Aus der geplanten Stadtführung wird leider nichts, denn der freie Tag fällt ins Wasser. Wir müssen zurück zur Kirchengemeinde. Donald und gleich drei weitere freiwillige Mitarbeiter fallen wegen Krankheit aus. Delores war ganz aufgeregt. Sie ist dort im Moment allein.«

»Na, dann wollen wir mal los und ihr zur Hilfe eilen«, antwortete Marie, erleichtert darüber, dass es kein Anruf aus der Heimat gewesen war.

»Aber vorher müssen wir noch kurz woandershin«, sagte Jack. »Eigentlich wollte ich das erst morgen erledigen, aber durch die Planänderung geht es auch jetzt schon. Ich bin mir sicher, dieser kleine Ausflug wird dir gefallen.« Er zwinkerte Marie verschwörerisch grinsend zu, sodass es in ihrer Magengegend erneut zu flirren begann.

Wenig später verließen sie die Wohnung, und während sie im dichten Schneetreiben den Gehweg hinunterliefen, nahm Jack wie selbstverständlich Maries Hand. Sie ließ es gern geschehen.

15. Kapitel

*E*twas später steuerte Jack das Restaurant seiner Tante in Brooklyn an. Er betrat es jedoch nicht, sondern führte Marie zu dem nebenan liegenden Christbaumverkauf.

»Du hilfst mir doch dabei, den perfekten Baum für unsere Weihnachtsfeier im Gemeindezentrum auszusuchen, oder?«, fragte er und deutete in den Innenhof. »Das ist eine verantwortungsvolle Aufgabe, da freue ich mich über jede Form der Unterstützung. Letztes Jahr hat der Baum den kritischen Blicken von Delores leider nicht standgehalten. Sie hat den armen Baum tatsächlich als Besen bezeichnet«, erklärte er.

»Ach du je«, antwortete Marie schmunzelnd. »Dann wollen wir mal hoffen, dass wir einen Baum finden, der vor ihrem strengen Blick Gnade findet.«

Die beiden betraten den Verkaufsstand. Umgeben von roten Backsteinhauswänden, mutete dieser wie ein verwunschener Weihnachtszauberort an. Den Eingang überspannte eine Tannengirlande. Es gab unzählige Christbäume in den unterschiedlichsten Größen, allesamt schienen von derselben Sorte zu sein. Sie waren buschig und kugelig und sahen ganz anders aus als die klassischen Nordmanntannen in Deutschland. An den Hauswänden hingen bunte Lichterketten und ebenfalls Tannengirlanden. Ein Schneemann mit einem grünen Eimer als Hut und einem struppigen Besen in seiner knubbeligen Hand stand in einer Ecke, in seinem Mund steckte eine Pfeife. Der Hof grenzte an den Wintergarten des Restaurants. Dort waren die rustikalen und mit schlichten Weihnachtsgestecken dekorierten Tische noch nicht besetzt, der Laden öffnete erst in einer Stunde.

Marie und Jack wurden von einem wahren Hünen begrüßt, einem gut zwei Meter großen Mann mittleren Alters, der ein Holzfällerhemd aus Flanell und Arbeitshosen trug. Auf seinem Kopf thronte eine bunt geringelte Strickmütze, die aussah, als wäre sie handgefertigt worden. Er war rothaarig und hatte einen recht ansehnlichen Bart. Marie würde nie verstehen, weshalb Männer ihre Gesichtsbehaarung neuerdings wieder wuchern ließen. Sie und auch Silke waren der Meinung, dass Männer mit Bärten grundsätzlich älter aussahen.

»Jack, mein Freund«, begrüßte der Verkäufer Jack mit Handschlag. »Ich ahne, weshalb du hier bist. Willst mir bestimmt eine milde Gabe für das Gemeindezentrum aus den Rippen leiern.« Sein Blick blieb an Marie hängen, und er fragte frech: »Wer ist die Schönheit?«

Jack stellte die beiden einander vor. Der Hüne hieß Adrian, und Jack bezeichnete ihn als den besten Christbaumverkäufer von ganz New York.

»Na, wir wollen es mal nicht übertreiben«, antwortete Adrian und wandte sich an Marie. »Aus Deutschland also. Meine Familie ist von dort im neunzehnten Jahrhundert ausgewandert, aus einem Ort im Norden, Niebüll heißt er. Kennst du den zufällig?«

»Nein, noch nie gehört«, antwortete Marie ehrlich. »Ich wohne auch nicht im Norden, sondern viel weiter südlich, in Frankfurt.«

»Hätte ja sein können«, antwortete Adrian. »Frankfurt hab ich neulich gehört. Da spielte doch erst kürzlich die NFL. Ein Kumpel von mir war dort, und er war von der Stadt und den Menschen begeistert. Er bemängelte bloß die kleinen Essensportionen und meinte, er würde auf Dauer in eurem Land verhungern.«

»Stimmt, die Spiele waren gut besucht«, antwortete Marie und ließ weg, dass sie mit Football noch nie etwas hatte anfangen können und sie und Silke die Verlegung von amerikanischen Football-Ligaspielen nach Deutschland für eine vollkommen unnötige Aktion hielten.

»Jetzt ist genug geplaudert«, merkte Jack an. »Wir müssen den Baum auswählen und dann flott zu Delores ins Gemeindezentrum. Sie hat sich vorhin ganz verzweifelt gemeldet. Es gibt zahlreiche Ausfälle bei unseren Helfern zu beklagen.«

»Das kann ich mir vorstellen«, antwortete Adrian. »Es scheint eine üble Grippewelle über uns hereinzubrechen. Deine Tante hat vorhin auch schon gejammert. Beide Küchenhilfen haben sich heute früh abgemeldet.« Er deutete auf das Lokal.

»Ach, mein Tantchen kennt das schon«, entgegnete Jack und winkte ab. »Die hat so viele Aushilfskräfte an der Hand, da findet sich schnell ein Ersatz.« Er ließ seinen Blick nun prüfend über die Bäume schweifen und wechselte in den Käufermodus.

»Wie sieht es denn mit großen Bäumen aus? An die drei Meter kann der Baum gern haben. Hast du da was im Angebot?«

»Also, ich finde sie alle bezaubernd«, meldete sich Marie zu Wort und berührte die Zweige eines Baumes neben sich, der von der Größe her in der Liga spielte, von der Jack gerade gesprochen hatte. »Was ist das denn für eine Sorte? Bei uns in Deutschland gib es solche Bäume nicht.«

»Sie heißen Fraser-Tannen und sind die beliebtesten Weihnachtsbäume Amerikas«, erklärte Adrian, sichtlich erfreut über Maries Interesse. »Ich finde auch, dass sie die perfekten Weihnachtsbäume abgeben. Dieser hier wäre passend für das Gemeindezentrum. Buschig und dicht, gleichmäßig gewachsen und gut drei Meter hoch. Deine Freundin hat ein gutes Auge, Jack.«

»Ja, der ist ganz gut«, meinte Jack und betrachtete den Baum von allen Seiten. »Er ist nicht krumm, hat Zweige bis ganz unten und keine Löcher. Delores wird ihn lieben.«

»Gut, dann soll er euch gehören«, antwortete Adrian. »Geht wie jedes Jahr aufs Haus. Meine gute Gabe für die Gemeinde.« Er zwinkerte Marie zu. »Ich bring ihn euch später vorbei, wenn Louis da ist. Der verspätet sich heute, sitzt mal wieder beim Zahnarzt. Na, wenigstens nicht die Grippe.«

»Ich danke dir, mein Freund«, erwiderte Jack. »Und ihr seid wie in jedem Jahr selbstverständlich zum Fest eingeladen. Wie geht es Stella? Wann kommt das Kind noch mal?«

»Im März«, antwortete Adrian. »Stella geht es so weit gut, sie wird, wie es sich für eine werdende Mutter gehört, jeden Tag runder. Es wird übrigens ein Mädchen«, verriet er. »Wir wollten es uns ja eigentlich nicht sagen lassen, aber die Ärztin hat sich beim letzten Untersuchungstermin verplappert. Jetzt will Stella von neutralen Farben an der Kinderzimmerwand nichts mehr wissen, und alles muss rosa sein.« Er seufzte.

»Ja, so sind die Frauen«, entgegnete Jack und handelte sich damit ein Augenrollen von Marie ein. Sie selbst war als kleines Mädchen nie dem Rosatrend verfallen, auch Silke verstand bis heute nicht, was an dieser Farbe so besonders war. »Wir freuen uns, euch an Heiligabend zu sehen, und richte Stella bitte Grüße aus.«

»Mach ich«, antwortete Adrian. »Und dir noch eine gute Zeit bei uns«, wünschte er Marie. Sie bedankte sich, und die beiden verabschiedeten sich endgültig.

Als sie dann die Straße Richtung Brooklyn Bridge hinabliefen, es hatte jetzt zu schneien aufgehört, wurde Jack von mehreren Anwohnern freundlich gegrüßt, und er winkte seinerseits einer Ladenbesitzerin freundlich zu, die gerade ihr Schaufenster umdekorierte.

»Und ich dachte immer, New York wäre eine anonyme Großstadt voller einsamer Menschen«, meinte Marie.

»Das ist sie auch größtenteils«, antwortete Jack, der nun, ohne ihre Hand zu halten, neben ihr herlief, was sie etwas bedauerte. »Aber hier im Viertel ist es ein wenig anders. Die Nachbarschaft hält zusammen, viele sind in der Kirchengemeinde aktiv, man hilft sich gegenseitig. Es wäre wünschenswert, wenn es anderswo auch so wäre, aber gerade drüben in Manhattan leben viele, gerade Singles, eher isoliert. Freunde von mir haben, um überleben zu können, drei oder vier Jobs, da bleibt kaum noch Zeit für Hobbys oder geselliges Miteinander.«

Marie nickte und zog Parallelen zu Frankfurt, wo ebenfalls viele Alleinstehende unter der Anonymität der Großstadt litten. Hochhäuser gab es dort ebenfalls, die Mieten wurden immer teurer. Auch sie war wieder Single, fühlte sich aber zum Glück nicht einsam. Sie hatte ihre Freunde, ihren Sportverein und ihre Eltern, Letztere mochten manchmal anstrengend sein, doch am Ende des Tages hielt die Familie doch immer zusammen.

Als sie die Kirche erreichten, trafen sie am Eingang zum Gemeindezentrum schon auf die ersten Hilfsbedürftigen. Zwei alte Männer, einer von ihnen stützte sich auf einen Gehstock. Beide begrüßten Jack freudig.

»Wie schön, dich zu sehen«, sagte der eine und schüttelte kräftig Jacks Hand. Er war einen ganzen Kopf kleiner als Jack und gedrungen. »Ich hoffe, es bleibt Zeit für eine Partie Schach.« Er blickte kurz zu Marie, und seine Augen begannen zu leuchten. »Gehört das hübsche Mädchen zu dir, mein Freund? Nett sieht sie aus. Wissen Sie, meine Liebe, unser Jack ist ein gut aussehender junger Mann, daran gibt es nichts zu rütteln. Aber sie sollten wissen, dass ich der bessere Schachspieler von uns beiden bin, so gut wie ich wird er niemals werden.« Er zwinkerte Marie spitzbübisch zu.

»Deshalb habe ich die letzten drei Male auch gewonnen«, konterte Jack.

Die drei traten in den Flur.

»Ach, das war doch nur Glück, mein Junge«, entgegnete der Alte und winkte ab.

Während sie in gemächlichem Tempo die Treppe nach oben liefen, erkundigte er sich bei Marie nach ihrem Namen, und selbstverständlich hörte er sofort, dass sie keine Amerikanerin war, und erkundigte sich, von wo sie kam.

Sie beantwortete seine Frage.

»Deutschland. Da war ich als junger Mann stationiert, in derselben Kaserne wie Elvis im hessischen Friedberg, nur ein paar Jahre später, da war er leider schon wieder weg. Mein älterer Bruder hat ihn dort kennengelernt. Er hat gemeint, dass Elvis ein ganz feiner Bursche gewesen sei, so ganz ohne Starallüren. Aber damals war der ja auch noch jung. Das war in der Nähe von Frankfurt. Ach, die Sechziger, das war eine verrückte Zeit. Kennst du Frankfurt, Mädchen?«

»Dort wohne ich«, antwortete Marie freudig. Es gefiel ihr, dass der alte Mann ihr Heimatland nicht gleich mit Bier und Oktoberfest in Verbindung brachte. »In Friedberg hat meine Großtante gelebt.«

»Das ist ja großartig. Vielleicht kenne ich sie ja. War sie hübsch? Wenn sie dir ähnelte, ganz bestimmt.« Marie brachten seine Erkundigungen und sein charmanter Annäherungsversuch zum Schmunzeln, und Jack rollte die Augen.

»Immer noch der alte Randolf, was? Kannst das Flirten nicht lassen.«

Der alte Mann sah ihn kurz strafend an. »Nur weil man beinahe achtzig ist, hat man doch nichts verlernt. Ach, Kindchen, wenn ich noch ein paar Jahre jünger wäre, dann würde ich dich zum Tanzen ausführen, so hübsch wie du bist.«

Marie fühlte sich von Randolfs Kompliment geschmeichelt und errötete sogar etwas. So direkt waren die heutigen Männer meist nicht mehr.

»Nimm dich vor ihm in Acht, meine Liebe«, meldete sich nun der andere Mann zu Wort. »Unser Randolf ist ein echter Weiberheld. Vier Ehefrauen hat er durchgebracht, und jeder hat er versprochen, sie für immer zu lieben. Leider hat die letzte ihn ausgenommen wie eine Weihnachtsgans.« Er schnaubte.

Marie wusste nicht, was sie erwidern sollte. »Kannst du zufällig Poker spielen?«, erkundigte sich der alte Herr, während sie den Gemeindesaal betraten. »Heute kann unser vierter Mann nicht, und wir benötigen Ersatz.«

»Was ist denn mit Lorenz?«, fragte Randolf verwundert, dem es anscheinend vollkommen egal war, dass eben sein misslungenes Liebesleben negativ erwähnt worden war. »Gestern war er doch noch quietschfidel.«

»Gebrochene Hüfte, der ist vorm Laden vom Grey ausgerutscht«, antwortete der Alte, von dem Marie noch immer nicht den Namen kannte. »Ich sag ja immer, dass sein Sohn nicht anständig räumt und streut, eine Landplage ist dieser faule Bursche, der nix anderes kann, als mit Drogen zu dealen. Halte dich von dem fern, Mädchen. Von dem kommt nix Gutes.« Er hob mahnend den Zeigefinger, und Marie beeilte sich zu nicken. Sie kam nun auf das Pokern zurück, und die Miene des alten Mannes zeigte Enttäuschung, als sie ihm mitteilte, dass sie dieses Kartenspiel nicht beherrschte. »Hätte mich gewundert«, entgegnete er. »Für eine Zockerbraut siehst du zu anständig aus.« Marie zog erstaunt eine Augenbraue in die Höhe. Mit einer solchen Antwort hatte sie nicht gerechnet. Die beiden Herren hatten es trotz ihres hohen Alters offenbar wirklich noch faustdick hinter den Ohren.

Es kam ihnen eine vollkommen aufgelöste und aufgeregt mit den Armen wedelnde Delores entgegengelaufen.

»Da seid ihr ja endlich. Hier ist schon der Teufel los, und ich bin ganz allein. Die Letzte, die eben abgesagt hat, ist Sofia. Sie muss schon wieder auf ihre kranke Enkeltochter aufpassen, ihre Schwiegertochter muss zur Arbeit. Und das Essen für heute Mittag ist auch noch nicht geliefert worden. Irgendwie ist gerade der Wurm drin.« Sie sah aus, als würde sie gleich in Tränen ausbrechen.

»Wir sind ja jetzt da und kümmern uns«, versuchte Jack, sie zu beruhigen.

»Also, zur Not helfen wir auch aus. Nicht wahr, Randolf«, meinte der Pokerspieler. »Essen verteilen ist für uns alte Knochen kein Thema.«

»Das ist nett von dir, Albert«, antwortete Delores. Nun erfuhr Marie endlich seinen Namen. »Wenn es dir nichts ausmacht, wäre das echt lieb von euch. In der Küche stapelt sich noch das Geschirr von gestern. Das mit der Reparatur der Spülmaschine können wir wohl endgültig abhaken.« Sie stieß einen Seufzer aus.

Weitere bedürftige Gäste betraten den Saal. Ein älteres Pärchen und eine junge Mutter mit einem Baby, das mit der Gesamtsituation unzufrieden zu sein schien und lautstark plärrte.

»Na, dann mal an die Arbeit«, sagte Jack und klatschte in die Hände. »Gemeinsam bekommen wir das hin. Das wäre doch gelacht.«

Bald darauf hatten sie die Aufgaben verteilt, und Delores hatte sich wieder beruhigt. Jack und sie beschäftigten sich damit, in der Küche klar Schiff zu machen, während sich Marie, Randolf und Albert um die Essensausgabe kümmerten. Der vermisste Eintopf war inzwischen geliefert worden, und es waren ihnen von der zur Gemeinde gehörenden Schule auch noch Plätzchenteller gebracht worden, das Gebäck hatten die Schüler im Unterricht für die Obdachlosenhilfe gebacken. Albert hatte das alte Radio aus der Küche geholt, und es ertönte altmodische amerikanische Weihnachtsmusik.

Im Raum herrschte eine gemütliche und anheimelnde Atmosphäre, und vor den Fenstern schneite es erneut. Marie kam mit den Menschen ins Gespräch, bewunderte selbst gestrickte Halstücher, beantwortete ausgiebig Fragen über Deutschland und Frankfurt, immer wieder musste sie erklären, niemals auf dem Oktoberfest gewesen zu sein. Eine alte Dame aus der Nachbarschaft brachte Kuchen und bot ihre Hilfe in der Küche an, die gern angenommen wurde. In der Spielecke herrschte inzwischen reger Betrieb. Gleich mehrere Mütter hatten sich mit ihren Kindern eingefunden, es wurde munter geplaudert.

In einem etwas ruhigeren Moment kamen Marie und der alte Albert ins Gespräch, und er erzählte ihr, dass er früher einmal davon geträumt hatte, Schauspieler in Hollywood zu werden.

»Ich sah damals richtig gut aus«, erzählte er. »Die Damen haben sich reihenweise nach mir umgedreht, ich konnte den Stepptanz besser als Fred Astaire. Anfangs hab ich auch ein paar kleinere Rollen bekommen, aber für den ganz großen Wurf hat es für einen schwarzen Burschen wie mich nicht gereicht.« In seiner Stimme schwang ein Hauch von Bitterkeit mit. »Für die Hauptrollen wurden damals von den Regisseuren immer nur weiße Männer gesucht. Da half es dann auch nichts, dass man gut war. Ich hab später hier in New York noch eine Weile Theater gespielt, in einer Bar gearbeitet, da gab es immer hübsche Mädchen. Die Siebziger, das waren großartige Zeiten.« Die Bitterkeit in seiner Stimme wich, und sein Blick wurde plötzlich wehmütig. »Da hab ich meine große Liebe kennengelernt, meine Hannah. Eine fantastische Frau, sie war etwas Besonderes. So eine mit Feuer. Geholfen hat es ihr nichts. Ich hab ihr immer gesagt, sie soll das mit den Drogen sein lassen. Aber sie hat nicht hören wollen. Sie hätte mich beinahe mit runtergezogen, aber ich bin da rausgekommen. Ja, so war das damals.« Er verstummte, und sein Blick ging plötzlich ins Leere. Ob er jetzt seine große Liebe vor sich sah?, überlegte Marie.

»Was ist mit ihr geschehen?«, fragte sie spontan und bereute ihr Nachhaken im selben Atemzug. Am Ende brachen nur die alten Wunden auf. Doch Albert reagierte offen.

»Sie ist an Aids gestorben«, antwortete er. »Als sie krank wurde, waren wir bereits geschieden, trotzdem war ich bis zum Schluss an ihrer Seite. Das hat ihr gutgetan. All die anderen wollten damals nix mehr von ihr wissen, verdammte Feiglinge. Ich war bei ihr, hab ihre Hand gehalten, das ist ja nicht ansteckend gewesen. Ich hab ihr aus ihrem Lieblingsbuch vorgelesen. Es war ein warmer Juninachmittag, als sie für immer ging. Ich sollte sie mal wieder besuchen und ihr ihre Lieblingsblumen bringen. Das hab ich länger nicht gemacht.«

Delores brachte ihnen neue Teller aus der Küche und beendete ihr trauriges Gespräch mit munterem Geplapper: »Hier kommt Geschirrnachschub. Ob ihr es glaubt oder nicht, Jack hat die Spülmaschine wieder zum Laufen gebracht. Er hat sich das Ding angesehen und festgestellt, dass Paul das Ersatzteil nicht richtig befestigt hatte. Ist das nicht großartig?«

»Ja, das ist es«, antwortete Albert. »In unserem Jack stecken ungeahnte Talente.« Er wollte noch etwas hinzufügen, kam jedoch nicht mehr dazu, denn just in diesem Moment betrat Adrian mit dem gut verschnürten Weihnachtsbaum den Gemeindesaal und wurde von den Anwesenden sofort freudig begrüßt.

»Da kommt ja der Baum«, freute sich Delores. »Na, dann wollen wir mal hoffen, dass er dieses Mal nicht so krumm und zerrupft aussieht wie im letzten Jahr. Das war ein Besen, das kann ich euch sagen. Ich weiß, einem geschenkten Gaul schaut man nicht ins Maul. Aber für die Wohltätigkeit einen hässlichen Baum zu spenden, empfinde ich als Sauerei.«

»Ich versichere dir, dass er dieses Jahr wunderschön ist«, nahm ihr Marie den Wind aus den Segeln. »Ich hab ihn gemeinsam mit Jack vorhin ausgesucht. Du wirst begeistert sein.«

»Na, wenn das so ist«, meinte Delores. »Jetzt bin ich gespannt.«

Sie steuerte auf Adrian zu. Randolfs Blick war belustigt.

»Da hast du unserer Meckertante ja gut Konter gegeben«, sagte er. »Unsere Delores ist eine gute Seele, aber sie findet ständig und überall ein Haar in der Suppe, selbst wenn darin gar keines schwimmt. Das hat sie von ihrer Mutter, der hat es auch nie einer recht machen können, Gott hab sie selig. Ich persönlich hatte an dem Weihnachtsbaum vom letzten Jahr nichts auszusetzen. Er war nicht ganz gerade, aber so ein Baum ist ja ein Naturprodukt, da muss man eben einige Abstriche machen. Einen aus Plastik will sie schließlich auch nicht.« Er schüttelte seufzend den Kopf.

Jack kam aus der Küche und freute sich über das Eintreffen des Baumes.

»Da ist ja endlich unser Bäumchen. Wie schön.«

Er und Marie gingen nun ebenfalls zu Adrian, um ihn zu begrüßen. Mit vereinten Kräften wurde der Baum bald darauf in einen Ständer verfrachtet, und die Schnürung wurde geöffnet. Zu Maries Freude hatte selbst Delores nichts auszusetzen. Mit skeptischer Miene lief sie um die Tanne herum und meinte irgendwann: »Du hast recht, Marie. Diese hier ist wirklich hübsch. Du solltest deine neue Freundin öfter zum Baumaussuchen mitnehmen«, sagte sie zu Jack. »Sie hat ein gutes Auge. Dann wollen wir den Baum mal schmücken.«

Jacks Blick wanderte zu Marie, und das flirrende Gefühl in ihrem Magen verstärkte sich abermals. Das war doch alles verrückt, dachte sie. Jack würde ihr unweigerlich das Herz brechen, dessen war sie sich sicher. Aber vielleicht ja auch nicht. Vielleicht würde sie die Tage mit ihm in sich bewahren können wie einen Schatz. Wie eine Art glückselige Zwischenzeit, die ihr ein Leben lang als Erinnerung ein Lächeln auf die Lippen zaubern würde. Nicht immer musste alles von Dauer sein, manchmal war es gut, einfach den

Moment zu leben. Der Gedanke gefiel Marie. Sie sollte mit den dummen Zweifeln endlich aufhören und einfach nur die Zeit genießen. Ohnehin galt es nun, den Baum zu schmücken.

16. Kapitel

Am nächsten Morgen, Marie und Jack hatten die Nacht wegen des Personalmangels erneut in der Obdachlosenunterkunft verbracht, kochte Marie in der Küche Kaffee und summte dabei *Rocking Around the Christmas Tree* – als hätte sie das bereits hundertmal gemacht. Delores leistete ihr Gesellschaft und beschäftigte sich damit, Erdnussbutter-Sandwiches zu schmieren. Sie hatten am Morgen einige Laibe Brot gespendet bekommen, und die galt es nun frühstückstauglich zu machen. Und Frühstück und Erdnussbutter gehörten für Delores zusammen.

»Meine Mutter hat uns früher immer Erdnussbutter-Sandwiches für die Schule geschmiert«, sagte sie und ging in ihren Plappermodus über, der sich nur schwer stoppen ließ. »Da wohnten wir noch in Georgia in einem kleinen Nest, nicht weit weg von Atlanta. Sie war eine starke Frau und hat meinen kleinen Bruder und mich vor unserem Vater beschützt, dem elenden Säufer.« Marie ahnte, dass hinter dem Wort beschützt

210

mehr stand, als Delores sagte. Vermutlich hatte der alkoholkranke Vater jahrelang seine Frau verprügelt und seine Familie terrorisiert.

»Ich war sieben oder acht Jahre alt, da hat sie ihn für immer rausgeworfen. Was aus ihm geworden ist, weiß ich nicht. Er hat sich niemals wieder bei mir oder meinem Bruder gemeldet. Sie hat bei einer dieser reichen weißen Frauen geputzt und deren Kinder gehütet, um uns durchzubringen. Wie eine Sklavin haben die sie damals behandelt und uns wie Aussatz. Stell dir vor: Sie durfte in deren Haus nicht einmal die Toilette benutzen, weil diese dumme weiße Zicke gemeint hat, sie könnte davon krank werden. In die Garage auf eine Campingtoilette musste sie gehen, und im Bus musste sie immer ganz hinten sitzen. Sie war eine große Anhängerin von Martin Luther King und war davon überzeugt, dass er ihr Leben besser machen würde. Seine Ermordung hat sie damals tief erschüttert. Ach, ich wünschte, sie hätte noch Barack Obama miterlebt. Dass einer von uns mal Präsident wird, das war eine ganz große Sache, und wir haben seinen Wahlsieg ausgiebig gefeiert. Und vielleicht putzte seine Toilette eine weiße Frau.« Sie sah kurz zu Marie, und ihr schien plötzlich bewusst zu werden, dass Maries Hautfarbe hell war. »Ich meine nicht, dass ich etwas gegen weiße Frauen habe. Du darfst das nicht falsch verstehen.«

»Das tue ich nicht«, beruhigte sie Marie. »Ich versteh schon, wie du es gemeint hast.« Die Diskriminierung der Schwarzen in Amerika war etwas gewesen, das sie bisher nur aus dem Fernsehen kannte. »Jede Form von Rassismus lehne ich ab, und Frankfurt ist sowieso eine Multikulti-Stadt. In Deutschland war Barack Obama sehr beliebt, und ich fand, dass er sehr charmant wirkte, auch seine Ehefrau sieht nett aus. Ich hätte es deiner Mutter gegönnt, ihn als Präsident zu erleben. Atlanta kenne ich nur aus dem alten Film *Vom Winde verweht*. Den hab ich gern gesehen.«

»Oh je, der alte verstaubte Schinken«, entgegnete Delores. »Der lebte ja vom Rassismus. Obwohl ich sagen muss, dass ich bei diesem Rhett Butler vermutlich auch schwach geworden wäre, und das will was heißen.« Sie grinste schelmisch. »Aber ich hatte ja dann meinen Kevin, und der sah viel besser aus als alle Rhett Butlers dieser Welt.« In ihren Augen lag nun ein wehmütiger Ausdruck, und sie seufzte. »Im Januar ist es zehn Jahre her, dass er mich verlassen hat. Ich sag dir, Kindchen. Halt die Liebe fest, solange du kannst. Sie ist ein flüchtiger Geselle.«

Marie nickte mit betroffener Miene. Sonderbarerweise musste sie in diesem Moment nicht an Lukas, sondern an Jack denken, und ihr Herzschlag beschleunigte sich. Er hatte heute bedauerlicherweise den gesamten Tag Dienst in der Library, eine Kollegin war ausgefallen, und er hatte einspringen müssen. Erst am frühen Abend würde er wiederkommen. Für Marie war es selbstverständlich gewesen, auch ohne ihn in der Obdachlosenhilfe mitzuarbeiten. Hier war sie nicht allein, und sie schloss Delores und all die anderen

212

immer mehr in ihr Herz. Und was hätte sie auch sonst an diesem unwirtlichen Tag in New York mit sich anfangen sollen? Draußen schneite es wieder kräftig – wenn das so weiterginge, würden in der Stadt bald zwei Meter Schnee liegen. Der alte Randolf hatte vorhin gemeint, dass sie solch eine weiße Vorweihnachtszeit schon lange nicht mehr erlebt hätten. Im Dezember gab es derartige Schneemengen eigentlich nur im Norden des Landes.

Marie hatte eben den Wasserkocher aufgesetzt, auch die Teevorräte mussten aufgefüllt werden, da betrat eine schwarze junge Frau mit einem Kleinkind auf dem Arm die Küche und sprach sie direkt an.

»Hallo«, grüßte sie. »Sie sind Marie, oder? Die Freundin von Jack?«

Marie bejahte ihre Frage. Es überraschte sie, so direkt mit Namen angesprochen zu werden.

»Sie haben gestern einer Freundin von mir erzählt, dass sie in Deutschland Kinder betreuen, dass das ihr Job ist. Sie hat gesagt, sie wären sehr nett, und weil sie hier arbeiten, und ich meine, da dachte ich … Also …« Sie kam ins Stocken und setzte neu an: »Da dachte ich, sie könnten heute auf meinen Tommy aufpassen. Normalerweise mache ich so etwas nicht, aber wenn ich nicht zur Arbeit erscheine, dann schmeißt mich Billy raus, und dann kann ich diesen Monat die Miete nicht bezahlen. Der Kindergarten hat dichtgemacht, denen hat der Vermieter von einem auf den anderen Tag gekündigt, er hat einfach so die Schlösser ausgetauscht.«

»Ach, du meine Güte«, entgegnete Marie entsetzt. »Das ist ja furchtbar.«

Im nächsten Moment betraten zwei weitere Mütter mit Kindern auf den Armen die Küche. Eine Asiatin und eine Südamerikanerin. Der Junge auf dem Arm der Asiatin war zappelig und wurde von seiner Mutter abgesetzt, sie behielt ihn jedoch an der Hand und ermahnte ihn, still zu sein.

»Guten Tag«, grüßte die Mutter des Jungen. »Wir sind aus demselben Grund wie Julia hier. Uns hat es kalt erwischt, wir wissen nicht, was wir jetzt mit unseren Kindern machen sollen. Susan hat Sie empfohlen. Wir sind uns natürlich im Klaren darüber, dass das hier keine Kita ist, aber auf die Schnelle ist uns nichts anderes eingefallen, als hierherzukommen. Auch mein Chef ist nicht sehr kooperativ, wenn es um Fehlzeiten wegen des Kleinen geht«, fügte sie hinzu und sah Marie flehend an.

»So schnell sprachen sich die Dinge also herum«, kam Marie in den Sinn. Brooklyn kam ihr in diesem Augenblick nicht anders vor als Sossenheim.

Delores erschien mit einer weiteren Mutter im Schlepptau, diese brachte eineiige Zwillingsmädchen mit, die in ihren dunkelblauen Plüschmäntelchen und mit ihren süßen rosa Hüten auf den kleinen Köpfen entzückend aussahen.

»Hier kommt weitere Kundschaft für uns«, meinte Delores. »So wie es aussieht, mutieren wir heute von der Obdachlosenhilfe zur Kindertagesstätte. Also, das mit der Kitaschließung ist ja wohl eine Sauerei. So etwas kann man doch nicht einfach machen.«

»Anscheinend schon«, sagte die Mutter und seufzte. »Die meisten Kitas sind private Initiativen, also ganz normale Mieter von Räumlichkeiten. Es ist zum Heulen. Henry war inzwischen in drei Kitas, jede von ihnen existierte immer nur wenige Monate. So ein ständiger Wechsel ist für ein Kind doch nicht gut. Ach, ich wünschte, wir könnten uns eine Nanny oder ein Au-pair leisten. Aber dafür reicht das Geld nicht, ohne mein Gehalt reicht es nicht einmal für die Miete.«

»Wem sagst du das«, warf die Südamerikanerin ein. »Wir jonglieren gerade mal wieder mit den Kreditkarten und den Abbuchungsdaten. Mein José hatte bedauerlicherweise vor zwei Monaten diesen scheußlichen Fahrradunfall und musste ins Krankenhaus. Die Rechnung von dem Schuppen werden wir noch die nächsten drei Jahre abbezahlen.«

Diese Schilderung sorgte dafür, dass sich Marie schlagartig vornahm, sich nicht mehr darüber zu ärgern, dass ihre Krankenkasse neuerdings einen Zusatzbeitrag erhob. Ein Klinikaufenthalt nach einem Fahrradunfall trieb einen in Deutschland zum Glück nicht in den Ruin. Was würde die kleine Familie tun, wenn noch etwas Unvorhergesehenes geschah und wieder jemand ins Krankenhaus musste? Es galt zu hoffen, dass dies nicht passieren würde.

Delores erschien und sagte, während sie hinter sich deutete: »Es sind noch drei Mütter mit ihren Kindern da.

Was meinst du, Marie? Das kriegen wir doch gewuppt, oder? Randolf und Albert haben sich bereiterklärt, ebenfalls zu helfen. Die beiden sind keine kompetenten Erzieher, aber sie haben Großvatererfahrungen, und die gilt es nicht zu unterschätzen.«

»Natürlich bekommen wir das hin«, ergab sich Marie in ihr Schicksal. Das konnte ja heiter werden. Aber auch spaßig. Es schmeichelte ihr, dass die Frauen sie um Hilfe baten. Sie musste einen wahrlich guten Eindruck auf Susan gemacht haben, immerhin vertrauten diese Mütter einer vollkommen fremden Frau aus Deutschland das Wichtigste in ihrem Leben an – ihre Kinder.

Die Mütter reagierten auf die Zusage erleichtert und verabschiedeten sich im Eiltempo von ihrem Nachwuchs. Es gab Umarmungen, Küsschen, und immer wieder wurde versprochen, dass die Mütter bald wiederkommen würden. Nun standen Marie, Delores, Randolf und Albert allein vor den Kleinen, eines von ihnen zog eine Schnute und begann zu heulen. Ein anderes steckte seinen Daumen in den Mund, und Henry verkündete, dass er zur Toilette müsse.

»Na, dann wollen wir uns mal kümmern«, war es Marie, die das Zepter in die Hand nahm. »Randolf, du gehst mit Henry zur Toilette, und danach gibt es für alle erst einmal ein leckeres Frühstück. Ihr mögt doch Erdnussbutter-Sandwiches, oder? Wer möchte Kakao?«

Etwas später hatte sich der Gemeindesaal in ein buntes Spielzimmer verwandelt. Nach einigen rasch geführten

Telefonaten von Delores hatten Bekannte und Freunde noch mehr Spielzeug vorbeigebracht. Sofia war ebenfalls wieder anwesend, sie hatte ihre halbe Küche in einem Korb mitgebracht und backte mit einem Teil der Kinder Plätzchen. Die drei Jungs und zwei Mädchen ähnelten inzwischen kleinen Mehlgespenstern, auf und unter dem Backtisch lagen Unmengen an Zuckerstreuseln verteilt. Die ersten süßen Machwerke waren bereits fertig, und ihr verführerischer Duft erfüllte den Raum. Selbstverständlich lief auch weiterhin das Radio, eben wurde *Jingle Bells* gespielt. Die dreijährige Lucy, sie hatte zauberhafte rote Locken, drehte sich dazu im Kreis und sang lautstark den Text mit. Randolf und der kleine Henry saßen neben dem blinkenden Weihnachtsbaum und beschäftigten sich damit, Memory zu spielen. Als Randolf erneut verlor, begann er laut zu zetern: »Jetzt hab ich schon wieder verloren. Das gibt es doch nicht. Wie machst du das, mein Junge?«

Marie, die am Nachbartisch mit zwei Mädchen Papiersterne bastelte, wandte sich zu ihm um und erklärte: »Kinder konzentrieren sich auf eine andere Weise auf das Spiel. Das ist das ganze Geheimnis. Du kannst nicht gewinnen.«

»Das werden wir ja sehen«, entgegnete Randolf, ihn hatte nun der Ehrgeiz gepackt. »Noch eine Runde«, sagte er zu Henry, der breit grinsend nickte. »Wenn es dieses Mal nichts wird, dann bringe ich ihm Pokern bei«, grummelte der alte Mann. »Und dann werden wir ja sehen, wer hier gewinnt.«

Marie brachte Randolfs Idee zum Schmunzeln. Die Regeln des Pokerspiels waren für einen Vierjährigen zum Glück zu komplex. Trotzdem begann sie sich zu fragen, wie seine Mutter darauf reagieren würde, wenn ihr Sohnemann auf einmal ein so fragwürdiges Kartenspiel wie Poker beherrschte. Andererseits könnte das in einem Land wie Amerika Vorteile mit sich bringen, wenn man das Spiel früh erlernte. Vielleicht wurde Henry eines Tages der Pokerkönig von Las Vegas.

Wo sie nur wieder hindachte! Marie schüttelte über ihre eigenen kruden Gedanken den Kopf. Auch zu Hause im Kindergarten verselbstständigte sich manchmal ihre Fantasie. Wenn ein Kind ein besonderes Talent hatte, begann sie, darüber nachzudenken, was es vielleicht in seinem Leben daraus machen könnte. Ob aus einem kleinen Sprachtalent mal ein Übersetzer oder aus einem guten Zeichner irgendwann ein berühmter Künstler werden würde. Sie selbst hatte bedauerlicherweise keine besonderen Talente. Sie war das, was man den Durchschnitt nannte, und Pokerspielen konnte sie auch nicht. Bei ihr würde es also mit der großen Zockerkarriere in Las Vegas nix werden. Aber wer wollte schon in einer Stadt mitten in der Wüste leben?

Zu Maries Verwunderung erschien nun Jacks Tante Milli. Im Schlepptau hatte sie einen ihrer Küchenmitarbeiter, und die beiden trugen mit Alufolie bedeckte Bleche und einen Stapel Aufbewahrungsboxen in den Gemeindesaal.

»Hallo zusammen«, grüßte Milli. »Wir haben erfahren,

dass hier heute eine Gruppe Kinder gestrandet ist, und da dachten wir, wir geben eine Runde Pommes mit Chicken Nuggets für das Mittagessen aus, und für die Erwachsenen haben wir einen großen Topf Chili mitgebracht. Das wärmt schön von innen.« Ein weiterer Mann mit einem großen Topf in Händen erschien und verschwand mit einem kurzen Gruß auf den Lippen in der Gemeindeküche.

»Ach, das ist aber lieb von euch, Milli«, antwortete Delores erfreut.

»Wie findet ihr das, Kinder?«, wandte sie sich an ihre kleinen Schützlinge. »Wer von euch möchte denn Pommes mit Chicken Nuggets? Habt ihr überhaupt schon Hunger?«

Es folgte lautstarke Zustimmung.

»Prima«, schaltete Marie nun in den Organisationsmodus einer Erzieherin. »Dann räumen wir jetzt rasch den Gruppenraum auf und decken die Tische.« Sie klatschte in die Hände, und wie durch ein Wunder gehorchten ihr sämtliche Kinder und begannen, die Spielsachen aufzuräumen. Auch Henry beendete abrupt das Memoryspiel, was den guten Randolf vermutlich vor einer weiteren Niederlage bewahrte.

Mit großen Augen beobachtete Delores das Treiben um sich herum.

»Ich weiß zwar nicht so genau, weshalb du unseren Gemeindesaal als Gruppenraum bezeichnest«, meinte sie. »Aber wie du es hinbekommst, dass die alle so gut auf dich hören, das musst du mir noch erklären.«

219

»Tja, gelernt ist gelernt«, entgegnete Marie und ging mit einem breiten Grinsen auf den Lippen zu Milli in die Küche, um ihr mit dem Essen zu helfen.

Zwei Stunden später war eine ganz besondere Form der Ruhe im Gemeindesaal eingekehrt. Marie hatte in der Spielecke für die Kinder eine Kuschelecke dekoriert und las ihnen aus dem Buch *Weihnachten mit Winnie Puuh* vor. Wenn man es genau nahm, las Marie allen Anwesenden im Gemeindesaal vor. Sämtliche Besucher, aktuell waren es drei ältere Damen und zwei Männer mittleren Alters, hatten ihre Stühle näher herangerückt und lauschten ihren Worten. Randolf und Albert saßen sogar direkt bei ihnen in der Kuschelecke, der kleine Henry war auf Randolfs Schoß eingeschlafen, vier weitere Kinder waren ebenfalls eingenickt. Delores deckte ein kleines Mädchen mit einer selbst gehäkelten und bunten Decke zu und lächelte dabei milde. Marie las weiter, bemüht darum, sich bei dem englischen Text nicht zu häufig zu verhaspeln, was ihr ganz gut gelang.

Sie war kurz vor dem Ende, als plötzlich Jack den Gemeindesaal betrat. Randolf wies ihn mit einem auf die Lippen gelegten Zeigefinger darauf hin, dass er leise sein sollte. Jack nahm sich einen Stuhl und setzte sich neben eine der älteren Damen. Sein Auftauchen sorgte dafür, dass sie sich vor lauter Aufregung im nächsten Absatz gleich mehrfach verlas. Was machte er schon hier?, fragte sie sich, während sie die Seite umblätterte. Er hatte doch gesagt, dass er erst am Abend zurückkommen würde.

Maries Blick wanderte, während sie zum Ende der Geschichte kam, immer wieder zu Jack, einmal nickte er ihr lächelnd zu, und es fühlte sich in diesem Augenblick an, als täte ihr Herz einen Satz vor Freude.

Sie erreichte bald das Ende der Geschichte, und Puuh und seine Freunde feierten selbstverständlich wunderschöne Weihnachten im tief verschneiten Hundertmorgenwald. Marie schloss das Buch. Nun herrschte eine ganz besondere Stille im Raum, die sich beinahe andächtig anfühlte. Der Wintertag versank im Dämmerlicht, es hatte inzwischen zu schneien aufgehört. Den Gemeindesaal erfüllten die bunten Lichter des Weihnachtsbaums und einiger Stehlampen. Marie empfand in diesem Moment eine Form der Glückseligkeit, wie sie sie lange nicht gefühlt hatte. Sie war als Gestrandete an diesen Ort gekommen und hatte hier Menschen getroffen, die auf ganz wunderbare Weise ihr Herz wärmten. Der Gedanke, dass das alles hier schon bald nur noch ein Teil ihrer Erinnerung sein würde, schmerzte sie. Ihr Blick wanderte erneut zu Jack, und er hielt ihn fest. In seinen blauen Augen lag ein so wunderbarer Ausdruck, sie strahlten und leuchteten, Marie hätte ihn stundenlang einfach nur ansehen können.

Es waren zwei Mütter, die laut miteinander redend den Saal betraten und den beschaulichen Moment störten.

Eines der Kinder erhob sich und lief freudig zu seiner Mama.

»Hier ist es aber schön aufgeräumt und ruhig«, merkte

die eine von ihnen an und trat näher. »Und wie herrlich es duftet«, befand die andere. »Hier wurde anscheinend gebacken.«

Nun kam wieder Leben in alle, vorbei war es mit der besinnlichen Stille. Es folgten weitere Mütter, die ihre Kinder abholten, Kekse probierten und sich die selbst gebastelten Sterne ansahen. Einige Frauen bedankten sich noch einmal bei Marie für ihre spontane Hilfe.

»Zum Glück haben sich die Betreiber der Kita und der neue Vermieter auf einen Kompromiss einigen können«, erklärte Henrys Mutter, nachdem sie sich von ihrem Sohn geduldig angehört hatte, wie oft er Randolf im Memory geschlagen hatte. »Somit war das heute eine einmalige Sache.«

»Ach, wir hätten die Kinder auch morgen noch einmal gehütet«, erwiderte Delores. »Es war richtig nett mit den Kleinen, wir hatten eine Menge Spaß. Sie waren alle sehr lieb.«

»Wenn man mal davon absieht, dass Henry mich nicht ein einziges Mal gewinnen hat lassen«, warf Randolf ein und wuschelte dem Jungen durch sein braunes Haar. »Das nächste Mal spielen wir Poker, dann hast du keine Chance.«

»Du liebe Güte«, entgegnete seine Mutter. »Es wird hoffentlich noch ein Weilchen dauern, bis er solche Kartenspiele beherrscht.« Sie schenkte Randolf ein verbindliches Lächeln, und Marie unterdrückte ein Schmunzeln.

Eine halbe Stunde später waren sämtliche Mütter mit

ihren Kindern verschwunden, und die zurückgebliebenen Erwachsenen blickten nun etwas resigniert drein. So recht schien keiner zu wissen, was er jetzt mit sich anfangen sollte. Es war Delores, die die Stille irgendwann unterbrach und meinte: »In der Küche sind die Sachen von deiner Tante, Jack. Sie war so lieb und hat uns heute mit Mittagessen versorgt. Wollt ihr beiden nicht rasch das Geschirr zurück in ihr Restaurant bringen? Und danach könnt ihr etwas unternehmen. Ich meine, da draußen wartet Manhattan. Warst du schon auf dem Empire State Building, Marie? Da muss jeder Tourist mal oben gewesen sein.«

Marie verneinte, und Delores zückte sogleich ihr Smartphone. Es folgte ein kurzes Telefonat.

»Das war mein Cousin, Theo. Er arbeitet am Einlass des Empire. Er lässt euch kostenlos rein. Fragt einfach nach ihm und sagt, Delores schickt euch.«

»Wie lieb von dir«, freute sich Marie und fiel Delores um den Hals. »Da sollte ich mit der Reisegruppe hoch, aber wegen des ganzen Kuddelmuddels mit meinem verlorenen Pass hat es nicht geklappt.«

»Na, dann habt jetzt viel Spaß«, antwortete Delores. »Du hast es dir verdient, Mädchen. Und du pass mir gut auf unseren Goldschatz hier auf, Jack. So eine tolle Frau findet man nicht an jeder Straßenecke.« Sie hob mahnend den Zeigefinger, und Jack beeilte sich, zu nicken, und versprach, Marie nicht aus den Augen zu lassen.

Nur wenige Minuten später verließen die beiden mit Blechen und Schüsseln beladen den Gemeindesaal. Weit kamen sie nicht, denn bereits im Treppenhaus wurden sie von der Pfarrsekretärin aufgehalten. Ihr Name war Mrs. Simms, sie war Mitte sechzig und trug eine riesengroße und altmodisch aussehende Brille.

»Nach Ihnen hab ich gesucht«, sprach die Frau Marie an. »Sie sind doch diese junge Frau aus Deutschland, oder? Mir wurde gesagt, dass Sie Erfahrung mit Kindern haben. Wir haben da einen Notfall. Unsere gute Seele Olivia, die seit Jahren das Krippenspiel betreut, fällt leider aus. Sie hat eben angerufen und sich mehrfach dafür entschuldigt, dass es so kurzfristig ist. Ach, es ist eine Tragödie. Ihre Tochter Lilly hat vor drei Tagen das Kind bekommen, und jetzt hatte ihr Ehemann einen schweren Verkehrsunfall. Sie will natürlich sofort nach Boston, um ihrer Lilly in dieser schweren Zeit beizustehen. Aber jetzt haben wir niemanden für das Krippenspiel. Die heutige Probe fängt in zehn Minuten an. Sie findet in der Kirche statt.« Sie sah Marie hoffnungsvoll an.

Marie, die trotz ihres soliden Englischs Mühe gehabt hatte, der in einem üblen Südstaatenslang sprechenden Sekretärin zu folgen, erwiderte, dass sie gern einspringen würde. »Ich habe bei uns zu Hause auch schon öfter bei der Organisation des Krippenspiels geholfen«, meinte sie.

»Ach, das ist ja großartig. Haben Sie vielen Dank«, freute sich die Sekretärin, und ihr Gesicht zeigte Erleichterung. »Sie können dann gleich rüber in die Kirche gehen. Daisy müsste auch schon da sein, denn heute steht zusätzlich zu den Proben auch noch die Kostümprobe an. Die Gute ist schon über neunzig, aber immer noch recht rüstig. Sie lässt es sich nicht nehmen, die Kostüme zu schneidern. Nicht wundern, wenn sie etwas laut redet. Sie ist schwerhörig, weigert sich aber, ein Hörgerät zu verwenden.« Die Sekretärin rollte die Augen, verabschiedete sich und eilte schnellen Schrittes und mit wedelnden Armen von dannen.

»Das war es dann wohl mit unserem Ausflug auf das Empire State Building«, war es Jack, der sich nach ihrem Abgang als Erster wieder zu Wort meldete. »Aber was soll's. Das ist ja sowieso nur etwas für Touristen.«

»Aber ich bin doch eine Touristin?«, merkte Marie an.

»Nein, nicht mehr«, antwortete er. »Ich würde sagen, du bist jetzt eher eine Art Gemeindehelferin. Komm. Gib mir deine Schüsseln. Ich krieg das Zeug auch allein zu meinem Tantchen, und dann komme ich wieder zurück und helfe dir mit der Schauspielertruppe.«

Marie gefiel, dass er ihr seine Unterstützung anbot, und sie fühlte erneut dieses warme und kribbelige Glücksgefühl in ihrem Inneren, und ein Lächeln lag auf ihren Lippen. Noch vor wenigen Tagen hatte sie nicht daran geglaubt, jemals wieder so empfinden zu können. So konnte man sich irren. Den Gedanken, dass mit einem Anruf all das hier enden und sie jederzeit wieder in einem Flugzeug nach Hause sitzen könnte, blendete sie in diesem Moment aus. Wegen ihr konnte das Konsulat gern bis ins neue Jahr hinein Probleme mit den Computern haben, weshalb auch immer. Hauptsache, sie konnte noch bleiben.

17. Kapitel

Marie befand sich in der Kirche. Deren Erscheinungsbild hatte sie erstaunt, denn dieses Gotteshaus war so ganz anders gestaltet als deutsche Kirchen. Es gab kein klassisches Kirchenschiff, stattdessen erinnerte das Innere an ein Theater mit Logenplätzen im oberen Stock. Der Altar war auf einer Bühne, darüber befand sich eine große Orgel, die trotz ihrer Schlichtheit beeindruckte. Die dominierende Farbe im Raum war weiß, auf den Fußböden lag rosafarbener Teppichboden. Hübsch anzusehen waren die bunten Kirchenfenster und der hölzerne Leuchter an der Decke. Die Tatsache, dass der Altarraum eher einer Bühne entsprach, kam ihnen für ihre Aufführung entgegen. Für die heutige Probe war die Krippe – sie bestand aus leichtem Sperrholz und einem Dach aus Pappe – aufgebaut worden. Linker Hand befand sich das Feld der Hirten mit einem künstlichen Lagerfeuer. Das Hintergrundbild stellte einen dunkelblauen Sternenhimmel dar. Es schien perfekt zu sein, wäre da nicht die Pfütze unter der Jesuskrippe gewesen, die Marie gerade entdeckt hatte und mit hochgezogener Augenbraue betrachtete. Sie ahnte, wer der Übeltäter war, trat näher, nahm die als Jesuskind fungierende und in ein beigefarbenes Tuch gewickelte Puppe aus der Krippe und untersuchte sie näher. Ihre Vermutung bestätigte sich, als sie den Stoff entfernte und aus dem Hinterteil der Puppe Wasser tropfte.

»Wer ist auf die Idee gekommen, eine Pinkelpuppe als Jesus zu nehmen?«, fragte sie in die Runde der kindlichen Schauspieler, die sie umgaben. Es war einer der Weihnachtsengel, der sich meldete. Ein Mädchen mit langen glatten Haaren, Marie überlegte kurz, wie ihr Name gewesen war. Anni oder Jessica.

»Ich war das«, sagte Anni oder Jessica. »Ich habe gedacht, dann wäre es realistischer. Ich meine, Babys machen ja auch im richtigen Leben in die Windeln.«

»Durchaus«, entgegnete Marie. »Aber im richtigen Leben tragen Babys Windeln, und unser Jesus steckt in einem Tuch und muss nicht zusätzlich gewickelt werden. Gegen die Puppe an sich ist nichts einzuwenden, denn sie sieht sehr realistisch aus. Aber Fläschchen sollte sie vor der Aufführung keines bekommen.«

»Aber dann schreit unser Jesus ja vor Hunger«, meldete sich eines der kleineren Kinder zu Wort, das ein Schäfchen spielte. »Wenn mein kleiner Bruder nicht pünktlich seine Flasche kriegt, dann brüllt der das ganze Haus zusammen.«

»Kann die Puppe nicht auch schreien?«, erkundigte sich die Maria, eine Zwölfjährige mit roten lockigen

Haaren und Unmengen an Sommersprossen im Gesicht, die Elizabeth hieß, von allen jedoch nur Lizzy genannt wurde. »Es gibt welche, die das können.«

»Nein, die kann nur Pippi machen«, antwortete Jessica. »Eine die schreien kann, wollte ich nicht haben. Jetzt ist das Wasser ja raus, also bleibt sie trocken.«

»Zur Sicherheit können wir der Puppe ja trotzdem eine Windel anziehen«, meinte eine weitere Darstellerin, sie spielte einen der Hirten und war acht Jahre alt. »Außerdem haben die den kleinen Jesus in Wirklichkeit bestimmt auch nicht ohne Windel in die Krippe gelegt. Der mag zwar der Sohn Gottes gewesen sein, aber Pippi musste der auch.«

Diese Ausführung brachte Marie zum Schmunzeln. Kindermund war doch immer wieder etwas Herrliches.

»Also gut. Dann ist das geklärt, und unser Jesus erhält eine Windel, aber bitte aus Stoff. Vor zweitausend Jahren gab es noch keine Pampers.« Ihre Aussage sorgte für Gelächter. Marie klatschte in die Hände und kam auf die Arbeit am Stück zurück: »Dann lasst uns jetzt bitte die letzte Szene noch einmal wiederholen. Den Hirten erscheinen die Engel auf dem Felde, und sie erfahren von der frohen Kunde, dass ihnen der Heiland geboren ist.«

Marie ging von der Bühne und trat neben Jack, der ihr einen amüsierten Seitenblick zuwarf, den sie ihm in diesem Moment fast ein wenig übelnahm. Statt sie zu unterstützen, hatte Jack es vorgezogen, dem Organisten zur Hand zu gehen, der irgendein mechanisches Bauteil an der Orgel austauschte.

»Und, wie läuft es?«, fragte er dann, als die Hirten und Engel in Position gingen.

»Könnte besser sein«, antwortete Marie mit säuerlicher Miene. »Jesus ist undicht, die Schafe haben keine Kostüme, weil sie unauffindbar sind, obwohl Daisy fest behauptet, sie vorgestern vorbeigebracht zu haben, und unser Josef vergisst andauernd seinen Text. Bis zur Aufführung sind noch drei Proben angesetzt. Mal sehen, ob wir es bis dahin hinbekommen.«

»Das wird«, erwiderte Jack. »Du musst positiv denken.«

Marie verkniff sich einen Kommentar und hielt ihren Blick auf die Kinder gerichtet. Der Engel, der nun die frohe Kunde von Christi Geburt verbreiten sollte, rang sichtlich mit sich. Sein Name war Patrick, er war etwas pummelig.

»Was ist denn nun?«, fragte Marie und sah Patrick abwartend an. Der Junge begann, irgendetwas zu stammeln – der richtige Text war es bedauerlicherweise nicht. Marie stieß einen Seufzer aus, stieg auf die Bühne und sah die junge Schauspielertruppe ernst an.

»Wollt ihr euch etwa im Weihnachtsgottesdienst blamieren? Die Texte müssen sitzen, und ihr müsst etwas mehr Freude zeigen. So wird das nix mit der Schauspielkarriere.«

»So einer will ich eh gar nicht werden«, meldete sich Josef zu Wort. »Ich bin bloß deswegen hier, weil meine

Mama gesagt hat, dass ich das neue Spiel für meine Xbox bekomme, wenn ich den Josef gebe.«

»Und ich bin hier, weil meine Oma das Krippenspiel so gernhat und extra aus Michigan kommt, um mich als Maria auf der Bühne zu sehen. Mama hat gesagt, das könnte ihr letztes Weihnachten sein, und ich soll ihr den Gefallen tun«, warf Lizzy ein. »Ich wollte immer zum Ballett, aber dafür bin ich laut meiner Tanzlehrerin zu groß geraten. Nächstes Jahr gehe ich in den Chor, vielleicht klappt eine Gesangskarriere. So berühmt wie Taylor Swift zu sein, das wäre toll. Und die ist auch groß. Kennst du Taylor Swift?«, fragte sie und sah Marie an.

Marie beantwortete die Frage mit einem Ja und stieß einen Seufzer aus. Motivation sah anders aus.

»Also ich will mal nach Hollyschott«, meldete sich nun eines der Schafe zu Wort, die Kleine war drei Jahre alt und hatte einen süßen Lockenkopf. »Ich will da so berühmt werden wie die Barbie. Und die ist so hübsch.« Ihre Augen begannen zu leuchten.

»Das heißt Hollywood, du Dummerchen«, korrigierte ein anderes Schäfchen, ein kleiner Junge.

»Ich bin gar kein Dummerchen, du Blödmann«, verteidigte sich die Kleine und streckte die Zunge raus.

»Kinder, bitte. Beruhigt euch. Streiten bringt uns jetzt auch nicht weiter.« Marie hob beschwichtigend die Hände. »Ich denke, es wird besser sein, wenn wir für heute Schluss machen, dafür proben wir dann beim nächsten Mal eine Stunde länger. Vielleicht haben sich bis dahin auch die Kostüme für unsere Schäfchen gefunden. Informiert eure Eltern über die Veränderung der Probezeiten und lernt bitte alle noch einmal eure Texte, nächstes Mal muss alles sitzen.« Ihr Blick ruhte, während sie dies sagte, auf Patrick. »Wer nicht allein nach Hause geht, kann bis zur Abholzeit mit rüber in den Gemeindesaal kommen, dort gibt es heißen Kakao und Plätzchen. Wir sehen uns dann morgen.«

Die Kinder hatten den Raum noch nicht komplett verlassen, da erschien Delores, in Händen hielt sie einen Zettelstapel. Irritiert sah sie den Kindern nach.

»Ist schon Feierabend für heute? Sonst dauert die Probe doch immer bis achtzehn Uhr.«

Marie nannte den Grund dafür, und Delores' Gesichtsausdruck wurde nachdenklich. »Bei uns im Gemeindesaal wurden heute Mittag drei Tüten mit so weißem Stoffzeug abgegeben. Ich war gerade in Hektik und hab sie einfach in eine Ecke gestellt. Ach du je. Das werden vermutlich die von euch gesuchten Kostüme für die Schafe sein.«

»Wenn sie es sind, dann wäre das wunderbar«, freute sich Marie. »Wenigstens dieses Problem wäre dann gelöst.«

»Und das mit den Texthängern bekommen wir auch noch hin«, meinte Delores. »Ich rede gleich mal mit Albert. Er war früher am Theater und weiß, wie man den Text am besten in den Kopf bekommt. Vielleicht hat er ja sogar Lust, das Krippenspiel komplett zu betreuen. Nichts für ungut, Marie. Du machst das bestimmt großartig und hast auch Erfahrung mit Kindern, aber es kann jederzeit sein, dass du wieder nach Hause fliegst, und dann stehen wir erneut ohne einen Betreuer da.«

»Ja, das wäre möglich«, entgegnete Marie. »Das mit Albert ist eine ausgezeichnete Idee. Er wird bestimmt nicht ablehnen.« Delores' Vorschlag erinnerte Marie daran, dass sie eigentlich gar nicht so richtig zu diesem wunderbaren Team dazugehörte. Ihr Blick wanderte kurz zu Jack. Er schwieg, seine Miene war ernst. Waren Delores' Worte der Grund dafür? Marie hoffte darauf. In diesem Moment wünschte sie sich, sie könnte über die Dauer ihres Aufenthalts selbst bestimmen. Und was wäre, wenn sie das täte? Wenn sie bleiben würde, vielleicht sogar für immer, Frankfurt, Lukas und all die Erinnerungen hinter sich ließe, um ein neues Leben zu beginnen? Aber das ging nicht. Schließlich taten der Sender und ihre Eltern alles dafür, um sie wieder nach Deutschland zu bekommen. Außerdem hatte sie nur ein Touristenvisum und gar keine Arbeitserlaubnis. Einfach so nach Amerika auszuwandern, das gestaltete sich bestimmt schwierig. Außerdem hatte sie zu Hause Verpflichtungen. Nach den Weihnachtsferien begann die Rückrunde in der Volleyballsaison, und ihr Team wollte in die nächste Liga aufsteigen. Sie hatte die Zusage für eine neue Wohnung, sie liebte ihren Job im Kindergarten. Sie konnte ihre kleinen Schützlinge doch nicht einfach so im Stich lassen. Wobei eigentlich in ihrem Job ein ständiges Kommen und Gehen dazugehörte.

Die Kinder entwuchsen dem Kindergarten, gingen zur Schule und vergaßen rasch ihre Erzieherin aus der Bärengruppe. So war nun mal der Lauf der Zeit.

Es war Delores, die Marie aus ihren Gedanken riss.

»Wenn ihr schon fertig seid, dann könnt ihr das hier für mich übernehmen.« Sie hielt den Zettelstapel in die Höhe. »Die von unserer Tilda in Reinschrift gebrachten Wunschzettel müssten noch flott an unserem Christbaum im Eingangsbereich angebracht werden. Das mit den Wünschen am Baum ist Tradition. Am Nachmittag des ersten Weihnachtstages gibt es bei uns im Gemeindesaal immer eine Weihnachtsfeier für diejenigen, die nicht so viel haben. Es gibt ein Weihnachtsessen, Kekse und natürlich eine Bescherung für die Kinder. Und deshalb müssen die Zettel an den Baum. Mildtätige Gemeindemitglieder erwerben die Dinge, packen sie ein und vermerken den jeweiligen Namen des Kindes darauf. Morgen Abend ist offizielle Chorprobe, und da gehen erfahrungsgemäß immer die meisten Zettel weg.«

»Was für eine hübsche Idee«, antwortete Marie. »Aber was ist, wenn Zettel übrig bleiben oder es unerfüllbare oder teure Wünsche sind?«

»Wenn Zettel übrig bleiben, dann kümmert sich der Gemeinderat darum, dass die Sachen aus der Kollekte finanziert werden. Zu teure Geschenke werden natürlich nicht gekauft. Meist erhält das Kind dann etwas Günstigeres, ganz leer wollen wir niemanden ausgehen lassen. Was meinst du mit unerfüllbar?«, hakte Delores nach.

»Ich habe eine ähnliche Aktion bei uns in der Gemeinde schon einmal betreut«, erklärte Marie. »Da hatten wir Kinder, die sich vom Christkind eine neue Mutter wünschten, eine neue Arbeit für den Vater, dass der Bruder wieder gesund werden sollte. Was ist mit diesen Wünschen? Wie geht ihr mit diesen Dingen um?«

»Manchmal kommt so etwas vor, aber eher selten. Vielleicht liegt es daran, dass hier bei uns nicht das Christkind, sondern Santa kommt, und der hat ja eine Spielzeugwerkstatt am Nordpol und einen Schlitten voller Geschenke. Neue Elternteile oder Arbeitsplätze liefert er nun einmal nicht aus. Mit was transportiert denn euer Christkind die Geschenke?«

»Das weiß ich gar nicht«, entgegnete Marie verdutzt. Mit dieser Frage hatte sie sich noch nie beschäftigt.

»Aber so wichtig ist das ja auch wieder nicht«, meinte Delores und winkte ab. »Wir machen den Kindern am Weihnachtstag eine Freude, und das ist es, was zählt. Wenn ihr mit dem Aufhängen der Zettel fertig seid, könnt ihr wieder rüberkommen und uns bei der Organisation für den Tanzabend helfen. Randolf will den DJ geben. Das kann heiter werden. Wenn du möchtest, Marie, kannst du mir gleich noch bei der Herstellung der Schnittchen und der Bowle zur Hand gehen. Ach, es fehlen mal wieder zu viele Hände.« Sie schwirrte aus dem Raum.

»Tanzabend«, wiederholte Marie erstaunt. »Was hier nicht alles stattfindet.«

»Nicht wahr«, meinte Jack. »Unsere Gemeinde ist sehr aktiv. Neben den Tanzabenden gibt es noch Bingoabende, Lesungen, Yogakurse, Bastelnachmittage für Kinder, und im Sommer gibt es ein großes Gemeindefest im Garten. Es werden sogar Reisen angeboten. Letztes Jahr war eine Gruppe bei den Niagarafällen.«

»Und wie bist du denn so im Bingo?«, fragte Marie mit einem neckenden Ton in der Stimme.

»Ich kenne nicht einmal die Regeln«, antwortete er lachend. »Ehrlich gesagt, helfe ich meist nur im Winter aus, wenn es um die Betreuung der Obdachlosen geht. Tanz- und Bingoabende meide ich wie der Teufel das Weihwasser. Aber heute werden wir wohl daran teilnehmen müssen.«

»So ist es«, entgegnete Marie schmunzelnd. »Ich bin soeben zum Dienst eingeteilt worden. Es mangelt an Personal.«

»Sieht danach aus«, antwortete Jack. »Aber vielleicht schenkst du mir später einen Tanz. Einige Minuten Pause wird uns Delores mit Sicherheit zugestehen. Mal sehen, was Randolf für eine Playlist zusammengestellt hat. Ich muss dich aber vorwarnen. Standardtänze liegen mir nicht sonderlich gut.« Er zwinkerte ihr zu, und Maries Körper durchlief ein kurzes Prickeln.

Die beiden trollten sich in den Eingangsbereich der Kirche und begannen, die Wunschzettel am Baum anzubringen. Marie las den einen oder anderen Wunsch. Einige waren eher praktischer Natur, weshalb sie diese als mütterliche Wünsche einstufte. Sie kannte jedenfalls keinen Achtjährigen, der sich zwei Paar lange Unterhosen wünschte. Passender war da eher ein bestimmtes Computerspiel oder eine Barbiepuppe. Eine neunjährige Jenny wünschte sich einen Buchgutschein von einer bestimmten Buchhandlung. Dieser Wunsch gefiel ihr von allen am besten.

Als die beiden wenig später den Gemeindesaal betraten, staunte Marie nicht schlecht, wie sich dieser während ihrer Abwesenheit verändert hatte. Die Tische und Stühle waren ein Stück zur Seite gerückt worden, und es gab eine Tanzfläche, über der sogar eine Discokugel an der Decke befestigt war. Bunte Scheinwerfer – sie hingen in den Saalecken und fielen Marie erst jetzt auf – sorgten für passendes Licht. Randolf stand an einem rechts vom Tresen platzierten Mischpult und trug zu Maries Erstaunen eine abgetragene schwarze Lederjacke. Fröhlich winkte der alte Mann ihnen zu.

Delores hatte Hilfe von Ruth bekommen. Letztere trug ein flattriges, petrolblaues Kleid mit einem beachtlichen Ausschnitt, der Ruths üppigen Vorbau bemerkenswert in Szene setzte. Und Marie hatte stets angenommen, die Amerikaner seien prüde. So konnte man sich irren.

Es dauerte nicht lange, bis sich der Raum zu füllen begann und die Stimmung im Saal stieg. Es war eine bunte Mischung aus Bedürftigen und Gemeindemitgliedern, Marie schätzte den Altersdurchschnitt auf Mitte fünfzig. Passend dazu hatte Randolf die Musik gewählt. Marie und die anderen Frauen schenkten fröhlich Getränke aus, die Bowle erfreute sich großer Beliebtheit und war schnell leer getrunken. Auch bei den Häppchen wurde kräftig zugegriffen. Ein älteres Ehepaar unterhielt die Anwesenden ganz besonders, denn trotz ihres fortgeschrittenen Alters legten die beiden eine flotte Sohle aufs Parkett. Als Randolf nach einer kurzen Tanzpause *Rock Around the Clock* von Bill Haley auflegte, gab es bei den beiden kein Halten mehr. Staunend beobachtete Marie, wie der alte George, er war bereits Mitte siebzig, mit seiner Gattin Tilly, sie war drei Jahre jünger, über die Tanzfläche wirbelte. Sogar akrobatische Einlagen boten sie ihrem Publikum.

»Bewundernswert für dieses Alter, nicht wahr?«, sagte Delores, die neben Marie getreten war.

»Ja, das ist es«, antwortete sie. »Sie kann sogar noch den Spagat.«

»Die beiden haben früher an allen möglichen Tanzwettbewerben im ganzen Land teilgenommen, sie waren sogar amerikanische Meister. Jahrelang haben sie in Jersey eine Tanzschule betrieben. Die ist ihnen Ende der Neunziger abgebrannt, und die Versicherung wollte nicht zahlen. Es ist ein Trauerspiel. Sie arbeitet noch immer an der Kasse im Supermarkt, was er heute macht, weiß ich nicht. Ihr Sohn unterstützt sie finanziell. Ohne sein Geld würden sie vermutlich gar nicht über die Runden kommen. Immerhin die Freude am Tanzen ist ihnen geblieben.« Sie stieß einen Seufzer aus.

Marie beobachtete die beiden, wie sie miteinander schäkerten, wie sie sich ansahen. Es war ihnen mehr geblieben als die Freude am Tanz. Ihre Liebe. Und die zählte so viel mehr als alles Geld der Welt.

Ihr Blick wanderte zu Jack, der auf der anderen Seite der Tanzfläche stand. Als er bemerkte, dass sie ihn ansah, richtete er seinen Blick nun auch auf sie. Über die Tanzfläche hinweg sahen sie einander an, und Marie verspürte dieses herrliche Kribbeln in ihrem Inneren. Inzwischen wusste sie genau, was es damit auf sich hatte. Wenn sie ihren Gefühlen für Jack endgültig nachgab, war es möglich, dass sie bald wieder mit einem gebrochenen Herzen kämpfen musste. Aber vielleicht ja auch nicht! Vielleicht war Jack der Mann ihres Lebens, und all die verrückten Geschehnisse der letzten Tage ihrer beider Schicksal.

Das alte Ehepaar beendete seine Tanzeinlage und verneigte sich vor dem applaudierenden Publikum. Es begann der nächste Titel, und Jack kam nun auf Marie zu und hielt ihr auffordernd die Hand hin.

»Darf ich um diesen Tanz bitten?«

Marie nahm seine Hand, er führte sie auf die Tanzfläche und sie begannen, sich im Takt zu Lionel Richies *Stuck on You* langsam im Kreis zu drehen. Nach einer Weile legte Marie ihren Kopf an seine Schulter und schloss die Augen. Was auch immer das Schicksal mit ihnen vorhatte. In diesem Moment fühlte es sich gut an.

18. Kapitel

Am nächsten Morgen war es Albert, der Marie weckte. Aus müden Augen blinzelte sie ihn an.

»Guten Morgen, meine Liebe. Na, gut geschlafen? Delores schickt mich. Deine Tasche in der Küche hat eben ausdauernd geklingelt, und sie hat gemeint, es könnte etwas Wichtiges sein.«

»Schon möglich«, antwortete Marie, setzte sich auf und streckte sich gähnend. Der Tanzabend war gegen ein Uhr früh zu Ende gewesen, und bis sie alles für die Übernachtung vorbereitet hatten, war es nach zwei. Auf die Idee, nicht erneut im Gemeindesaal zu übernachten, waren weder sie noch Jack gekommen. »Wie spät haben wir es denn?«

»Kurz nach sieben«, antwortete Albert. »Wir müssen hier auch noch aufräumen und die Tische richten. Ab acht gibt es Frühstück. Randolf und Jack sind unterwegs zum Bäcker. Seltsamerweise fehlt uns heute noch immer die Brotlieferung.«

»Ach du je«, antwortete Marie.

»Das findet sich bestimmt«, meinte Albert und winkte ab. »Ist nicht das erste Mal, dass so was vorkommt. Vermutlich hat wieder einer der Lieferjungen verschlafen. In der Küche gibt es schon Kaffee. Delores hat es heute mal wieder gut mit uns gemeint, der weckt Tote.« Er zwinkerte Marie kurz zu, dann ging er zu einem ihrer Schlafgäste, dem alten Naruto. Der Japaner war zum Ende des gestrigen Tanzabends bei ihnen eingetroffen und hatte einen recht mitgenommenen Eindruck gemacht. Niedergeschlagen hatte er ihnen berichtet, dass ihm irgendjemand seine Tageseinnahmen gestohlen hatte. Delores hatte ihm warmen Cider gegeben und ihm zwei große Schinken-Sandwiches zubereitet, das Buffet war bereits restlos leer geräumt gewesen. Danach hatte Naruto tatsächlich wieder etwas mehr Farbe im Gesicht gehabt, was Marie erleichtert hatte.

Sie erhob sich von ihrer Schlafpritsche, schlüpfte in ihre Schlappen, zog ihre graue Strickjacke über ihren Schlafanzug und schlurfte zu Delores in die Küche. Dort lief, wie gewohnt, das Radio. Gerade kam der Wetterbericht, der weitere Schneefälle für New York ankündigte.

»Es sieht in diesem Jahr tatsächlich mal wieder nach einer weißen Weihnacht aus«, meinte Delores, die sich damit beschäftigte, ihre Vorräte an Erdnussbutter zu sichten. »Es bleibt allerdings zu hoffen, dass es nicht zu heftig wird. Vor einigen Jahren hatten wir zu Weihnachten mal einen richtigen Blizzard. Da gab es hier sogar Stromausfall. Mit einem rohen Puter und einem dunklen

Weihnachtsbaum in einem kalten Haus zu sitzen, das macht keinen Spaß. Das kann ich dir sagen. Da hab ich lieber grüne Weihnachten.«

»Die haben wir in Frankfurt fast immer«, antwortete Marie und schenkte sich Kaffee ein. »Die Stadt liegt in einer der wärmsten Regionen Deutschlands, was Schnee zu einem seltenen Geschenk macht.« Sie kippte Milch in ihre Tasse, nippte daran und verzog das Gesicht. Albert hatte recht gehabt, diese Plörre war so stark, sie musste aufpassen, davon keinen Herzkasper zu bekommen. Rasch verdünnte sie das Heißgetränk mit einem Schluck Leitungswasser. Ihr Blick fiel auf ihre Tasche, die an einem der Küchenstühle hing. Sie holte ihr Handy heraus und blickte auf das Display. Ein verpasster Anruf von Silke, eine Nachricht auf ihrer Mailbox.

»War es etwas Wichtiges?«, fragte Delores in einem beiläufigen Tonfall. Vor ihr auf dem Tisch standen nun acht Erdnussbuttergläser, und sie dachte laut darüber nach, ob diese bis zum Fest reichen würden.

»Nur meine Freundin Silke«, antwortete Marie und steckte das Handy zurück in ihre Tasche. »Sie will bestimmt wissen, ob es etwas Neues gibt. Ich melde mich später bei ihr. Jetzt gehe ich mich erst einmal zurechtmachen. So kann ich ja nicht rumlaufen.«

Bald darauf hatte sich der Gemeindesaal wieder mit der üblichen Mischung an Menschen gefüllt. Jack und Randolf waren mit ausreichend Brot aus der Bäckerei zurückgekehrt, der Lieferjunge war heute früh nicht aufgetaucht. Zu Delores' Freude hatten die beiden noch einige Gläser Erdnussbutter mit im Gepäck, die die Frau des Bäckermeisters extra für die Obdachlosenhilfe bereitgestellt hatte. Auch heute waren wieder einige Mütter mit Kindern gekommen, und Marie wurde sogleich von den Kleinen umringt, musste Geschichten vorlesen und Türme aus Bauklötzchen bauen. Jack hatte sich nach dem Frühstück abgemeldet, er hatte bis zum Nachmittag Dienst in der Bibliothek.

Der Tag verging wie im Flug. Nach dem Mittagessen trudelten erneut die kleinen Schauspieler für das Krippenspiel ein, und da Albert sich seltsamerweise in Luft aufgelöst hatte, übernahm Marie erneut das Zepter und kümmerte sich um die Probe, die dieses Mal erstaunlich gut funktionierte. Die Kinder hatten sich Maries Worte tatsächlich zu Herzen genommen, selbst Patrick konnte seinen Text nun fehlerlos wiedergeben.

»Das habt ihr heute ganz großartig gemacht«, lobte Marie, nachdem die Kinder mit der Vorführung fertig waren, allesamt standen sie einträchtig um Bethlehems Stall, die Puppe hatte dieses Mal dicht gehalten. »Ich bin stolz auf euch. So ist es perfekt. Und da es so gut gelaufen ist, müssen wir auch gar nicht länger machen. Wenn ihr möchtet, könnt ihr wieder rüber in den Gemeindesaal gehen. Da gibt es heute selbst gebackene Brownies, sie sind köstlich.«

Das ließen sich die Kinder nicht zweimal sagen. Freudig eilten sie von der Bühne und verließen in der für diese Altersklasse üblichen Lautstärke die Kirche.

Jack erschien, und Maries Herz tat einen Satz. Es freute sie, dass er zu ihr in die Kirche kam.

»Hier steckst du«, sagte er. »Ich dachte, Albert übernimmt die Rasselbande.«

»So kann man sich täuschen«, antwortete Marie. Sie wollte noch etwas hinzufügen, kam jedoch nicht mehr dazu, weil Delores aufgeregt hereinkam und ihr Gespräch unterbrach.

»Es geht um Naruto«, brachte sie heraus. »Er ist zusammengebrochen. Ihr müsst schnell kommen.«

Sofort eilten alle in den Gemeindesaal. Dort standen sämtliche Anwesende, bedauerlicherweise auch die Kinder des Krippenspiels, um den auf dem Boden liegenden Naruto. Ein mittelalter Mann hatte mit der Reanimation begonnen, und jemand anders rief: »Der Krankenwagen müsste jeden Moment eintreffen.«

Als hätte der Rettungsdienst die Worte gehört, waren in diesem Moment Sirenen zu hören, und flackerndes Blaulicht drang in den Raum.

»Gott sei Dank«, hauchte Delores.

Marie fühlte sich indes wie gelähmt und konnte den Blick nicht von dem am Boden liegenden Japaner abwenden. In ihren Ohren rauschte es. Nein, es durfte nicht sein. Naruto durfte nicht sterben. Er war so ein wunderbarer und talentierter Mensch, sein Spiel und sein Lächeln hatten ihr Herz erwärmt. Die Sanitäter und der Notarzt liefen an ihnen vorüber und begannen, sich sogleich zu kümmern. Es dauerte nicht lange, bis Naruto auf eine Trage gelegt und zum Krankenwagen gebracht wurde. Jack erkundigte sich, in welches Krankenhaus er gebracht werden würde. Es war das Brooklyn Hospital Center. Nachdem sich die Tür hinter den Männern geschlossen hatte, herrschte eine beklemmende Stille im Raum. Selbst die Kinder waren ganz ruhig.

»Hat er Angehörige?«, war es Marie, die sich als Erste wieder zu Wort meldete. »Sollten wir jemanden anrufen?«

»Soweit wir wissen, hat er niemanden«, antwortete Delores. »Seine Frau ist schon viele Jahre tot, und er lebt von einer schmalen Rente, die er mit Straßenmusik aufbessert, meist findet man ihn im Central Park.«

»Also keine Angehörigen«, antwortete Marie. »Dann sollte jemand von uns zu ihm fahren. Es muss sich doch wer kümmern. Wir können ihn nicht allein lassen.«

»Du hast recht«, antwortete ihr Jack. »Ich werde hinfahren und sehen, wie es steht.«

»Ich begleite dich«, sagte Marie. Kurz fanden sich die Blicke der beiden, und in diesem Moment war sich Marie endgültig klar darüber, dass sie sich in Jack verliebt hatte. Er war so viel mehr als der gut aussehende Sunnyboy und hatte ein großes Herz. In diesem Augenblick wünschte sie sich nichts sehnlicher, als darin für immer einen Platz zu finden.

Eine kurze U-Bahnfahrt später trafen sie im Krankenhaus ein. Marie fiel sogleich das Verhalten des Personals an der Rezeption unangenehm auf – es war bestens gelaunt, lachte und schlug spielerisch mit Klemmbrettern aufeinander ein, während sich vor ihnen ein älterer Mann offensichtlich vor Schmerzen krümmte. Erst als er sich schwallartig auf den Boden übergab, wurde ihm die Aufmerksamkeit eines Pflegers zuteil, der sich nun endlich kümmerte und für den armen Mann eine Liege organisierte. Fluchend begann eine Mitarbeiterin den Boden zu reinigen. Die Rezeptionistin, eine brünette, Kaugummi kauende Frau, die Marie auf Ende dreißig schätzte, sah sie genervt an und fragte: »Was gibt es?«

Marie war so perplex, dass ihr die Worte für eine Antwort fehlten. In deutschen Krankenhäusern war gewiss nicht immer alles Gold, was glänzte, aber ein so freches Personal war ihr noch nie untergekommen.

Jack erklärte ihr Anliegen.

»Also, wenn der gerade reingekommen ist, dann müsst ihr da den Flur runter und die zweite rechts«, sagte die Rezeptionistin und deutete auf einen linker Hand liegenden Gang. Das Telefon läutete, sie nahm den Hörer ab. Somit schien das Gespräch beendet zu sein.

Marie und Jack gingen in die Richtung, die ihnen die Frau gewiesen hatte. Es dauerte nicht lange, bis sie den Notaufnahmebereich gefunden hatten. In dem Raum gab es mehrere Untersuchungsplätze, die mit Vorhängen voneinander getrennt werden konnten. Beinahe alle waren belegt, und es herrschte ein großes Durcheinander. Ärzte, Pfleger und Krankenschwestern liefen durcheinander, und Marie und Jack waren bei Weitem nicht die einzigen Angehörigen. Es dauerte eine ganze Weile, bis sie Naruto in dem Chaos gefunden hatten. Er lag auf einer der Untersuchungsliegen im hinteren Bereich des Raumes und hatte zu Maries Erleichterung das Bewusstsein wiedererlangt.

Als er sie beide erblickte, zeigte er ein müdes Lächeln.

»Hallo, meine Freunde«, begrüßte er sie mit matter Stimme. »Was macht ihr denn hier?« Er streckte seine Hand aus, und Jack ergriff sie.

»Was sollen wir hier schon machen, alter Freund?«, begrüßte er ihn. »Es ist verdammt gut, dich wohlauf zu sehen. Du hast uns einen ziemlichen Schrecken eingejagt.«

»Hm«, gab Naruto zur Antwort, und sein Blick blieb an Marie hängen. Ein sanftes Lächeln umspielte seine Lippen.

»Du bist auch gekommen. Deutsches Mädchen.«

»Ja, das bin ich«, antwortete Marie und trat schüchtern näher. Plötzlich kam sie sich deplatziert vor. Immerhin kannte sie den alten Japaner kaum. Sie hatte ihn als Touristin im Central Park singen gehört, ihn in der Obdachlosenunterbringung wiedergetroffen. Was tat sie hier eigentlich? Für ihn war sie doch wie eine Fremde. Seine freundliche Antwort strafte in diesem Augenblick ihre Gedanken Lügen.

»Das ist schön. Ich danke dir, meine Liebe.« Er ließ Jacks Hand los und streckte sie Marie entgegen. Sie trat näher, ergriff und drückte sie.

»Es ist schön, dass es dir wieder besser geht«, sagte sie.

Dieser Satz sorgte dafür, dass sich die Miene des Asiaten eintrübte. Doch noch ehe er antworten konnte, meldete sich ein Arzt zu Wort, der nähergetreten war. Er stellte sich als Gordon Sheperd vor, Marie schätzte ihn auf Ende fünfzig. Er war groß und hatte die Figur eines Wandschranks.

»Es haben sich Angehörige eingefunden, wie nett«, sagte er in einem freundlichen Tonfall. »Sie können den Herrn Watanabe dann auch gleich wieder mitnehmen.«

»Wieder mitnehmen?«, erwiderte Marie verdutzt. »Denken Sie nicht, dass das verfrüht wäre? Immerhin musste er wiederbelebt werden.«

»Aus ärztlicher Sicht ist es sogar unverantwortlich, dass wir Herrn Watanabe jetzt gehen lassen, denn er benötigt eigentlich eine Herzoperation. Da er aber keine Krankenversicherung und auch nicht das Geld dafür hat, um die Behandlung privat zu bezahlen, muss er wieder gehen. Er kann sich aber am Empfang auf die Liste für die Sozialoperationen setzen lassen, die wir hier im Haus einmal im Monat durchführen. Allerdings kann ich im Moment nichts über die Wartezeiten sagen. Mit einem Jahr wird vermutlich zu rechnen sein.«

Marie sah den Arzt entsetzt an.

»Aber da muss es doch eine andere Möglichkeit geben, irgendeine Lösung.«

Ohne es zu bemerken, war sie ins Deutsche gefallen, und der Arzt sah sie einen Moment lang irritiert an.

»Deutsche also«, entgegnete er. »Ich habe während meines Studiums einige Monate an der Charité in Berlin gearbeitet. Dort hätte ich sofort den OP-Saal für Herrn Watanabe gebucht. Aber wir sind in Brooklyn, und da gibt es leider andere Spielregeln.« Er zuckte die Schultern, warf noch einen letzten Blick auf den Untersuchungsbericht des Japaners, setzte seine Unterschrift darauf und wünschte Naruto weiterhin alles Gute.

Marie war fassungslos. Andererseits, was hatte sie erwartet? Sie kannte solche Situationen doch auch aus dem Fernsehen. In einer ihrer Lieblingskrankenhausserien *Grey's Anatomy* gab es immer wieder Fälle, in denen Behandlungen wegen fehlender oder mangelhafter Krankenversicherung nicht durchgeführt werden konnten. Doch es war ein Unterschied, ob man solche Situationen auf dem Bildschirm mitverfolgte oder real dabei war.

»Es ist wirklich nicht so schlimm«, versuchte Naruto sie zu beruhigen und setzte sich auf. »Mein Herz ist eben müde geworden. Wegen mir kann es auch mit dem Schlagen aufhören. Das mag sich seltsam anhören, aber es wäre nicht schlimm, denn dann würde ich endlich meine Yuriko wiedersehen. Vorhin hab ich sie gehört, sie hat meinen Namen gerufen. Ihre Stimme war so wunderschön und klang so herrlich vertraut. Ich glaube, ich habe sie auch gesehen, ihre zarten Umrisse, von einem hellen Licht umgeben. Ich wünschte, sie hätten mich nicht zurückgeholt, und ich hätte bei ihr bleiben können.«

Marie rührten seine Worte, die von so viel Liebe zeugten.

Naruto erhob sich nun, und Jack half ihm in seine Jacke. »Das Beste wird sein, wenn wir dich zur Ge-

248

meinde zurückbringen, dort kannst du dich im Warmen ausruhen. Die nächsten Tage solltest du besser auf das Spielen im Central Park verzichten.«

Die nächsten Tage, wiederholte Marie in Gedanken. Besser sollte er dem kalten Park für immer fernbleiben. Naruto musste operiert werden, er benötigte einen behüteten, warmen Ort, um gesund zu werden, ein richtiges Zuhause und liebevolle Menschen, die sich um ihn kümmerten. Sie wollte etwas sagen, kam jedoch nicht dazu, denn plötzlich griff sich Naruto mit schmerzverzerrtem Gesicht an die Brust und sackte in sich zusammen. Jack stützte ihn, und Marie begann, laut um Hilfe zu rufen.

Sofort eilten Schwestern und Pfleger herbei, auch der Arzt von eben kam wieder zu ihnen, und sie begannen erneut mit der Reanimation. Entsetzt beobachteten Jack und Marie die Vorgänge. Marie war dankbar dafür, dass Jack in diesem Augenblick ihre Hand hielt. Den Ärzten gelang es nicht noch einmal, Narutos Herz wieder zum Schlagen zu bringen. Marie hörte, wie der Arzt die Worte aussprach, die sie sonst nur aus dem Fernsehen kannte.

»Zeitpunkt des Todes: Neunzehn Uhr zwanzig.« Mit trauriger Miene wandte sich der Mediziner dann ihnen zu: »Nun ging es tatsächlich schneller als gedacht. Es tut mir leid. Selbst eine Operation wäre vermutlich zu spät gekommen.«

Marie war wie erstarrt, sie brachte es nicht fertig, etwas zu antworten. Ihr Blick ruhte auf Naruto, und in diesem Moment glaubte sie, das Lied *Can't Help Falling in Love* im Ohr zu haben, das er bei ihrer ersten Begegnung im Central Park gespielt und sie sogleich für sich eingenommen hatte. Sie konnte nur erahnen, wie lange Naruto bereits von seinen Herzproblemen gewusst hatte und davon, dass er eine Operation benötigte. Plötzlich fiel ihr auf, wie friedlich der alte Japaner nun aussah, es schien, als läge auf seinen Lippen ein Lächeln. Marie dachte an den Wunsch, den er kurz zuvor ausgesprochen hatte. Dieses Mal hatte er bleiben und zu seiner Yuriko gehen dürfen, in das helle Licht hinein. Diese Vorstellung spendete ihr Trost.

Jack sprach aus, was ihr durch den Kopf ging: »Jetzt ist er wieder bei ihr.«

»Ja, das ist er«, antwortete Marie, und Tränen stiegen ihr in die Augen. »Nun spielt er für sie im Himmel seine Lieder.«

»Das macht er bestimmt«, antwortete Jack. »Naruto ohne seine Musik ist nicht vorstellbar.«

Er trat näher an die Untersuchungsliege heran und legte seine Hand auf die des Japaners. »Mach es gut, mein alter Freund. Wir sehen uns.«

19. Kapitel

Am späten Abend desselben Tages war Ruhe im Gemeindezentrum eingekehrt. Die heutigen Übernachtungsgäste schliefen. Bis gerade eben hatte Marie in der Küche aufgeräumt, doch nun saß sie im Gemeindesaal und lauschte den Schlafgeräuschen der Anwesenden. Auch Delores übernachtete wieder hier, sie drehte sich gerade wie ein Schweinchen grunzend auf die Seite, was Marie, trotz der Tragik dieses Abends, ein Lächeln entlockte.

Der bunt leuchtende Weihnachtsbaum stellte die einzige Lichtquelle im Raum dar, und die blinkenden Lichter hatten für Marie in diesem Augenblick etwas Tröstliches an sich. Nachdem sie und Jack die traurige Nachricht von Narutos Tod überbracht hatten, waren sämtliche Anwesende in der Obdachlosenbetreuung übereingekommen, für ihn eine kleine Andacht in der Kirche abzuhalten. Sogar der Pfarrer war da gewesen und hatte einige warme Worte gefunden, obwohl er Naruto nur flüchtig gekannt hatte, und der alte Mann kein festes Gemeindemitglied gewesen war. Jack hatte berichtet, wie sehr sich Naruto auf das Wiedersehen mit seiner Yuriko gefreut und dass er erzählt hatte, sie gehört und gesehen zu haben. Viele der Anwesenden hatten Tränen in den Augen. Zum Abschluss hatten sie *Amazing Grace* gesungen, und Marie war aufgefallen, was für eine wunderbare Singstimme Delores besaß.

Jack war ebenfalls noch anwesend. Er war vor einer Weile ins Nebenzimmer gegangen und telefonierte mit dem Gemeindepfleger, einer Nachteule, es ging um irgendetwas Organisatorisches.

Marie trat ans Fenster und blickte in den winterlichen Kirchhof. Zwei historisierte Laternen erhellten ihn, Schneeflocken wirbelten durch ihre Lichtkegel. Er sah so wunderschön und friedlich aus. Plötzlich verspürte sie das Bedürfnis, dort zu sein, die kalte Winterluft einzuatmen und die Ruhe dieses Ortes zu genießen. Sie beschloss, ihre Idee in die Tat umzusetzen, und holte ihre Jacke. Jack und sie würden die Nacht erneut im Gemeindezentrum verbringen. Nach dem Verlassen des Krankenhauses hatten sie noch rasch einige Dinge aus Jacks Wohnung geholt. Zum Schlafen wollte Marie ihren neu erworbenen Pyjama von Macy's anziehen. An dem rot karierten und stark reduzierten Kleidungsstück hatten sie und Silke damals nicht vorbeigehen können, und sie hatten, während sie in der Schlange an der Kasse standen, fröhlich Pläne für eine Pyjamaparty in Frankfurt geschmiedet.

Der Gedanke an Silke machte Marie ein schlechtes

Gewissen, längst hätte sie sich bei ihr melden müssen. Silke hatte mehrfach auf die Mailbox des Prepaidhandys geplappert und ihr SMS-Nachrichten gesendet. Marie schämte sich für ihr Schweigen, sie war wirklich eine schlechte Freundin. Die vergangenen Tage waren jedoch so turbulent gewesen, da war es gar nicht so leicht, eine gute Freundin zu sein. Sie nahm sich vor, Silke am nächsten Morgen anzurufen. Wenigstens einen kurzen Bericht über die aktuelle Lage hatte sie verdient.

Draußen umhüllte Marie die kühle und herrlich winterlich duftende Luft. Sie stapfte durch den Schnee, blieb neben einer der Laternen stehen und betrachtete die um sie herum vom Himmel fallenden Flocken wie kleine Wunder. Sie hatte den Winter schon immer geliebt, hatte sich schon als Kind darüber gefreut, wenn sie im nahen Taunus auf dem Feldberg beim Schlittenfahren gewesen waren. Auf den Autofahrten dorthin hatte sie dann immer die ländlichen Dörfer betrachtet, die niedlichen Fachwerkhäuser, den einen oder anderen verwunschen aussehenden Bauernhof, und sie hatte sich gewünscht, in einem der Dörfer zu wohnen. Dort, wo es jeden Winter Schnee gab. Dichte Wälder, goldene Felder und blühende Wiesen im Sommer. Doch dieser Wunsch hatte sich mit den Jahren zerschlagen. Weshalb eigentlich? Irgendwann waren sie nicht mehr in den Taunus gefahren, sie war ein Teenager geworden, zu alt für das Schlittenfahren.

Jetzt fragte sie sich, ob man dafür überhaupt zu alt sein konnte. Wer bestimmte, ab welchem Alter man etwas nicht mehr tun durfte? Vielleicht war das der Grund dafür, weshalb sie Erzieherin geworden war. Weil man in diesem Beruf seine Kindheit nie so richtig verlor. Dieser Gedanke zauberte ihr ein Lächeln auf die Lippen. Sie ließ ihren Blick durch den wie verzaubert aussehenden Garten schweifen. Dieser Ort war gewiss zu jeder Jahreszeit schön. Wenn sich im Frühjahr der Kirschbaum vor dem Gemeindezentrum in sein Blütenkleid hüllte und die Buche ihr erstes Grün an den Zweigen zeigte, in den Beeten Narzissen und andere Frühlingsblumen blühten, im Sommer die Rosen, oder wenn sich im Herbst die Blätter bunt verfärbten. Plötzlich wünschte sie sich, sie könnte die Veränderungen, die die Jahreszeiten mit sich brachten, mit eigenen Augen sehen.

»Marie, was machst du denn hier draußen im Dunkeln und in der Kälte?«, war es Jacks Stimme, die sie aus ihren Gedanken riss. Sie drehte sich um. Er kam auf sie zu und blieb direkt vor ihr stehen. Er trug keine Jacke. Selbst in diesem schlechten Licht erschien es Marie, als würden seine Augen leuchten. Wie die einer Katze, kam es ihr in den Sinn.

»Der kleine Garten sah im Schnee so wunderschön und beinahe magisch aus, und ich wollte ein wenig frische Luft schnappen«, antwortete sie. »Ist es nicht herrlich? In Frankfurt schneit es nur selten, und wenn mal Schnee vom Himmel fällt, dann taut er meist schnell wieder weg oder wird auf den Straßen zu grauem Matsch. Hier ist der Winter so ganz anders und wunderschön.

Dieser Ort ist wunderschön. Es klingt verrückt, aber mir gefällt es, diese andere Seite New Yorks kennenzulernen und Plätze wie diesen zu entdecken, Teil des normalen Alltags zu sein und den Menschen zu begegnen und nicht nur als Touristin auf Aussichtsplattformen herumzustehen oder bei Macy's Santa zu besuchen und Hafenrundfahrten zu machen.«

»Obwohl gegen eine gute Hafenrundfahrt nichts einzuwenden ist«, erwiderte er. »Aber ich verstehe, was du meinst. Als Tourist ist man immer ein Stück weit ein Störfaktor in einer Stadt. Obwohl ich ehrlich gesagt nicht weiß, wie sich das Touristendasein genau anfühlt, denn ich war noch nirgendwo einer.«

»Tatsächlich?«, hakte Marie erstaunt nach. »Du warst noch nie im Urlaub?«

»Nein, jedenfalls nicht so wie andere Leute«, entgegnete er und zuckte die Schultern. »Meine Eltern haben ein Haus in New England, dort habe ich früher oft den Sommer mit ihnen verbracht. Aber Touristen sind wir in dem kleinen Städtchen nicht. Wir haben das Anwesen von meiner Tante mütterlicherseits geerbt, und die ist in dem Ort geboren und aufgewachsen.«

»Verstehe«, antwortete Marie. »Also, ich kenne das Touristendasein schon länger. New York ist allerdings meine erste Fernreise. Wir waren früher immer an der Adria im Urlaub, Camping.«

»Adria?«, hakte Jack nach.

»Italien«, half ihm Marie auf die Sprünge.

»Verstehe. Pizza, Pasta und Vino. Also davon haben

wir hier in New York ebenfalls reichlich. Du hast bestimmt schon von *Little Italy* gehört«, antwortete er, und plötzlich tat er etwas, womit Marie nicht gerechnet hatte. Er legte die Arme um sie, als wäre es das Selbstverständlichste der Welt. Das Gefühl in ihrer Magengegend schien nun regelrecht zu explodieren, und sie begann, innerlich zu beben. Würde er sie nun küssen?

Zu ihrer Enttäuschung tat er das nicht, sondern sagte: »Wenn du magst, dann hole ich meine Jacke, und wir machen einen kleinen Ausflug. Was meinst du dazu?«

»Das klingt nach einem großartigen Angebot«, antwortete Marie. Sie schluckte, doch der Kloß, der sich in ihrem Hals vor Aufregung gebildet hatte, wollte nicht weichen. Einige Sekunden lang blickten sie einander in die Augen, es war ein magischer Moment, perfekt für den ersten Kuss. Doch Jack machte keine Anstalten, sich ihr auf diese Art zu nähern. Stattdessen hob er die Hand und ließ eine ihrer blonden Locken durch seine Finger gleiten.

»Du hast Schnee im Haar. Ich brauche eine Jacke, und du eine Mütze.« Er ließ die Hand sinken. Das Beben in Marie ließ nach, und sie trat, fast schon enttäuscht, ein Stück zurück.

Wieso hatte er sie jetzt nicht geküsst? Vielleicht hatte er es aus Höflichkeit nicht getan. Oder sie bildete sich nur ein, dass er mehr von ihr wollte, und in Wahrheit brachte er ihr nur Freundschaft entgegen. Aber so dumm konnte sie doch nicht sein. Oder doch? Sie war viele Jahre in einer festen Beziehung gewesen. Vielleicht hatte sie verlernt, manche Zeichen richtig zu deuten. Andererseits wäre es auch möglich, dass er ebenfalls zweifelte, denn ihr Miteinander hatte ein Ablaufdatum. Vielleicht war er einfach nicht der Typ für eine kurze Affäre. Der Gedanke gefiel ihr. Jack war kein Mann für nur eine Nacht. Wie wenig sie doch voneinander wussten. Trotzdem musste sie sich eingestehen, dass sie in diesem Augenblick gern erfahren hätte, ob er gut küssen konnte, wie es sich anfühlen würde, wenn ihre Lippen sich berührten, wie es sein würde, in seinen Armen zu versinken. Allein die Vorstellung verstärkte erneut das kribbelige Gefühl in ihrem Inneren.

»Komm«, sagte er. »Lass uns reingehen und uns warm anziehen. Und dann zeige ich dir das verschneite New York bei Nacht und einen ganz besonderen Ort, der mir viel bedeutet. Du wirst es mögen.« Er nahm sie bei der Hand und zog sie mit sich. Marie ließ es wortlos geschehen.

Nur wenig später standen die beiden auf der menschenleeren Brooklyn Bridge und blickten über das dunkle Wasser des East River hinweg auf die Skyline von Manhattan. Beide waren warm eingepackt, Jack sah selbst in seiner dunkelblauen Daunenjacke mit Schal und Mütze wie ein Hollywoodstar aus. Zu ihrem Glück war es nicht sonderlich windig, es fielen nur noch vereinzelte Flocken vom Himmel.

Marie faszinierten die Lichter der Großstadt. Auf der Brücke herrschte eine ganz besondere Form der Friedlichkeit, all der Stress der vergangenen Tage schien in diesem Augenblick weit entfernt zu sein, sie hatte das Gefühl, endlich frei atmen zu können. Auch die Erregung, die sie vorhin im Garten in Jacks Nähe empfunden hatte, war nun sonderbarerweise verschwunden. Es war ihr in diesem Moment gar nicht mehr wichtig, von ihm geküsst zu werden. Es war einfach nur schön, ihn neben sich zu haben. Plötzlich verspürte sie das Bedürfnis, ihm von Lukas und ihrem verlorenen Glück zu erzählen.

»Ich wollte nächstes Jahr eigentlich die Liebe meines Lebens heiraten«, sprach sie unumwunden aus, was ihr gerade durch den Kopf ging. »Sein Name ist Lukas, wir waren verlobt, ich dachte, er wäre mein größtes Glück, ich dachte, ich könnte ihn für immer lieben. Ich empfinde auch noch immer etwas für ihn, obwohl er mich belogen und betrogen hat. Aber Gefühle einfach so abzustellen, das funktioniert nicht. Es braucht Zeit, sich von einem Lebenstraum zu verabschieden. Und jetzt steh ich hier auf dieser Brücke neben dir, und all die Probleme zu Hause sind plötzlich ganz klein und fühlen sich unbedeutend an.«

»Es mag verrückt klingen, aber ich habe gespürt, dass da etwas ist, was dich belastet«, erwiderte er. »Und du hast recht. Sich von solch großen Träumen zu verabschieden, braucht tatsächlich Zeit. Und dieser Ort, ich spreche aus Erfahrung, ist für derartige Zwecke äußerst hilfreich, besonders um diese Uhrzeit. Wenn es mir nicht gut geht, dann komme ich nachts häufig hierher und schaue auf die Lichter der Skyline. Ich kann nicht sagen, was es ist, aber der Anblick beruhigt mich. Es ist schön, dass er dir auch hilft, den Schmerz hinter dir zu lassen. Wenigstens für diesen Augenblick.«

»Ja, das tut er tatsächlich«, erwiderte Marie, ihr Blick blieb auf die Stadt gerichtet. Seine Antwort berührte ihr Herz. Er war so verständnisvoll und sensibel. Besonders letztere Eigenschaft hätte sie sich bei Lukas öfter gewünscht, er war eher der verschlossene Typ, Gefühle zu zeigen oder darüber zu sprechen, war nie sein Ding gewesen. Er hatte auch selten die magischen drei Worte ausgesprochen, wenn sie jetzt so darüber nachdachte, hatte er es nie getan. Er hatte immer *lieb dich* in einem flapsigen Tonfall gesagt. Aber eigentlich war es ja egal, was er wie gesagt hatte. Die Beziehung war vorbei, die Verlobung gelöst, er hatte eine andere, zu der er *lieb dich* sagen konnte.

Erst in diesem Moment wurde Marie sich klar darüber, wie sehr sie sich danach gesehnt hatte, diese drei Worte aus seinem Mund zu hören, ernsthaft ausgesprochen und nicht mit einem flapsigen Unterton. Sie wandte den Kopf und sah Jack von der Seite an. Ihr fiel plötzlich auf, dass seine Nase einen leichten Höcker hatte und etwas lang geraten war. Zuvor hatte sie das gar nicht wahrgenommen. Sein Kinn war markant, er trug einen Dreitagebart. Seine Hände hatte er in die Jackentaschen geschoben.

»Ich hatte vorhin ehrlich darüber nachgedacht, dich zu küssen«, sagte er plötzlich, und Marie riss die Augen auf. Mit einer so direkten Aussage hatte sie nun wirklich nicht gerechnet. Er sah sie an, und sie erwiderte seinen Blick, ihr Herzschlag beschleunigte sich. Es war seltsam, dass er diesen Satz sagte, als wäre es eine Nebensache.

»Wenn ich ehrlich sein soll, denke ich darüber bereits eine ganze Weile nach«, redete er weiter. »Man sagt mir nach, dass ich ein ganz gutes Gespür für Menschen und ihre Empfindungen habe, und du strahlst immer eine gewisse Art von Traurigkeit aus, wirkst zerbrechlich, und ehrlich gesagt hatte ich auch das Gefühl, dass du es nicht möchtest. Jetzt weiß ich, warum. Und das ist schon okay. Ich meine, du wolltest diesen Lukas heiraten, mit diesem Kerl vielleicht Kinder haben, bis ans Ende eurer Tage glücklich sein.«

»Wieso tust du das?«, stellte Marie die Frage, die ihr just in diesem Moment durch den Kopf ging. »Wieso redest du so, bist so verdammt nett und verständnisvoll? Das ist doch verrückt, wir kennen uns kaum, und ich habe trotzdem das Gefühl, dass du in mich reinschauen kannst und genau weißt, was ich brauche. Und ja, ich bin verletzt. Wer wäre das an meiner Stelle nicht? Aber bei einer Sache liegst du falsch.« Sie machte eine kurze Pause und schluckte. Sollte sie es wirklich wagen? Laut auszusprechen, was sie sich in diesem Augenblick mehr wünschte als alles andere auf der Welt? Sie entschied sich dafür: »Ich will, dass du mich in den Arm nimmst, ganz fest hältst und küsst. Das wollte ich vorhin im Garten schon, aber …«

Weiter kam sie nicht, denn im nächsten Moment spürte sie seine Arme, wie sie sich um ihren Körper legten.

Er zog sie fest an sich, und wie selbstverständlich fanden sich ihre Lippen. Sie waren weich und warm, seine Zunge tastete sich vor in ihren Mund und fand die ihre. Es war kein zaghafter, sondern ein stürmischer Kuss voller Leidenschaft, voller Begierde, die sie beide zurückgehalten hatten und die nun aus ihnen herausbrach. Marie klammerte sich regelrecht an ihm fest und wünschte sich, dieser Kuss würde ewig dauern, was er bedauerlicherweise nicht tat. Jack war derjenige, der den Kuss irgendwann beendete, die Umarmung löste er jedoch nicht. Er streifte mit seiner Nasenspitze die ihre, dann schüttelte er lachend den Kopf.

»Das ist verrückt!«, rief er. »Das ist so irre. Du bist der Wahnsinn.« Er hob sie hoch und begann, sich mit ihr im Kreis zu drehen. Immer schneller wurde er, und Marie begann, laut zu kreischen. Die Lichter der Stadt und die beleuchtete Brücke wirbelten an ihr vorüber, es fühlte sich an, als würde sie fliegen. Auf der berühmten Brooklyn Bridge im Schnee. Es war so unfassbar unvorstellbar und irre, es war fantastisch. Nachdem er sie wieder abgesetzt hatte, taumelte sie kurz, es fühlte sich an, als wäre sie betrunken vor Glück.

Einen Moment standen sie sich nun schweigend gegenüber, und es schien, als müssten sie beide erst einmal wieder zur Besinnung kommen, so sehr waren sie berauscht von diesem Augenblick.

»Ich denke, wir sollten jetzt weiter«, sagte Jack schließlich. »Ich wollte mit dir mehr unternehmen, als auf der Brooklyn Bridge zu stehen. Der Kuss war nicht eingeplant. Ich verspreche, es wird dir gefallen, was ich vorhabe. Es ist etwas, das nur wenige Menschen in New York City jemals zu sehen bekommen. Fest versprochen. Komm.«

Er hielt ihr die Hand hin. Sie ergriff sie, und die beiden schlenderten die Brooklyn Bridge hinunter.

»Jetzt bin ich aber neugierig«, sagte Marie. »Verrätst du mir, was es ist?«

»Nein«, antwortete er. »Es ist eine Überraschung.«

»Aber warum? Ist es gefährlich? Etwas Verbotenes?« Sie kicherte und schämte sich sogleich dafür. Dieses verdammte Kichern, es kam jedes Mal, wenn sie sich unsicher fühlte oder aufgeregt war. Und aufgeregt war sie und glücklich, ihre Gefühlswelt tanzte Tango, und sie glaubte, an seiner Hand zu schweben. Das war doch alles verrückt, schon allein, dass sie in New York war. Diese Reise, der Gewinn beim Radio, ihr Zusammentreffen mit Jack. Solche Dinge passierten nicht im echten Leben, solche Sachen passierten nur in Filmen, in äußerst kitschigen und vorhersehbaren Netflix-Serien, die sie bisher nur mit viel Rotwein und Chips ertragen und denen sich Lukas grundsätzlich verweigert hatte.

Doch es war kein Film, sondern die Realität. Und die zeigte sich im nächsten Moment von ihrer weniger schönen Seite, denn sie rutschte aus und landete mit einem Aufschrei auf ihrem Hinterteil.

20. Kapitel

Bald darauf hatten sie die Brooklyn Bridge hinter sich gelassen und erreichten den verschneiten City Hall Park, der in seinem winterlichen Kleid bezaubernd aussah. Der Park war nicht sonderlich groß, um ihn herum ragten – wie sollte es in dieser Stadt auch anders sein – Hochhäuser in den Himmel. Sie liefen an einem stillgelegten Springbrunnen vorüber, der mit leuchtenden Christbäumen dekoriert war.

»Hier ist es aber schön«, konstatierte Marie. Ihr Herz klopfte noch immer wie wild. Was hatte er bloß vor?

»Ja, der Park ist hübsch«, antwortete Jack. »Er gehört zu unserem Rathaus, das Anfang des neunzehnten Jahrhunderts erbaut worden ist und auch heute noch als solches genutzt wird. Komm, dort vorn siehst du es besser.« Er zog Marie mit sich bis zu einer Absperrung. Dahinter befand sich die sogenannte City Hall. Sie war nett anzusehen, in einem Mischstil aus französischer Renaissance und georgianischer Architektur errichtet und erinnerte mit einer breiten Freitreppe, Säulen und

Türmchen ein wenig an ein Schloss. Auch hier gefiel Marie der Kontrast zwischen der Moderne und dem Historischen, der ihr bereits bei der Public Library oder auch der St. Patrick's Cathedral aufgefallen war, beide Gebäude waren von modernen Hochhäusern umringt und erzählten auf ihre Art Geschichten aus einer anderen Zeit.

»Es ist hübsch anzusehen«, meinte Marie. »Du willst mir jetzt aber nicht euer Rathaus zeigen, oder?«

»Nein, das wäre zu profan, wobei Touristen tatsächlich eine Tour buchen können«, antwortete Jack. »Ich hatte dir doch etwas Besonderes versprochen. Wir sind eigentlich schon fast da. Genauer gesagt, stehen wir bereits darauf. Ich muss nur kurz etwas klären. Lauf nicht fort.«

Verdutzt sah Marie ihm nach, wie er zu einem der Wachhäuser ging, dann richtete sie ihren Blick auf den mit Schnee bedeckten Boden. Sie stand darauf? Was wollte er ihr bloß zeigen? Ihre Fantasie schlug Purzelbäume. Ein unterirdisches Höhlensystem, geheime Tunnel von amerikanischen Ureinwohnern oder vom FBI? Es klang spannend. Jack kam mit einem der Wachmänner zurück und stellte sie einander vor.

»Marie, das ist mein alter Freund Aiden. Aiden, Marie aus Deutschland.«

Aiden grüßte freundlich. Er war ein Stück kleiner als Jack und trug über seiner Wachuniform eine passende dunkelblaue Jacke. »Aiden ist Herr über die Schlüssel zu einer der Topsehenswürdigkeiten in New York, von der selbst viele New Yorker nicht wissen, dass es sie gibt.«

»Jetzt machst du mich noch neugieriger«, erwiderte Marie.

»Es wird dir gefallen. Versprochen«, entgegnete Jack und nahm ihre Hand. »Komm. Der Eingang liegt hier drüben.«

Er zog sie mit sich. Sie schlüpften durch die Absperrung und liefen an dem Wachhaus vorüber. Nur wenige Meter davon entfernt blieben sie stehen, und Aiden und Jack entfernten an einer Stelle den Schnee. Darunter kam eine große Holzklappe zum Vorschein, die die beiden mit vereinten Kräften öffneten. Marie erkannte in die Tiefe führende Treppenstufen. Aiden drückte auf einen Lichtschalter, und die steinernen Stufen wurden von mattem Neonlicht erhellt.

»Bleibt aber nicht zu lange unten«, mahnte Aiden. »Meine Schicht endet in einer Viertelstunde, dann verriegeln wir wieder alles. Nach mir hat heute Blake Dienst, und du weißt, was er von unangemeldeten Ausflügen nach unten hält.«

Jack versicherte, dass sie rechtzeitig wieder oben sein würden und sah Marie nun auffordernd an.

»Komm. Es wird dir gefallen.«

Marie ließ sich von ihm die Treppe hinunterführen. Sie dachte, sie würden in einer Art geheimem Tunnelsystem oder Ähnlichem landen, doch sie irrte sich. Sie betraten eine Art Gewölbe, Wände und Decken waren mit wunderschön anzusehenden kleinen Fliesen in grün und gelb verziert. Beleuchtet wurde der Raum mit in die Kuppel eingelassenen, elektrischen und warmweiß schimmernden Lampen, während sich in der Mitte ein bleiverglastes, kreisförmiges Oberlicht befand. Eine breite Treppe führte von hier aus weiter in die Tiefe.

»Das ist wunderschön«, sagte Marie und betrachtete fasziniert das Oberlicht. »Wo sind wir hier? Es sieht aus wie ein alter U-Bahnhof. Aber dafür ist es viel zu luxuriös.«

»Gut geraten«, antwortete er. »Es ist ein alter U-Bahnhof, und hier oben befand sich der Fahrkartenschalter. Komm. Wir gehen weiter zu den Gleisen. Du wirst begeistert sein.«

Er nahm erneut ihre Hand, und sie liefen weiter nach unten und erreichten den Bahnsteig. Auch hier waren die Wände und die steinernen Strebebögen mit den grün-gelben Fliesen verziert. Von der Decke hingen Kronleuchter, und es gab abermals großzügige, bleiverglaste Oberlichter. So eine wunderschöne U-Bahn-Station hatte Marie niemals zuvor gesehen. Sie lief den Bahnsteig entlang und betrachtete fasziniert das alte Gewölbe.

»Es ist wunderschön. Faszinierend. Aber wieso ist hier niemand mehr?«

»Der Bahnhof City Hall Station ist bereits 1945 stillgelegt worden«, erklärte Jack. »Es wurden damals längere Züge aufgrund des höheren Fahrgastaufkommens eingeführt, und die passten nicht mehr durch die hier eingebaute Kurve, es wäre sehr aufwendig gewesen, den Bahnhof umzubauen, deshalb wurde er stillgelegt.«

»Verstehe«, antwortete Marie. »Und er fiel in eine Art

Dornröschenschlaf. Er ist wirklich großartig.« Sie betrachtete eines der bleiverglasten Oberlichter näher. Hier war eine Scheibe gebrochen, sie konnte in den dahinterliegenden Lichtschacht blicken.

»Der Bahnhof wurde damals auch als die Mona Lisa der U-Bahnhöfe bezeichnet«, erklärte Jack. »Hier fand im Jahr 1904 auch die Einweihung der gesamten New Yorker U-Bahn statt, es kamen Zehntausende Menschen. Über vier Jahrzehnte lang war dieser Ort das Beste, was die New Yorker U-Bahn an Ausstattung und Gestaltung zu bieten hatte. Der Name des spanischen Architekten war Rafael Guastavino. Zu seinem Werk gehört übrigens auch die Registration Hall auf Ellis Island.«

»Du weißt eine ganze Menge über diesen Ort«, merkte Marie an. Sie richtete ihr Augenmerk nun auf eine steinerne Tafel, die gegenüber der Treppe lag, über die sie den Bahnsteig betreten hatten. Auf ihr standen die Namen der am Bau beteiligten Ingenieure. Ein Name stach ihr besonders ins Auge. Calvin Hendrick. Sie las ihn laut vor und sagte: »Der hier hat denselben Nachnamen wie du.«

»Was kein Zufall ist, denn er ist mein Ururgroßvater«, antwortete Jack, und in seiner Stimme schwang nun Stolz mit. »Deshalb bin ich auch Mitglied in der Transit Museums-Community, die dreimal im Jahr Führungen organisiert. Es gab vor einigen Jahren Pläne, die Haltestelle als eine Art Museum der Öffentlichkeit dauerhaft zugänglich zu machen. Aber die haben sich aus finanziellen Gründen zerschlagen. Aber wenigstens ist die Station zur Hundertjahrfeier 2004 renoviert worden, damals war sie zum letzten Mal für die Allgemeinheit geöffnet, und es hielten auch einige Sonderzüge. Zwei Jahre später startete dann der Verein mit den seltenen Führungen. Bis vor einem Jahr war es Aidens Vater, der diese ehrenamtlich durchführte. Er hat ebenfalls als Wachmann im Rathaus gearbeitet, ist aber leider im vergangenen Sommer verstorben. Bei Aiden liegt die Verrücktheit nach diesem Ort also ebenfalls in der Familie. Für uns ist er der schönste Lost Place, den New York zu bieten hat, er ist für uns wie unsere eigene und im Verborgenen liegende Mona Lisa.« Seine Augen strahlten in diesem Augenblick regelrecht vor Begeisterung, was Marie sofort nachvollziehen konnte. Wenn einer ihrer Vorfahren ein so wunderschönes Bauwerk mit erschaffen hätte, wäre sie mit Sicherheit auch stolz darauf.

In diesem Moment bedauerte sie, so gar nichts über ihre Ahnen zu wissen. Selbst die Lebensgeschichten ihrer Großeltern waren ihr fremd. Sie beschloss, dass sich das ändern musste. Gleich nach ihrer Rückkehr würde sie ihre Eltern ausfragen und Ahnenforschung betreiben. Vielleicht versteckte sich ja auch in ihrer Familie so ein großartiges Vermächtnis wie dieser prachtvolle U-Bahnhof, der fast schon etwas von einer Kathedrale an sich hatte.

»Mein Ururgroßvater hat zum Glück die Stilllegung nicht mehr erlebt. Ich bin mir sicher, das hätte ihn sehr traurig gemacht. Er muss unglaublich stolz darauf gewesen sein, dass auch sein Name auf dieser Gedenktafel verewigt worden ist, und jetzt lesen ihn nur noch so wenige Menschen.«

Er trat nun näher an Marie heran und legte die Arme um sie. »Bei uns in der Familie gibt es eine alte Geschichte. Mein Ururgroßvater soll am Tag der Eröffnung hier unten die Liebe seines Lebens, meine Ururgroßmutter kennengelernt haben. Angeblich hat er ihr das Leben gerettet, denn irgendein Rüpel hatte sie damals gestoßen, und sie wäre, hätte er sie nicht gehalten, vor die einfahrende Bahn ins Gleisbett gefallen.«

»Sie verliebte sich also in ihren Retter, wie romantisch«, antwortete Marie und überlegte kurz, ob sie die Sätze, die ihr just in diesem Moment durch den Kopf gingen, tatsächlich aussprechen sollte, denn schließlich kannten sie einander kaum, und als seine zukünftige Liebe des Lebens hätte sie sich trotz ihres so perfekten ersten Kusses eben auf der Brooklyn Bridge nicht gleich bezeichnet. Sie entschied sich trotzdem dafür, ihre Gedanken laut zu sagen. »Zum Glück musst du mich heute nicht retten, denn es ist niemand außer uns da, und es wird auch keine U-Bahn mehr kommen, vor die ich fallen könnte.«

Im nächsten Moment strafte ein eindeutiges, lautes und rumpelndes Geräusch Maries Rede Lügen, und sie drehte sich erschrocken um. Aus der Dunkelheit des U-Bahnschachts kamen Scheinwerfer auf sie zu, und in der nächsten Sekunde ratterte eine der silberfarbenen Bahnen an ihnen vorüber. Soweit sie erkennen konnte, waren die Wagen jedoch alle leer, und der Zug blieb auch nicht stehen. Als die Bahn fort war, sah Marie Jack irritiert an. »So stillgelegt ist es hier also doch nicht.«

»Das ist die Linie sechs, die fährt ohne zu halten hier noch durch, um auf ihren Startpunkt in die Gegenrichtung zu gelangen. Sie ist für viele Interessierte die einzige Möglichkeit, einen Blick auf den stillgelegten Bahnhof zu erhaschen. In der Bahn nach der Endstation sitzen zu bleiben, ist allerdings eine rechtliche Grauzone, es wird aber geduldet.«

»Verstehe«, antwortete Marie, die nun etwas enttäuscht darüber war, dass der Zug den Moment gestört hatte. Plötzlich kam ihr eine Frage in den Sinn: »Wie hieß deine Ururgroßmutter?«

»Francis«, antwortete Jack. »Wir besitzen sogar eine Fotografie der beiden in einem alten Album. Sie war sehr hübsch. Aber an dich kommt sie nicht heran. Du bist hundertmal schöner«, machte er ihr ein Kompliment.

Sogleich verstärkte sich das flirrende Gefühl in Maries Innerem erneut. Sie war nie eine Freundin von Schmeicheleien gewesen und konnte damit nicht umgehen. Kurz dachte sie an Lukas. Hatte er ihr eigentlich jemals gesagt, dass er sie hübsch fand? Jacks strahlend blaue Augen sahen sie nun eindringlich an und betäubten die zweifelnden Gedanken. Marie glaubte, in seinem Blick zu versinken, und ihr Körper erzitterte. Seine Lippen näherten sich den ihren und berührten sie. Sie waren warm und weich, Marie schloss die Augen und öffnete bereitwillig ihre Lippen. Nun zog er sie fester in seine Arme, und ihr Kuss wurde leidenschaftlicher, fordernder,

Marie wünschte sich in diesem Augenblick, sie befänden sich nicht in einer verlassenen U-Bahn-Station, sondern an einem privaten Ort, wo sie sich ihrer Leidenschaft würden hingeben und sich gegenseitig die Kleider vom Leib reißen könnten. Es war ein lautes Räuspern, das die beiden auseinandertrieb, und im nächsten Moment war Aidens Stimme zu hören.

»Hey, ihr zwei Turteltäubchen. Ich störe nur ungern, aber meine Schicht endet, und wir sollten die Klappe jetzt besser wieder verriegeln. So wie ich das sehe, solltet ihr zwei euch sowieso besser ein behaglicheres Plätzchen suchen.« Er grinste süffisant, und Marie senkte peinlich berührt den Blick. In diesem Moment fühlte sie sich wieder wie die Teenagerin, die von ihrer Lehrerin beim heimlichen Knutschen auf der Schultoilette erwischt worden war.

Die beiden folgten Aiden aus dem Untergrund nach oben, und die Tür zu diesem bezaubernden Ort wurde wieder verriegelt. Jetzt fällt er wieder in seinen Dornröschenschlaf, dachte Marie.

»Und was machen wir jetzt?«, fragte sie, nachdem sie sich von Aiden verabschiedet hatten und wieder im Park standen.

»Jetzt geht es wieder nach Brooklyn, aber nicht zurück ins Gemeindezentrum. Ich habe da noch eine Idee, die dir gefallen könnte. Und dieses Mal geht es auch nicht in die Tiefe. Das verspreche ich dir.«

Wie selbstverständlich legte er den Arm um sie, und die beiden ließen den Park hinter sich.

Sie liefen durch das nächtliche Lower Manhattan, vorüber an mit warmweißen Lichtern dekorierten Bäumen, Restaurants und Bars, in denen selbst zu dieser späten Stunde noch reger Betrieb herrschte, ebenso wie auf den Straßen. Jack hatte jetzt nicht mehr den Arm um sie gelegt, hielt aber ihre Hand. Schon bald erreichten sie die berühmte Wall Street, und es ging Richtung Fluss.

»Wohin laufen wir?«, fragte Marie neugierig. Obwohl es Minusgrade hatte, war ihr nicht kalt. Sie glühte innerlich vor Aufregung und Freude. Es war so herrlich, mit ihm gemeinsam durch das nächtliche New York zu streifen und erinnerte sie ein wenig an die Serie *Sex and the City*. Obwohl Mr. Big mit Carrie weniger durch die Straßen gelaufen war, sondern sie immer mit seiner Limousine mitgenommen hatte.

»Wir sind gleich da«, blieb er ihr eine endgültige Antwort auf ihre Frage schuldig. Sie hatten nun das Ufer des East River erreicht, und er führte sie nach rechts zu einem der Fähranleger.

»Ich dachte, es könnte dir Spaß machen, über den Fluss zurück nach Brooklyn zu fahren«, sagte er und steuerte mit ihr auf die am Pier 11 liegende und nicht sonderlich große Fähre zu. »Komm. Wir müssen uns beeilen. Sie legen bestimmt bald ab.« Er beschleunigte seine Schritte und zog sie mit sich zum nahen Fahrkartenautomaten, wo sie zwei Tickets erwarben. Auf dem Schiff angekommen, führte Jack sie aufs Oberdeck, auf dem sie zu dieser späten Stunde beinahe vollkommen allein waren. Mit klopfendem Herzen beobachtete Marie, wie das Schiff nur wenige Minuten später ablegte.

»Ist die Aussicht von hier nicht grandios?«, fragte Jack, der erneut seinen Arm um sie gelegt hatte. »Ich benutze die Fähre hin und wieder ganz gern als Alternative zur Subway. Dieser Blick ist es mir jedes Mal wert.«

»Ja, es ist gigantisch«, antwortete Marie, die von ihrer Umgebung wie gefangen war. Die Skyline von Manhattan sah aus dieser Perspektive perfekt aus, davor die erleuchtete Brooklyn Bridge, über die sie eben erst gelaufen waren. Es war ein einmalig schönes Erlebnis. Die Fahrt mit der Fähre dauerte nicht sonderlich lang, ihr Ziel war der direkt am Brooklyn Bridge Park gelegene Anleger Dumbo. Als sie dort gemeinsam mit den wenigen anderen Passagieren von Bord gingen, war Marie, obwohl ihr an Bord nun doch ein wenig kalt geworden war, enttäuscht darüber, dass die Fahrt nur so kurz gewesen war.

»Ich glaube, das war die schönste Bootsfahrt meines Lebens«, sagte sie, während sie den Anleger verließen. Es hatte erneut zu schneien begonnen, und auch der Wind frischte etwas auf und wirbelte die Flocken durch die Lichtkegel der am Anleger und im Park stehenden Laternen.

»Ja, sie ist schon einmalig«, antwortete Jack. »Allerdings ist es zu dieser Jahreszeit etwas kühl auf dem Oberdeck. Ich finde, es wird Zeit, dass wir aus dem kalten Wind rauskommen. Eine kleine Überraschung hab ich noch für dich. Komm. Es ist nicht weit von hier.«

Marie ließ sich erneut von ihm mitziehen, und sie unterquerten die Brooklyn Bridge. Auf der anderen Seite erahnte Marie schnell, was Jack vorhatte. Er steuerte auf das hier gelegene und sich innerhalb eines gläsernen Gebäudes befindliche historische Karussell zu, das offiziell den Namen *Jane's Carousel* trug. Als sie dort eintrafen, erstrahlten noch die Lichter des Karussells, doch die gläserne Tür war bereits verschlossen. Dieser Umstand stellte für Jack mal wieder kein Hindernis dar. Er winkte den sich im Inneren befindlichen alten schwarzen Wachmann heran und bedeutete ihm, sie reinzulassen, was der Mann sogleich tat. Gut gelaunt begrüßten sich die beiden mit Handschlag.

»Jack, mein Freund«, sagte der Mann. »Was für eine Freude, dich mal wieder zu sehen. Wie läuft es denn so? Wie geht es deiner Tante? Ich muss mal wieder bei ihr im Laden auf einen Kaffee vorbeischauen. Ich war ewig nicht dort.«

Jack beantwortete die Fragen mit knappen Worten und stellte Marie vor.

»Hallo, meine Liebe«, begrüßte der Mann Marie lächelnd. »Aus Deutschland also, dem Land, in dem es das beste Brot der Welt gibt. Mein Nachbar bekommt regelmäßig welches von seiner Schwester geschickt, sie wohnt dort in einer Gegend namens Schwarzwald. Wenn ich Glück habe, gibt er mir manchmal eine Scheibe ab. Es ist jedes Mal ein Genuss. So etwas Gutes findet sich bedauerlicherweise in ganz Amerika nicht. Wenn du klug bist, dann eröffne eine Bäckerei mit euren Brotrezepten, du wirst reich werden und ich dein bester Kunde.«

Marie antwortete schmunzelnd, dass sie darüber nachdenken werde. Es war doch immer wieder erstaunlich, mit was die Amerikaner ihre Heimat in Verbindung brachten.

Jack räusperte sich nun, und der Alte winkte ab.

»Ich versteh schon«, deutete er das Räuspern richtig. »Ihr zwei Hübschen seid nicht hierhergekommen, um mit einem alten Wachmann ein Schwätzchen zu halten, ihr wollt mit dem Karussell fahren.« Er zwinkerte Marie zu. »Dann will ich mal nicht so sein und werfe das alte Mädchen noch einmal für euch an. Aber verzeiht mir, wenn ich nicht bleibe und euch beim Turteln zusehe. Meine Gracy wartet mit einem späten Abendessen bestimmt schon auf mich. Du kannst mir die Schlüssel später in den Briefkasten werfen«, sagte er zu Jack. »Kennst dich ja aus.«

Jack bedankte sich, und der alte Mann wünschte ihnen viel Spaß.

»Du hast es also gehört«, wandte er sich, nachdem sein Freund in einem kleinen Nebenraum verschwunden war, an Marie. »Wir können, wenn wir wollen, die ganze Nacht Karussell fahren. Darf ich also bitten.« Er reichte ihr die Hand, und sie ergriff sie lächelnd. Ganz Gentleman half er ihr auf eines der Pferde und schwang sich dann direkt auf das danebenliegende. Das Karussell setzte sich in Bewegung, und Marie hielt sich an der Stange fest. Die wunderbare und so herrlich romantische

Weihnachtsmelodie *So This Is Christmas* erklang, die Pferdchen wippten auf und ab. Das Karussell drehte sich munter im Kreis, und Marie fühlte sich in diesem Augenblick wieder an ihre Kinderzeit erinnert, als sie mit dem doppelstöckigen Karussell auf dem Römerberg gefahren war. Sie konnte sich noch genau daran erinnern, wie ihr ein alter Mann damals auf das Schaukelpferd geholfen und sie freundlich angewiesen hatte, sich gut festzuhalten. Dieses wunderbare und einmalige Glücksgefühl von damals verspürte sie nun wieder, das herrliche Kribbeln und Flirren. Heute jedoch war nicht nur die Karussellfahrt der Auslöser für diese Gefühle. Sie sah zu Jack, der ihr lächelnd zunickte und sie fragte, ob es ihr gefiele.

»Es ist herrlich«, antwortete Marie mit strahlenden Augen. »Es fühlt sich an wie im Märchen, wie ein wunderschöner Traum.«

Jack ließ die Haltestange mit der rechten Hand los und streckte sie ihr entgegen. Marie ergriff sie und hielt sie ganz fest, während das Karussell weiter seine Runden drehte, die Pferdchen auf und ab hopsten und der Wind um ihr gläsernes Märchenhaus am East River die Schneeflocken wirbeln ließ. Für Marie hätte diese Karussellfahrt bis in alle Ewigkeit dauern können. Als die Fahrt irgendwann endete, kletterte sie mit dem Gefühl von Wehmut und mit einem leichten Schwindel von ihrem Pferd.

Anschließend liefen sie durch das nächtliche Brooklyn, ihr Weg führte sie jedoch nicht zurück ins Gemeindezentrum, sondern zu Jacks Wohnung. Die Haustür hatte sich noch nicht richtig hinter ihm geschlossen, da schloss er sie bereits fest in seine Arme und küsste sie mit einer Leidenschaft, die ihr den Atem raubte. In diesem Moment verschwendete Marie keinen Gedanken mehr an irgendwelche Zweifel. Jetzt gab es nur noch sie beide.

21. Kapitel

Als Marie am nächsten Morgen die Augen öffnete, benötigte sie einen Moment, um nachzuvollziehen, was gewesen war und wo sie sich befand. Dann fiel es ihr wieder ein. Sie befand sich in Jacks Wohnung und lag in seinem Bett. Sie trug eines seiner T-Shirts, sein Geruch umhüllte sie, und sie sog ihn selig seufzend in sich ein. Die Erinnerung an den Vorabend kehrte zurück, und ein wohliger Schauer durchzog ihren Körper. Jack war ein leidenschaftlicher und zärtlicher Liebhaber, der Sex mit ihm war so anders gewesen als der mit Lukas. Wobei das erste Mal mit ihm auch schön gewesen war, da durfte sie nicht ungerecht sein. Nach fünf Jahren Beziehung war eben dieses prickelnde Gefühl der Anfangszeit verflogen. Wieso dachte sie in diesem Moment überhaupt an Lukas? Sie war in New York und hatte eine der großartigsten Nächte ihres Lebens mit einem Mann erlebt, in den sie sich, es war längst nicht mehr zu leugnen, verliebt hatte. Das alles hier war wie ein Traum, und in diesem Traum sollte ihre Vergangenheit keinen Platz haben.

Aber wo war eigentlich der Mann, nach dem dieses Bett duftete? Marie setzte sich auf, und ihr Blick fiel nach draußen. Es schneite in dicken weißen Flocken, der gesamte Hinterhof war von einer Schneedecke überzogen. Einen Moment lang sah sie versonnen den Flocken beim Fallen zu, dann wanderte ihr Blick zu der geschlossenen Schlafzimmertür. Dahinter lauerte mit Sicherheit Jacks flauschiger Mitbewohner Lucky – der bedauernswerte Kater, den Jack gestern äußerst unsanft aus dem Schlafzimmer befördert hatte.

Marie beschloss aufzustehen und nach Lucky zu sehen.

Als sie die Schlafzimmertür öffnete, kam der Kater sogleich mit hocherhobenem Schwanz angelaufen und streifte schnurrend um ihre nackten Beine. Die Wohnung war leer, aber aufgeräumt. Auf dem Esstisch stand sogar ein Weihnachtsgesteck, an der Terrassentür hing ein mit roten Äpfeln und Zuckerstangen dekorierter Tannenkranz. Erst jetzt fiel Marie der hübsche, in einer Zimmerecke stehende Holzschaukelstuhl auf. Solche Stühle kannte sie aus Filmen, dort fanden sie sich meist auf den Veranden von schnuckeligen Holzhäusern wieder.

»Na du?«, fragte sie Lucky. »Weißt du, wo dein Herrchen abgeblieben ist?«

Der Kater maunzte nun lautstark und setze sich demonstrativ vor den Kühlschrank.

»Kann es sein, dass du Hunger hast?«, vermutete Marie. Im nächsten Moment fiel ihr Blick auf einen Zettel, der auf der Küchenarbeitsplatte lag. Darauf stand geschrieben: »*Glaub dem Kater kein Wort, er hat Fressen bekommen. Bin gleich zurück.*«

»So ist das also«, sagte sie schmunzelnd zu Lucky, der noch immer vor dem Kühlschrank saß und sie flehend ansah.

Ein vertrautes Geräusch drang nun an ihr Ohr. Es war das Klingeln ihres Handys. Allein dieses Geräusch sorgte bereits dafür, dass sich in ihr das schlechte Gewissen meldete.

»Mist«, sagte sie zu Lucky. »Ich habe mich nicht bei Silke gemeldet.«

Sie fischte das Handy aus ihrer auf dem Sofa liegenden Tasche. Ein Blick auf das Display zeigte, dass es tatsächlich Silke war, die anrief. Sie nahm das Gespräch an und sagte: »Hallo Silke, es tut mir leid.«

Silke zeterte sogleich drauflos: »Verdammt noch mal, Marie. Wieso meldest du dich denn nicht? Ich hab mir Sorgen gemacht. Wo hast du denn die ganze Zeit gesteckt? Hast du wenigstens deine Nachrichten abgehört? Das mit der Tasche ist doch so was von großartig, oder? Warst du schon bei Macy's und hast sie abgeholt? Die Frau, die sich gemeldet hat, hatte ja alles gefunden. Handy, Pass, Geldbörse. Jetzt musst du endlich nicht mehr auf das Konsulat warten und kannst sofort nach Hause kommen. Hast du dich schon beim Radiosender gemeldet?«

»Moment«, unterbrach Marie Silkes Redefluss. »Die haben bei Macy's meine Tasche gefunden?«

»Du hast also deine Nachrichten nicht abgehört«, konstatierte Silke. »Mensch, Marie. Was machst du da drüben eigentlich die ganze Zeit? Ja, eine Putzfrau hat sie in einer der Kabinen auf der Damentoilette gefunden und sie an der Information abgegeben. Weshalb die sich erst jetzt gemeldet haben, weiß ich nicht. Du kannst sie dort abholen. Du kannst noch heute wieder nach Hause fliegen. Ist das nicht großartig?«

Im nächsten Moment hörte Marie, wie ein Schlüssel ins Türschloss gesteckt wurde.

»Ja, das ist es«, antwortete sie rasch. »Ich muss jetzt Schluss machen, bis später.« Sie legte auf und verfrachtete das Handy flott zurück in ihre Tasche.

Jack trat ein und brachte Frühstück mit, in den Händen hatte er zwei Milchkaffee und eine Bäckertüte. Als er Marie erblickte, begannen seine Augen zu strahlen.

»Du bist schon wach«, freute er sich und schloss eilig die Tür hinter sich. Mit ihm war ein Schwall kalter Schneeluft in den Raum gelangt.

»Ja, seit wenigen Minuten«, antwortete Marie, während er das mitgebrachte Frühstück auf dem Esstisch abstellte und seine Jacke auszog. Er trug Jeans und einen dunkelblauen Hoodie. Wie verdammt gut er doch aussah, kam ihr in den Sinn.

»Ich dachte, du könntest Hunger haben, und da hab ich uns Frühstück besorgt. Du magst doch Zimtschnecken, oder?«

»Ich liebe sie«, antwortete sie erfreut.

Er legte seine Arme um sie und fragte: »Was hältst du

von einem Frühstück im Bett? Zimtschnecken, Kaffee und dann Nachtisch?« Er küsste sie kurz und seine Hände legten sich wie selbstverständlich auf ihren Po.

»Das wäre ganz wunderbar«, antwortete Marie, nachdem er den Kuss beendet hatte. Im nächsten Moment sprang Lucky auf den Tisch – der Kater hatte nichts Besseres zu tun, als die beiden Kaffeebecher umzuwerfen. Die Deckel gingen ab, es breitete sich ein dampfender Kaffeesee auf dem Tisch aus, und es tropfte auf den Fußboden.

»Verdammt, Lucky«, fluchte Jack sogleich. »Was soll das denn?« Lucky landete unsanft auf dem Boden. Wissend, dass er etwas ausgefressen hatte, floh er ins Schlafzimmer.

»Vielleicht ist er eifersüchtig«, überlegte Marie, während sie gemeinsam mit Jack das entstandene Malheur eilig mit Küchentüchern zu beseitigen begann.

»Ich glaube eher, er wollte an die Zimtschnecken ran«, antwortete Jack. »Dieser Kater frisst und verträgt gnadenlos alles.« Er wollte noch etwas hinzufügen, kam jedoch nicht mehr dazu, denn sein Handy begann zu klingeln.

Er nahm das Gespräch an, und Marie erkannte Delores' aufgeregte Stimme.

»Wie, sie haben abgesagt«, hakte Jack nach. »Aber das kann doch nicht sein. Sie liefern seit Jahren unser Weihnachtsessen.«

Marie ahnte Übles.

»Jetzt beruhige dich erst mal«, beschwichtigte Jack.

»Wir finden bestimmt eine Lösung. Ich weiß, dass sich alle schon so sehr darauf freuen. Lass mich nur machen.«

Nachdem er das Gespräch beendet hatte, seufzte er hörbar, und seine Miene war ernst.

»Uns hat das Restaurant abgesagt, das jahrelang das Weihnachtsessen für uns gestiftet hat. Delores ist außer sich, und ehrlich gesagt weiß ich jetzt auch nicht so recht, wie ich ihr helfen soll.«

Irritiert sah Marie Jack an und antwortete: »Aber deine Tante hat doch ein Lokal in Brooklyn, kann sie nicht einfach einspringen?«

»Könnte sie, wenn sie Weihnachten in Brooklyn verbringen würde«, entgegnete Jack. »Sie hat jedes Jahr ab dem vierundzwanzigsten geschlossen und fährt über die Feiertage zu ihren Eltern nach Michigan. Es ist ihr wichtig, dass ihre Mitarbeiter das Fest mit ihren Familien feiern können. Und der vierundzwanzigste ist ja schon morgen.«

»Verstehe«, antwortete Marie und fragte: »Was gibt es denn immer zu essen zum Fest im Gemeindesaal?«

»Na, Truthahn, dazu Beilagen wie Kartoffelpüree, Süßkartoffeln, Mais, grünes Gemüse wie Bohnen oder Rosenkohl, dazu eine Soße aus Cranberries. Die Nachbarschaft spendet immer Kuchen und Kekse.«

»Und wenn wir deine Tante einfach bitten, die Lebensmittel zu spenden und uns ihre Küche zur Verfügung zu stellen? Ich kann ein bisschen kochen, und bestimmt werden sich viele weitere Helfer finden.«

Verdutzt sah Jack Marie an. Mit einem solchen Lösungsvorschlag hatte er anscheinend nicht gerechnet.

»Das klingt nach einer guten Idee«, erwiderte er. »Ich rufe gleich bei meiner Tante an und frage, ob das für sie okay wäre. Aber was sollte sie schon dagegen haben?«

Das Telefonat mit seiner Tante dauerte nicht sonderlich lange, und soweit Marie heraushörte, verlief es positiv.

»Sie hat zugestimmt«, sagte Jack, nachdem das Gespräch beendet war. »Allerdings kann sie die Lebensmittel nicht mehr bis morgen liefern lassen, was bedeutet, dass wir sie selbst einkaufen müssen. Ich kann aber mit ihrer Kreditkarte zahlen, die müssen wir nur rasch holen. Kannst du gefüllten Truthahn zubereiten?«, fragte er und sah Marie nun direkt an. Mit dieser Frage hatte nun wiederum sie nicht gerechnet, und eine Sekunde lang wusste sie nicht, was sie erwidern sollte. In ihrem gesamten Leben hatte sie noch keinen Truthahn gefüllt. Wenn sie es genau nahm, hatten sie und Lukas jahrelang ganz gut von Fertiggerichten aller Art oder von Lieferdienstbestellungen gelebt. Aber so einen dämlichen Vogel zu füllen, konnte doch nicht so schwer sein.

»Also, einen Truthahn habe ich noch nicht gefüllt, aber ich kann kochen. Also so ein bisschen, für den Hausgebrauch, Alltagsgerichte eben.« Das klang gut und war nicht gelogen.

»Ist ja eigentlich auch nicht so wichtig«, antwortete er und winkte ab. »Ich rufe jetzt erst mal Delores an und erkläre ihr alles. Sie wird erleichtert sein, außerdem bin ich mir sicher, dass sie weiß, wie man einen gefüllten Truthahn zubereitet.« Er griff erneut nach seinem Handy, und während er mit Delores telefonierte und ihr ihren Lösungsplan erläuterte, dachte Marie an Silkes Neuigkeiten. Sie befiel ein schlechtes Gewissen. Sie sollte Jack eigentlich sagen, dass sich ihre Handtasche und ihr Reisepass gefunden hatten und sie wieder zurück nach Hause fliegen konnte. Zurück nach Hause fliegen musste – alle warteten auf sie. Morgen war der vierundzwanzigste, und wenn sie heute noch einen Flug kriegen würde, könnte sie Heiligabend zu Hause sein. Aber wollte sie das überhaupt noch? Es würde die üblichen Würstchen mit Kartoffelsalat geben, Mama würde vermutlich Lukas' Fehlen bedauern und zum zwanzigsten Mal wiederholen, wie schade es doch sei, dass er nun doch nicht ihr Schwiegersohn wurde. Am ersten Weihnachtsfeiertag käme die Verwandtschaft in Form ihrer ständig miesepetrig dreinblickenden Tante und ihres Onkels zu Besuch, der nach Zigarren stank und den gesamten Abend über anzügliche Witze erzählen würde. Am Ende würde dann die Fußhupe auch noch den Baum anpinkeln. Weihnachten und das Treffen mit den Verwandten wurden in vielen Familien überbewertet. Sie könnte auch einfach hierbleiben, ihre Tasche bei Macy's erst nach dem Fest abholen und mit all den wunderbaren Menschen – vor allem mit Jack – ein perfektes Weihnachtsfest feiern. Nach Hause konnte sie am siebenundzwanzigsten immer noch fliegen.

Sie sah kurz zu Jack. Nach Weihnachten würde sie

wieder ein ganzer Ozean trennen. Dieser Gedanke war scheußlich und machte ihr das Herz schwer. Verdammt. Sie hätte sich nicht auf Jack einlassen sollen. Das hatte sie nun davon. Die letzte Nacht war wie ein magischer Traum gewesen. Doch ihre Realität sah anders aus. Sie musste das akzeptieren, auch wenn es schmerzte. Zwei Welten, Tausende Kilometer voneinander entfernt. Sie sollte ihm sagen, dass ihre Tasche gefunden worden war, dass sie wieder zurück nach Hause konnte. Sie sollte es besser jetzt gleich beenden, realistisch denken, vielleicht wäre es dann noch nicht so schlimm, das dunkle Loch nicht ganz so tief, in das sie fallen würde. Wenn sie jetzt ginge, wäre es leichter, den Liebeskummer zu ertragen, die Zeit mit Jack als das anzusehen, was sie war: Ein Märchen, verrückt, wunderschön, und sie lebten glücklich und zufrieden bis ans Ende ihrer Tage.

»Delores ist begeistert«, riss Jack sie aus ihren Gedanken, sie sah ihn einen kurzen Moment irritiert an. »Und es haben sich auch schon versierte Helfer für die Küche gefunden. Unsere Delores ist und bleibt ein Organisationstalent. Ruth, Sofia und Delores werden uns in der Küche zur Hand gehen, Randolf und Albert helfen selbstverständlich auch gern mit. Das wird großartig werden. Nur eine Sache ist jetzt bedauerlich.« Sein Blick fiel auf die Bäckertüte mit den Zimtschnecken. »Unser Frühstück im Bett muss leider ausfallen. Aber wir holen es nach. Fest versprochen.«

»Ja, das machen wir«, antwortete Marie, und zu ihrem Glück überhörte Jack in diesem Moment den traurigen Unterton in ihrer Stimme. Sie brachte es in diesem Moment nicht fertig, ihm von ihrer wiederaufgetauchten Tasche zu erzählen. Ihr Entschluss stand so gut wie fest: Sie würde erst nach dem Fest zu Macy's gehen. Silke würde sie umbringen, aber dieses Risiko musste sie in Kauf nehmen.

»Dann lass uns keine Zeit verlieren«, sagte Jack. »Sonst ergattern wir am Ende keine Truthähne mehr.« Er beförderte das schmutzige Küchentuch in den Mülleimer.

Marie nickte und ging ins Schlafzimmer, um sich umzuziehen. Dort fand sie Lucky auf dem Bett vor. Der Kater hatte es sich auf ihrem Kopfkissen gemütlich gemacht und blinzelte sie verschlafen an. Rasch sammelte sie ihre auf dem Fußboden liegende Kleidung ein und begann, sich unter seiner wachsamen Beobachtung anzuziehen.

Als sie fertig war, sah sie den flauschigen Kater an. Lag da etwa ein Vorwurf in seinem Blick? Auf einmal kam es ihr so vor, als könnte Lucky ihre Gedanken lesen, und sie glaubte, sich für ihr Zweifel rechtfertigen zu müssen.

»Schau mich nicht so an«, sagte sie. »Ich weiß, ich sollte es ihm sagen. Aber ich bringe es einfach nicht fertig. Und die Fußhupe würdest du auch nicht mögen.«

Eine Weile später befand sich Marie in Begleitung von Jack, Delores und Randolf zum ersten Mal in ihrem

Leben in einem amerikanischen Supermarkt und kam aus dem Staunen nicht mehr heraus. Solch eine gigantische Auswahl hatte sie noch in keinem Supermarkt in Deutschland gesehen. Im Eingangsbereich befanden sich endlose Frischetheken, wo man sich Salate, aber auch warmes Essen mitnehmen konnte. Es gab ein riesengroßes Regal mit Sushi, da konnte jeder REWE in Deutschland einpacken. Die Preise waren jedoch, soweit Marie es auf die Schnelle überblicken konnte, relativ hoch.

In der Gemüse- und Obstabteilung war alles hübsch gestapelt und aufgereiht. Es gab ein riesiges Kühlregal, das ausschließlich mit portioniertem Obst gefüllt war, ein komplettes nur für Pilze. Es war unglaublich.

Bedauerlicherweise blieb Marie nicht viel Zeit, um diesen Supermarkt zu bewundern, denn ihre Begleiter hatten es eilig und nahmen nur wenig Rücksicht auf die deutsche Touristin im amerikanischen Supermarktschlaraffenland, die an jedem zweiten Regal stehen blieb, um irgendetwas mit großen Augen zu betrachten. In flottem Tempo ging es durch den Laden, und die Zutaten für das Weihnachtsessen landeten in den Einkaufswagen. Kartoffeln, Milch, Sahne, grüne Bohnen und Rosenkohl. Auf Letzteren konnte Marie verzichten, sie behielt ihre Meinung zu dem Gemüse jedoch für sich.

»Wir brauchen auch noch Cranberries für die Soße«, sagte Delores. »Hoffentlich gibt es noch genügend Truthähne. Wir benötigen mindestens acht Stück. Verdammt, jetzt haben wir den Sellerie für die Füllung vergessen.«

»Ich geh ihn holen«, bot sich Jack an.

Es ging weiter durch den Laden. Ihre Einkaufswagen waren inzwischen so vollgestopft, dass Marie
sich fragte, wie Delores überhaupt noch etwas hinein-
bekam.

Sie erreichten die Backwarenabteilung, dahinter lagen die Kassen. Staunend sah sich Marie in dem großen Bereich um. Allein die Brownies-Auswahl war riesig. Hinzu kam, dass man hier frische Torten kaufen
konnte. Ein gesamtes Regal war mit hübsch dekorier-
tem Backwerk gefüllt. Jeder Bäcker in Deutschland
würde bei dieser Auswahl vor Neid erblassen. Randolf blieb neben ihr stehen und schien ihre Gedanken
zu erraten.

»Sieht alles ganz großartig aus, nicht wahr?«, meinte
er. »Aber du wirst in dieser gesamten Backabteilung
kein einziges Brot finden, das so hochwertig ist wie das
bei euch in Deutschland. Das war etwas, was ich bei
meiner damaligen Stationierung fast so großartig fand
wie die vielen wunderschönen deutschen Frauen.« Er
zwinkerte Marie zu und sagte nun unvermittelt etwas,
das sie überraschte: »So wie dich hat Jack übrigens noch
kein Mädchen zuvor angesehen, und ich kenne ihn jetzt
schon eine ganze Weile. Er liebt dich, und ich sehe dir
an, dass auch du ihn gernhast. Passiert nicht oft, so
etwas.«

»Ich weiß«, antwortete Marie etwas überrumpelt.
Randolfs direkte Worte hätten sie glücklich machen sollen, doch sie taten es nicht. Schon bald würde es den un-

aufhaltsamen Abschied für immer geben. Der Gedanke daran brach ihr bereits jetzt das Herz. »Es gibt nur ein Problem. Ich muss zurück nach Hause.«

»Ich habe das Wort ›müssen‹ noch nie sonderlich gemocht«, entgegnete Randolf.

Marie nickte, erwiderte jedoch nichts.

Delores und Jack traten neben sie, beide sahen etwas abgekämpft aus.

»Wir wären dann mit dem ersten Durchgang so weit fertig«, verkündete Delores.

»Erster Durchgang«, wiederholte Marie verdutzt und sah zu Jack, der etwas hilflos dreinblickte, was sie zum Schmunzeln brachte.

»Na, die Wagen sind zu klein. Es fehlen noch drei Truthähne und mindestens zwei Sack Kartoffeln, und ich dachte, wir könnten noch Pommes mitnehmen, die sind immer beliebt. Was haltet ihr von Erbsen? Nicht jeder mag Rosenkohl.«

»Dafür bin ich zu haben«, stimmte Marie zu.

»Seht ihr. Dann bezahlen wir jetzt flott die erste Ladung, und dann geht es auf zur zweiten Runde«, befand Delores und steuerte mit ihrem Wagen auf eine der Kassen zu. Randolf folgte ihr auf dem Fuß, Jack und Marie blieben zurück. Jack gab ihr einen kurzen Kuss und sagte: »Weißt du eigentlich, wie großartig ich es finde, dass du das hier mitmachst? Nicht jedes Mädchen würde so etwas tun.«

»Ich bin ja auch nicht jedes Mädchen«, antwortete Marie und gab ihm ihrerseits einen kurzen Kuss. Er legte den Arm um sie und raunte in ihr Ohr: »Heute Nacht werde ich mich bedanken.«

Maries Körper durchzog in diesem Moment ein Schauer bis in die Zehenspitzen.

Es war Delores' Stimme, die den kurzen Moment der Intimität störte.

»Wo bleibt ihr denn?«, rief sie ihnen zu. »Zum Turteln haben wir jetzt wirklich keine Zeit.«

Die beiden trollten sich zur Kasse, und während Jack die Waren auf das Band legte, sah Marie kurz auf ihr Handy. Es gab drei verpasste Anrufe, und auf ihrer Mailbox befanden sich neue Nachrichten.

22. Kapitel

Am nächsten Morgen saß Marie in Jacks Wohnung auf dem Sofa, einen Kaffeebecher in den Händen und in eine flauschige Wolldecke gehüllt. Sie guckte irgendeine Serie. Nach einer weiteren Nacht voller Leidenschaft war sie erneut allein aufgewacht, dieses Mal hatte sie ihren Kaffee und die Zimtschnecke in der Küche mit einem Zettelgruß von ihm vorgefunden.

Ich hab dich schlafen lassen, bin im Restaurant. Kuss. P.S. Sollte Lucky betteln, gib ihm was zu essen, ist ja schließlich Heiligabend.

Der letzte Satz hatte Marie zum Schmunzeln gebracht, und der laut schnurrende und maunzende Kater hatte sein zweites Frühstück erhalten. Nun saß Lucky zufrieden neben ihr und beschäftigte sich damit, ausgiebig seine Pfote abzuschlecken.

Marie haderte mit sich, ihr Blick wanderte zu ihrer auf dem Boden neben dem Sofa stehenden Handtasche. Darin befand sich ihr Prepaidhandy. Vermutlich war jetzt der Akku leer, sie hatte es schon länger nicht mehr aufgeladen. Silke und ihre Eltern kamen mit Sicherheit um vor Sorge. Sie sollte, nein, sie musste sich unbedingt melden. Schon allein aus Höflichkeit, ihre Mutter sah sie vermutlich bereits irgendwo in der Bronx tot im Leichenschauhaus liegen. Doch Marie haderte mit sich. Wenn sie zu Hause anrief, dann würde sie erklären müssen, weshalb sie länger bleiben wollte. Und sie wollte weder Silke noch ihren Eltern von Jack erzählen. Sie wollte ihn noch ganz für sich behalten, dieses winterliche Märchen schützen und behüten. Silke würde sie mit Fragen löchern, sämtliche Details wissen wollen, ihre Mutter würde Unverständnis zeigen und verschnupft reagieren. Ihr fehlte die Kraft für das alles. Aber sie musste sich trotzdem melden. Sie benötigte eine Ausrede, einen handfesten Grund, der sie daran hinderte, jetzt das Land zu verlassen. Ihr Blick wanderte zum Fenster. Es schneite erneut, ein böiger Wind wirbelte die Flocken durch die Luft.

»Und wenn ich wegen des Wetters nicht heimreisen kann?«, fragte sie plötzlich laut. »Ein Schneesturm. Was meinst du?« Sie sah den Kater an. »Es ist ja nicht einmal gelogen. Es schneit, es ist windig. Gut, kein Sturm, sondern normaler Winter. Aber in Frankfurt ist so etwas vollkommen ausreichend, um den gesamten Flugverkehr zum Erliegen zu bringen.«

Lucky hörte damit auf, seine Pfote zu putzen, und sah sie nun direkt an. Es kam ihr erneut so vor, als könnte das Tier ihre Gedanken lesen.

»Ich weiß, es ist eine Lüge, und sie haben es alle nicht

verdient, dass ich unehrlich zu ihnen bin. Aber was soll ich denn deiner Meinung nach sonst machen?«

Nun sprang der Kater von der Fensterbank und trollte sich ins Schlafzimmer.

»Ja, geh du ruhig und drück dich vor einer Antwort«, rief Marie ihm hinterher und sagte zu sich selbst: »Ich bin schon so bescheuert und rede mit einem Kater.«

Ihr Blick fiel erneut auf die abgewetzte braune Tasche, die sie als Ersatz für ihre eigene Handtasche mit sich herumschleppte. Sie seufzte. Sie musste sich zu Hause melden, ob es ihr nun gefiel oder nicht. Sie fischte das Handy heraus, und erstaunlicherweise war der Akku noch nicht leer.

»Na, das nenne ich mal Ausdauer«, murmelte sie, kramte jedoch trotzdem das Ladekabel hervor und steckte das Gerät an. Es hatten sich inzwischen fünfzehn Anrufe angesammelt. Silke und ihre Eltern befanden sich unter den Anrufern, aber auch eine amerikanische Nummer, die sie nicht zuordnen konnte. Vielleicht war es das Konsulat. Am Ende war dort auch der Stillstand beendet, und sie könnte sich ihr Ausreisedokument abholen.

Sie beschloss, sich zuallererst bei Silke zu melden und danach bei ihren Eltern. Diese konnten dann den Sender informieren. Sollte es Neuigkeiten vom Konsulat geben, würde sie mit Sicherheit davon erfahren, schließlich standen ihre Eltern mit den Behörden in Kontakt.

Sie wählte Silkes Nummer, und ihre Freundin nahm

das Gespräch an, bevor das erste Läuten verklungen war.

»Mensch, Marie. Endlich meldest du dich«, sagte Silke, ihr Tonfall klang genervt. »Was ist nur los mit dir, dass du uns hier so hängen lässt? Deine Eltern und die vom Sender sind ebenfalls in Sorge, deine Mutter hat im Konsulat bereits nachgefragt, ob es möglich wäre, dich von der Polizei ausfindig machen zu lassen. Wo steckst du denn die ganze Zeit? Hast du jetzt deinen Ausweis wieder? Wenn er fehlen sollte, ist das auch kein Thema. Das Konsulat arbeitet wieder, du kannst dir jederzeit deinen vorübergehenden Reisepass abholen.«

Silkes Worte befeuerten Maries schlechtes Gewissen. Wie konnte sie nur so selbstsüchtig sein? Sie hätte sich längst melden müssen, zur Not eben mit der Notlüge vom Schneesturm. Sie wusste doch selbst, wie grausam es sein konnte, auf die Nachricht eines geliebten Menschen zu warten – außerdem meinten es alle nur lieb. Silke war ihre beste Freundin, sie hatte es verdient, die Wahrheit zu erfahren. Kurz dachte Marie daran, ihr alles zu beichten, doch dann entschied sie sich dagegen, denn am Handy hatte sie dafür nur begrenzt Zeit, und sie hatte keine Ahnung, wie viel das Gespräch kosten würde, wenn ihr Kontingent an Freiminuten einmal aufgebraucht war. Deshalb blieb sie bei der eben erdachten Notlüge und baute ihren Schwindel noch etwas weiter aus, wofür sie sich gleich beim lieben Gott entschuldigte.

»Ja, ich war bei Macy's und habe meine Handtasche

wieder und auch den Reisepass. Aber ich kann hier trotzdem nicht weg, denn es schneit kräftig und soll noch schlimmer werden. Der Wetterbericht meldet für die Feiertage sogar einen Blizzard. Du kannst dir vorstellen, was am Flughafen los ist.«

»Ach du liebes bisschen«, antwortete Silke, ihre Stimme klang bestürzt. »Das klingt ja schrecklich. Also hier in Frankfurt haben wir die üblichen sechs Grad und Nieselregen. Deine Eltern werden traurig sein. Ich hab vorhin mit deinem Vater telefoniert, und er hegte die Hoffnung, dass wir dich deshalb nicht erreichen, weil du schon im Flugzeug sitzt.«

»Kannst du dich bitte bei ihnen melden und ihnen Bescheid geben?«, fragte Marie und schämte sich dafür, diese unschöne Aufgabe auf ihre beste Freundin abzuwälzen. »Ich hab nur noch wenige Freiminuten auf diesem Handy. Ich muss mich ja auch noch mal beim Sender melden.«

Silke versprach ihr, sich zu kümmern, und nahm ihr, bevor sie das Gespräch beendeten, noch das Versprechen ab, dass sich Marie per Nachricht oder Anruf täglich melden sollte. »Sonst kommen wir hier alle um vor Sorge.«

»So machen wir es«, sagte Marie zu. »Und dieser Schneesturm wird sicher bald ein Ende haben. Silvester feiern wir wie geplant zusammen. Fest versprochen.«

»Dein Wort im Gehörgang des Wettergotts«, antwortete Silke und verabschiedete sich.

Auf dem Handydisplay erschienen nun wieder die

verpassten Anrufe und Nachrichten. Marie beschloss, erstere abzuhören. Die meisten waren von Silke, vier von ihren Eltern, ihre Mutter hörte sich besonders bei der letzten so an, als würde sie heulen, und Marie begann, ihren Entschluss schon fast zu bereuen. Sie hörte die nächste Nachricht ab, sie war vom Radiosender. Es war Anja Rossler persönlich, die ihr freudig mitteilte, dass sie beim Konsulat ihren Ersatzreisepass abholen könnte. Außerdem läge am JFK-Airport am Schalter der Airline für sie bereits ein Rückflugticket bereit.

»Oh je«, sagte Marie und ließ das Handy sinken. Dass der Sender ihr bereits ein Ticket organisiert hatte, machte die Sache natürlich noch komplizierter. Ging das überhaupt, wenn man keinen konkreten Flug angab? Anscheinend schon. Vermutlich musste sie ihren Plan, hier in New York zu bleiben, einfach aufgeben und zurück nach Hause fliegen. Früher oder später würde sie das sowieso tun müssen. Jack war perfekt, aber sie wussten beide, dass ihre Liebesgeschichte ein Ablaufdatum hatte. War es da nicht besser, die Sache gleich jetzt zu beenden? Jeder Tag mehr würde den Abschied nur noch schlimmer machen.

Andererseits hatte sie ihre Unterstützung bei der Weihnachtsfeier zugesichert, sie hatte den Kindern vom Krippenspiel versprochen, sich heute Abend die Aufführung anzusehen. Delores und all die anderen wären traurig, wenn sie einfach so ginge. Außerdem würde sie dann den Heiligen Abend allein im Flugzeug verbringen, den Weihnachtsmorgen am Gepäckband. Das waren keine sonderlich schönen Aussichten.

Als plötzlich die Türglocke ertönte, zuckte sie erschrocken zusammen. Wer war das denn? Kam Jack etwa schon wieder zurück? Hatte er etwas vergessen?

Sie schwang sich vom Sofa.

Doch es war nicht Jack, der vor der Tür stand, sondern eine unfassbar gut aussehende junge Frau mit braunen Rehaugen und einer ebensolchen Mähne, die eine teuer aussehende Daunenjacke und Stiefel mit schwindelerregend hohen Absätzen trug, die für die winterlichen Straßenverhältnisse reichlich unpraktisch erschienen.

Verdutzt sahen sich die beiden Frauen an, Marie merkte, wie sie kurz von oben bis unten abgescannt wurde. Sie trug mal wieder Jacks T-Shirt, sonst nur Unterwäsche und Socken.

»Wer zur Hölle bist du denn?«, fragte die Brünette in einem herablassenden Tonfall, und ihr Blick wurde feindselig. Marie fühlte sich eingeschüchtert. Sie ging an Marie vorbei einfach in die Wohnung.

»Jack hat, ich meine ...«, stammelte Marie.

»Er ist mir also mal wieder fremdgegangen«, fiel ihr die Frau ins Wort. »Na, der kann was erleben. Was hat er dir erzählt, damit er dich rumkriegt? Wo steckt er überhaupt? Er hilft doch nicht schon wieder bei dieser bescheuerten Obdachlosenhilfe aus? Ich hab ihm schon hundertmal gesagt, dass er für dieses arbeitsscheue Pack keinen Finger krumm machen soll. Ich werde ihm gleich mal eine Nachricht schicken. Es war geplant, dass wir das Fest gemeinsam bei meinen Eltern in New Hampshire verbringen. Das hat er bestimmt wieder vergessen.« Sie zückte ihr Handy.

»Fremdgegangen«, murmelte Marie leise, und ihr Herz klopfte plötzlich wie verrückt. Aber das war doch nicht möglich, oder? Nicht Jack! Wie hatte sie nur so dumm sein können. Klar, sie hatten ein Ablaufdatum, das wusste er. Und sie hatte tatsächlich angenommen, er würde etwas für sie empfinden.

»Du bist seine Freundin«, brachte sie heraus.

»Schon seit der Highschool. Und ich hab mich daran gewöhnt, dass er sich ab und an mal seine Freiheiten nimmt. Obwohl er mit dir, Schätzchen, sei mir nicht böse, doch ziemlich tief gesunken ist.« Ihr Blick war abwertend. »Und von hier bist du auch nicht. Lass mich raten: Du machst ein Auslandssemester, und er hat dich in der Bibliothek aufgegabelt. Da kam die Letzte auch her. War aus Finnland. Woher kommst du?«

Diese Frage versetzte Marie einen weiteren Stich ins Herz, sie wich einige Schritte zurück. Und sie Idiotin hatte tatsächlich angenommen, dass ihr Aufeinandertreffen bei Puuh dem Bären etwas Einmaliges gewesen war. So konnte man sich irren. Sie musste hier weg. Raus aus dieser Wohnung, fort aus diesem Land. Verdammt noch mal. Wie dumm sie doch gewesen war. Sie hätte es wissen müssen. Er war einfach zu perfekt gewesen. In der Realität gab es nicht den Prinzen aus dem Märchen oder aus irgendeinem dämlichen Netflix-Film.

Immerhin hatte sie jetzt die Möglichkeit, zu verschwinden. Sie würde zu Macy's gehen, ihre Handtasche holen
und dieser Stadt für immer den Rücken kehren.

»Es ist egal, woher ich komme«, antwortete Marie.
»Er gehört ganz dir. Ich bin schon so gut wie weg.«

Sie ging ins Schlafzimmer, wo sie abermals Lucky auf
ihrem Kopfkissen vorfand. Der Kater schien kein großes
Interesse daran zu haben, Jacks Freundin zu begrüßen.
Erneut sammelte sie ihre auf dem Fußboden verteilte
Kleidung ein und zog sich hektisch an. Sie wollte Jack,
diesen elenden Lügner, niemals wiedersehen. Wie konnte
er nur so etwas tun, er hatte doch gewusst, wie ver-
letzlich sie war. Heiße Tränen stiegen ihr in die Augen.
Sie wischte sie hektisch fort. Die dumme Ziege dort
draußen sollte nicht sehen, wie sie sich fühlte.

Wenig später saß Marie in der U-Bahn, die sie von
Brooklyn fort und nach Manhattan brachte. Nun strömten die Tränen über ihr Gesicht, und sie bedankte sich
schniefend bei einem etwas heruntergekommen aussehenden Weihnachtsmann, der ihr tröstend die Schulter
tätschelte und ihr versicherte, dass bestimmt alles wieder gut werden würde. Vielleicht ja. Wenn sie wieder in
Frankfurt war, zurück in ihrem alten Leben, und dieser
Albtraum, den sie eben noch für ein Märchen gehalten
hatte, vorüber war. Dort warteten ihre beste Freundin
und ihre Eltern auf sie, und egal, wie viele Macken ihre
Familie auch hatte, sie hielten zu ihr, das hatte sich gerade jetzt wieder gezeigt. Und vielleicht würde sie es ja

doch irgendwie hinbekommen, sich auch noch mit der Fußhupe anzufreunden.

Sie erreichten die Station, an der sie aussteigen musste, und Marie eilte den Bahnsteig hinunter. Sie kam an der Stelle vorbei, an der sie mit Jack getanzt hatte, auch heute spielte dort eine Band. Die Musiker waren gut, gaben gerade das wunderschöne Weihnachtslied *Christmas Lights* von der Band Coldplay zum Besten, und in Maries Augen stiegen erneut Tränen.

Sie hastete eilig an der Musikgruppe vorüber und erklomm die Stufen nach oben. Hier erwarteten sie der bereits vertraute Schneefall, außerdem Unmengen an Menschen, die den Gehweg hinuntereilten, viele von ihnen hatten Einkaufstüten in Händen. Es schien, als hätte halb New York heute beschlossen, seine Weihnachtsgeschenke zu besorgen. Marie überquerte in einem Menschenpulk die Straße, es herrschte die übliche städtische Lautstärke. Autos hupten, Musik dudelte an allen Ecken, die Sirene eines vorbeifahrenden Feuerwehrautos übertönte alles.

Sie war erleichtert, als sie endlich die Macy's-Filiale betrat, und kämpfte sich durch das vorweihnachtliche Gewühl bis zu einem der Informationsschalter durch. Zu ihrem Glück war es derjenige, an dem sich ihre Tasche befand. Die Mitarbeiterin überprüfte die Echtheit ihrer Angaben mit der Kontrolle der Fotos in ihrem Ausweis, Marie beschrieb, soweit sie sich erinnern konnte, den Inhalt ihrer Tasche, ihr Handy umgab eine hellblaue Schutzhülle mit weißen Blumen darauf. Schließlich übergab ihr die Frau ihre Tasche und wünschte ihr schöne Feiertage.

Marie bedankte sich und eilte sogleich wieder aus dem Kaufhaus und zurück zur U-Bahn. Nun galt es zu hoffen, dass noch heute Nachmittag ein Flieger Richtung Frankfurt abheben würde. Den Heiligen Abend würde sie nicht mehr mit ihrer Familie verbringen können, aber es waren ja noch zwei Weihnachtsfeiertage übrig. Auf dem Gehweg sah sie einige Taxis vorüberfahren, und sie machte kurz Kassensturz. Dadurch, dass sie im Obdachlosenheim durch ihre Mithilfe stets kostenlos mit verpflegt worden war, hatte sie noch einiges an Bargeld übrig. Also konnte sie sich jetzt für die Fahrt zum Flughafen ein Taxi gönnen. Die Idee gefiel ihr, denn nicht nur die Gehwege und Kaufhäuser, sondern auch die U-Bahnen waren überfüllt. Sie winkte ein Taxi heran. Prompt hielt eines neben ihr am Gehweg, und der Taxifahrer, ein freundlich aussehender Mittfünfziger mit einer Nikolausmütze auf dem Kopf, stieg aus und fragte, wo es denn hingehen solle.

»JFK, kein Problem«, meinte er, nachdem sie es ihm gesagt hatte. »Da fahre ich heute nicht zum ersten Mal hin.« Er nahm ihr – ganz Gentleman– das Gepäck ab, und sie kletterte auf den Rücksitz.

Während der Fahrt durch die Hochhausschluchten beruhigte sich Marie etwas, und schneller als gedacht – dieser freundliche Fahrer verstand sein Geschäft – ließen sie die Wolkenkratzer hinter sich und erreichten den Flughafen. Um sechzig Dollar leichter, betrat sie die

Abflughalle, wo ihr Blick sofort auf die Anzeigetafel fiel. Sämtliche darauf angezeigten Flüge waren annulliert worden. Sie konnte es nicht fassen. Ein weiterer Reisender neben ihr, ein älterer Herr, blickte ebenso ungläubig drein und hielt eine junge Flughafenmitarbeiterin an, um sich zu erkundigen, was da los sei.

»Ja, hören Sie denn kein Radio?«, fragte ihn die Frau. »Wegen des Wetters sind sämtliche Flüge abgesagt worden. Wenn Sie Glück haben, kommen Sie vielleicht heute Abend weg. Da soll der Schneefall angeblich etwas nachlassen.«

Marie wollte nicht glauben, was sie hörte. Ihre Notlüge bewahrheitete sich. Wegen des dummen Schnees würde sie jetzt nicht aus New York wegkommen. Das durfte doch nicht wahr sein!

23. Kapitel

$\mathcal{D}$rei Stunden später befand sich Marie in einem der zahlreichen Wartebereiche des Flughafens in illustrer Gesellschaft. Mit Menschen, die ebenfalls an diesem Ort gestrandet waren und darauf hofften, dass der Schneefall irgendwann nachlassen würde. Zu der Gruppe gehörte eine ältere Dame aus New Jersey, die sich die Zeit mit dem Stricken eines Pullovers vertrieb und sich darüber freute, mit Marie Deutsch sprechen zu können. Sie hatte ihr lockiges graues Haar mit einem bunten Tuch zurückgebunden und trug eine peppige Jeansjacke, was Marie gefiel. Eine junge Familie mit zwei Kindern hatte zu den Großeltern in irgendein Nest im Westerwald gewollt. Das Mädchen war noch ein Säugling und schlief auf dem Arm seiner Mutter. Ihr großer Bruder erkundete mit seinem Vater den Flughafen, er war zweieinhalb Jahre alt und kommentierte sämtliche Vorgänge in einem niedlichen Englisch-Deutsch-Kleinkind-Mischmasch. Zusätzlich Gesellschaft leistete ihnen noch ein Ehepaar aus Frankreich, genauer gesagt aus dem Elsass.

Pierre und Fabrice hatten ihre Flitterwochen in New York verbracht und beschäftigten sich nun damit, lautstark Sprachnachrichten an Freunde und Familie zu senden, inklusive lustiger Grinse-Selfies.

Marie hatte ihr Ticket am Schalter der Airline erhalten, zusammen mit der vagen Aussage, dass eine Besserung der Lage in Sicht sei und es sein könne, dass am späten Nachmittag doch noch Flugzeuge abhoben. Zu ihrem Glück hatte sie ihr altes Handy wieder, und auch wenn ihre SIM-Karte gesperrt war, so konnte sie sich wenigstens ins WLAN-Netz des Flughafens einwählen und mit Silke Kontakt halten. Auch den Radiosender hatte sie in einer Nachricht darüber informiert, dass sie sich jetzt auf dem Rückweg befand. Postwendend hatte sie eine erleichterte Nachricht erhalten, zudem wurde sie gefragt, ob mit dem Hotel alles soweit geklärt sei. Kurz hatte Marie deshalb einen Schreck bekommen, denn sie hatte vollkommen vergessen, sich dort abzumelden. Doch das Wetter lieferte ihr auch in dieser Hinsicht eine Ausrede, denn ihre Abreise war ja noch nicht sicher gewesen, sie hätte das Zimmer möglicherweise also weiter nutzen müssen. Sie schilderte die Situation in einer Sprachnachricht und erhielt die Rückmeldung, dass man sich kümmern werde, was sie erleichterte. Es galt zu hoffen, dass der Sender nicht von irgendeinem indiskreten Hotelmitarbeiter erfuhr, dass sie das Zimmer gar nicht erst genutzt hatte. Ihre Eltern waren von Silke über die Geschehnisse informiert worden. Sie ließen ausrichten, dass sie sich schon sehr auf Maries Rückkehr freuten.

Ihr Blick wanderte nach draußen, noch immer schneite es kräftig. Über das Rollfeld fuhren Räumfahrzeuge.

»Nach einer Wetterbesserung sieht das meiner Meinung nach nicht aus«, sagte die alte Dame mit dem Strickzeug, von der Marie inzwischen wusste, dass sie Renate hieß. »Da werden meine Enkelkinder aber traurig sein. Ich sollte die Überraschung zu Heiligabend werden. Wissen Sie, es ist gerade alles ein wenig schwierig. Mein Sohn und meine Schwiegertochter haben sich getrennt, und sie lebt jetzt in Hamburg mit einem neuen Lebenspartner und feiert Weihnachten dieses Jahr dort mit seinen Kindern. Da wäre es nett gewesen, wenn pünktlich zur Bescherung die Oma vor der Tür steht. Ich hätte auf den Rat meines Sohnes hören und einen Flug früher nehmen sollen. Das habe ich nun davon. Und da reden immer alle vom Klimawandel und der Erderwärmung.« Sie schüttelte mit einem missbilligenden Blick den Kopf und wendete sich ihrer Strickarbeit zu.

»Das mit Ihren Enkeln tut mir leid«, antwortete Marie und erkundigte sich nach dem Alter und dem Geschlecht der Kinder. Ihre Nachfrage erfreute Renate, sie legte sogleich ihre Stricksachen zur Seite und begann, Marie auf ihrem Smartphone fröhlich Fotos von ihren beiden Goldschätzen zu zeigen. Die Zwillingsmädchen waren sieben Jahre alt, zwei ganz entzückende blonde Mädchen mit Zahnlücken.

»Ja, das ist jetzt wirklich dumm gelaufen«, meinte Renate und betrachtete eines der Bilder seufzend. »Aber im neuen Jahr wird sowieso alles anders, denn mein

Martin und die Kinder ziehen zu mir in die Staaten. Er hat auch schon eine gute Anstellung in Aussicht, und mein Haus ist für alle groß genug. Nächstes Weihnachten passiert mir ein derartiges Missgeschick nicht mehr.«

»Beim Hinflug hab ich auf Netflix so einen Film gesehen«, mischte sich Pierre in ihr Gespräch ein. »Da saßen Menschen wegen eines Schneesturms über die Feiertage am Osloer Flughafen fest. Ich hätte den mal besser nicht gucken sollen, das war bestimmt ein böses Omen. Unsere Oma Mariett hat fest versprochen, uns eine große Portion des Weihnachtsessens aufzuheben. Besonders ihre niederbayerischen Reiberknödel sind legendär.«

»Ich dachte, Sie kommen aus dem Elsass«, hakte die Frau mit dem Baby auf dem Arm nach. Ihren Namen kannte Marie nicht.

»Kommen wir ja auch. Aber Oma Mariett hat es der Liebe wegen weit nach Osten verschlagen.«

Im nächsten Moment war das laute Geschimpfe eines Kleinkinds zu hören. Der junge Vater kam mit seinem Sohn auf dem Arm zurück, der einen für dieses Alter typischen Trotzanfall hatte und lauthals brüllte und zappelte.

»Da guckt man mal eine Minute nicht hin, da fängt der Bub an, die Schokoriegel aus einem der Regale zu futtern. So nicht, junger Mann.« Er platzierte seinen Sohn auf den Stuhl neben seiner Mutter. Dort blieb der Kleine jedoch nicht sitzen, sondern rutschte mit einem theatralischen Gesichtsausdruck auf den Boden, wo er weiterheulte. Der Blick der jungen Mutter war hilflos, sie hatte gerade damit begonnen, ihre Tochter zu stillen.

Marie dachte kurz darüber nach, ihre Hilfe als Erzieherin anzubieten, unterließ es dann jedoch. Ihr fehlte gerade die Kraft, sich mit einem trotzigen und ihr vollkommen fremden Kleinkind auseinanderzusetzen. Stattdessen richtete sie ihren Blick auf ihr Handy und öffnete die Fotogalerie. Sie fand darin die ersten Bilder, die sie nach ihrer Ankunft in New York gemacht hatte. Fotos, die sie auf der Aussichtsplattform *The Edge* gemacht hatte. Auf einem von ihnen saß sie auf der Glasplatte und lächelte tapfer in die Kamera, Selfies mit Silke, ein Video zeigte sie beim Eislaufen im Central Park, sie winkte fröhlich, als sie an der Handykamera vorüberfuhr. Auf dem Handy befand sich auch ein Bild von ihr mit dem Santa bei Macy's. Traurig sah Marie es an. Kurz nachdem dieses Bild entstanden war, war sie Jack zum ersten Mal begegnet. »Wie konnte ich nur so dumm sein«, murmelte sie leise. In ihrem Hals steckte erneut ein Kloß, die Tränen stiegen ihr in die Augen. Wieder schlichen sich diese dummen Selbstvorwürfe in ihre Gedanken. Sie hätte es doch ahnen können. Es war einfach zu gut gewesen, um wahr zu sein. Der gut aussehende perfekte Typ, gebildet, charmant, und dann half er auch noch Bedürftigen. Es hatte einen Haken geben müssen, den gab es immer.

Ihr Blick fiel auf die Tinder-App auf ihrem Handy, und plötzlich wollte sie das dumme Dating-Ding nicht mehr haben. Männer konnten ihr fürs Erste gestohlen bleiben, und über diese dämliche App hatte sie sowieso noch nie jemanden mit ernsten Absichten kennengelernt. Demonstrativ löschte sie das Programm, fühlte sich danach aber auch nicht wirklich besser.

Immerhin hatte sich der kleine Junge wieder beruhigt. Erschöpft von seinem Tobsuchtsanfall hatte er sich auf seinen Stuhl gelegt, den Kopf auf dem Schoß des Vaters, die Augenlider auf Halbmast.

Marie ließ ihren Blick durch die gut gefüllte Wartehalle schweifen. An einem der Schnellimbisse hatte sich eine lange Schlange gebildet, der Geruch der gebratenen Burger zog bis zu ihnen herüber. Marie verspürte keinen Hunger. Der Kummer hatte ihr den Magen zugeschnürt. Später im Flugzeug würde es sowieso etwas zu essen geben. Die meisten Leute konnten Flugzeugessen nichts abgewinnen, Marie hingegen mochte es ganz gern. Vielleicht lag es an den vielen Verpackungen, die es zu öffnen gab, und der ungewöhnlichen Umgebung. Sie verspürte jedoch Durst und beschloss, sich eine Cola zu organisieren. Renate schloss sich ihr an, und die beiden landeten bald in einem Flughafenimbiss, wo sie statt der Cola einen großen Milchkaffee bestellten, und Marie gönnte sich dazu sogar einen Brownie. Nun befanden sich in ihrem Geldbeutel noch magere drei Dollar und einige Cent. Es wurde wirklich Zeit, dass sie nach Hause kam.

Renate erkundigte sich, was Marie nach New York geführt habe, und sie erzählte es ihr.

»Ein Gewinn im Radio. Das ist ja großartig«, erwiderte

die alte Dame, begann das Gespräch dann jedoch gleich wieder auf sich zu beziehen. »Also ich habe noch nie etwas gewonnen. Oder doch. Einmal schon. Das war bei einer Tombola, damals noch auf der Highschool. Es war ein altbackenes Kaffeeservice. Ich weiß ehrlich gesagt gar nicht, was daraus geworden ist.« Sie kicherte so albern wie ein zehnjähriges Mädchen, was sie seltsamerweise in diesem Augenblick um Jahre jünger aussehen ließ.

Marie aß von ihrem Brownie. Er schmeckte extrem süß. Liebe Güte, wie viel Zucker steckte in diesem kleinen Kuchenstück, fragte sie sich und spülte mit Milchkaffee nach.

Eine Weile saßen sie nun schweigend auf den etwas wackeligen Barhockern, Marie stocherte in ihrem zu Bröseln zerfallenen Brownie herum, und Renate merkte irgendwann an, dass der Milchkaffee eine überteuerte Plörre sei. Wo sie recht hatte, hatte sie recht, dachte Marie.

Eine Durchsage sorgte schließlich für entsetzte Gesichter in ihrem Umkreis. Es wurde gemeldet, dass aufgrund der sich nun bedauerlicherweise doch nicht bessernden Situation sämtliche Flüge bis zum nächsten Morgen gestrichen worden seien. Die Passagiere sollten sich mit ihrer jeweiligen Airline in Verbindung setzen.

»Damit war zu rechnen«, seufzte Renate. »Mir war die Dame an der Info von Anfang an zu optimistisch. Dann war es das also mit meiner Überraschungsreise nach Deutschland. Ich werde jetzt wieder nach Hause fahren.«

In diesem Moment wünschte sich Marie nichts sehnlicher, als dass sie auch einfach nach Hause fahren könnte, oder irgendwohin, bloß weg von diesem Flughafen. Doch das konnte sie nicht mehr, denn sie war pleite. Sie musste so lange an diesem Flughafen ausharren, bis endlich ein Flieger nach Deutschland ginge. Sie fühlte sich wieder genauso verloren und verlassen wie in dem Moment, als sie den Wagen der Reisegruppe vom Hotel hatte wegfahren sehen. Silke hatte ihr hilflos zugewunken.

»Dieses Land sieht mich niemals wieder«, flüsterte sie und fing sich einen irritierten Blick von Renate ein, der jedoch rasch mild wurde.

»So würde ich an Ihrer Stelle vermutlich auch denken, meine Liebe. Aber so schlecht ist unser Land jetzt auch wieder nicht, wenn man mal von diesem dummen Schneesturm absieht. Immerhin haben Sie Ihre Tasche wiederbekommen. Also waren es ehrliche Finder.«

»Ja, wenigstens etwas«, antwortete Marie. Von Jack hatte sie Renate natürlich nicht erzählt, das war dann doch zu privat. Zu Hause würde sie sich bei Silke ausheulen und dann für alle Ewigkeit einen Haken an diese Reise setzen – auch wenn Renate mit ihrer Aussage recht hatte. Vom Land der unbegrenzten Möglichkeiten hatte sie die Schnauze gestrichen voll.

»Was würden Sie denn davon halten, mich nach Jersey zu begleiten?«, fragte Renate plötzlich, und Marie sah sie verdutzt an. »Ich hab ein großes Haus, ein Gästezimmer, und meine Nachbarin Elly wird uns bestimmt noch spontan zu ihrem Weihnachtsessen einladen. Zu ihr kommt sowieso jedes Jahr die gesamte Nachbarschaft, da macht es keinen großen Unterschied, wenn wir noch dabei sind. Wir behalten den Flughafen im Auge, und wenn die Flieger wieder starten können, kriegen wir Sie schon irgendwie zurück zum Airport. Was meinen Sie?«

Das Angebot klang verlockend, und Renate sah nicht wie eine Betrügerin oder eine zwielichtige Person aus. Was sie erzählte, klang glaubhaft. Marie tendierte dazu, zuzusagen. In dem Gästezimmer gab es vielleicht ein gemütliches Bett, sie könnte dort duschen, das wäre wundervoll, und bei dieser Nachbarin Elly gab es bestimmt gute Hausmannskost zu essen. Marie war im Begriff zuzusagen, als sie plötzlich eine ihr sehr vertraute Person auf sich zukommen sah. Es war Jack. Ihre Augen weiteten sich, ihre Hände begannen, vor Aufregung zu zittern. Er war hier. Er war ihr nachgefahren. Er stand nun vor ihr und sah sie aus seinen großen und so verdammt schönen blauen Augen erleichtert an.

»Marie. Da bist du ja. Ich habe dich gefunden, Gott sei Dank. Wieso um Gottes willen bist du weggelaufen? Ich hab mir solche Sorgen um dich gemacht.«

Marie widerstand dem Impuls, ihm um den Hals zu fallen. Schließlich hatte er sie belogen, er hatte eine Freundin. Sie wich ein Stück vor ihm zurück und verschränkte abweisend die Arme vor der Brust.

»Wieso ich weggelaufen bin?«, fragte sie in einem

herausfordernden Tonfall. »Frag das doch deine hübsche Freundin. Ihren Namen kenne ich leider nicht.«

»Nicht doch«, entgegnete er. »Nicht schon wieder Amelia. Dieses Biest. Es ist vorbei, schon seit Monaten, und sie will es einfach nicht begreifen. Das musst du mir glauben. Alles, was sie dir erzählt hat, ist garantiert gelogen. Sie erfindet ständig Dinge. Es ist kompliziert.«

»So kommt es mir auch vor«, erwiderte Marie, und ihre Stimme klang bitter.

Nun tauchte eine weitere Person auf, mit der Marie nicht gerechnet hatte. Es war tatsächlich Delores, die vollkommen außer Puste zu ihnen kam und nach Luft japsend stehen blieb.

»Himmel, da muss man einmal zur Toilette, und dann ist der Kerl gleich verschwunden. Du kannst mich doch in dem Getümmel nicht allein lassen, Jack.« Ihr Blick fiel auf Marie, die sie einen Moment lang wie das siebte Weltwunder ansah, dann kam die Freude.

»Du hast sie gefunden«, rief sie. »Was für ein großes Glück.« Sie umarmte Marie so fest, dass sie glaubte, zu ersticken. »Was machst du nur, Kindchen? Du kannst doch nicht einfach so verschwinden. Hast du eigentlich eine Ahnung, wie viele Menschen sich Sorgen um dich machen?«

»Amelia ist bei ihr aufgetaucht«, erklärte Jack den Grund für Maries plötzliche Flucht.

»Oh nein, dieses Biest«, sagte Delores sogleich. »Glaub ihr kein Wort, Kindchen. Sie ist die Königin der Lügengeschichten, weshalb, weiß niemand. Was sie dir auch immer über Jack erzählt hat, es stimmt mit Sicherheit nicht.«

Marie sah von Delores zu Jack, sein flehender Blick ging ihr durch und durch, und ihre Abwehrhaltung bröckelte.

»Wenn das so ist ...« antwortete sie zögerlich.

»Ja, so ist es«, meinte Delores. »Und jetzt komm. Es dämmert bereits, gleich ist Heiligabend. Den willst du doch nicht hier in dieser Flughafenhalle verbringen. An einem solchen Ort sollte man an Weihnachten nicht sein müssen.« Sie legte den Arm um Marie und zog sie mit sich. Jack folgte ihnen, Maries Koffer hinter sich herziehend.

Es ging zurück nach Brooklyn.

Am späten Abend war nach einem wunderbaren Heiligen Abend wieder Ruhe im Gemeindezentrum eingekehrt, und ihre bedürftigen Übernachtungsgäste und auch einige Helfer schliefen auf den üblichen Pritschen im bunten Licht des blinkenden Weihnachtsbaums. Die letzten Stunden waren einfach nur wunderbar gewesen. Sie hatten gemeinsam gegessen, viel geredet, und es waren jede Menge Anekdoten rund um das Fest erzählt worden. Albert hatte sich irgendwann an das alte Klavier in der Ecke gesetzt und zu spielen begonnen, Delores hatte *Silent Night* so wunderbar gesungen, dass es Marie zu Tränen gerührt hatte. Jack war von vielen Gemeindemitgliedern vereinnahmt worden, am Ende hatte er mit Randolf wieder einmal eine nicht enden wollende Partie

Schach gespielt, während Marie, Delores und zwei weitere Helferinnen aufgeräumt und sich um das schmutzige Geschirr gekümmert hatten. Diese Gemeinschaft war so etwas Einzigartiges und Wunderbares, Marie fühlte sich an diesem Abend wie ein festes Glied der Gruppe und schämte sich dafür, dass sie diese lieben Menschen ohne Gruß hatte verlassen wollen.

Nun stand sie erneut in dem wunderbaren und tief verschneiten Gemeindegarten. Dieser Ort war so bezaubernd und herrlich verwunschen, er zog sie magisch an. Außerdem sollte sie es als Frankfurter Mädchen genießen, eine solch herrliche weiße Weihnacht erleben zu dürfen. Lächelnd beobachtete sie, wie der Wind die wenigen vom Himmel fallenden Flocken durch die Lichtkegel der Laternen wirbelte, es sah aus, als würden sie einen fröhlichen Tanz aufführen. Sie konnte sich nicht daran erinnern, jemals einen so harmonischen und wunderbaren Heiligen Abend verbracht zu haben.

Jack kam zu ihr, sie hatte gehofft, dass er auch dieses Mal den Weg zu ihr nach draußen finden würde. Er legte wie selbstverständlich von hinten seine Arme um sie. Marie konnte nicht anders, als sich an ihn zu schmiegen. Sie genoss seine Wärme und atmete den Geruch seines Aftershaves ein.

»Ich bin so froh, dass du wieder hier bist«, sagte er direkt neben ihrem Ohr. Sein Atem auf ihrer Haut sorgte für das herrlich kribbelige Gefühl. »Ich hatte solche Angst, ich könnte dich für immer verlieren. Bleib noch ein bisschen länger hier, vielleicht sogar für immer, denn ich habe mich in dich verliebt, deutsches Mädchen.«

»Und ich mich in dich, Weihnachtself«, antwortete Marie und drehte sich jetzt zu ihm um. Selbst in dem wenigen Licht hier draußen leuchteten seine Augen. Sie waren so schön, an ihnen würde sie sich ihr Leben lang niemals sattsehen. Als sich ihre Lippen fanden und er sie ganz fest in seine Arme zog, fühlte es sich so an, als würde das Glücksgefühl in ihrem Inneren explodieren, und seltsamerweise hatte sie in diesem Augenblick erneut die Melodie von *Can't Help Falling in Love* im Ohr. Genau so, wie Naruto sie gespielt hatte.

Nachwort

Gerade zur Weihnachtszeit ist New York City für viele Menschen ein Sehnsuchtsort. Das hatte vor einigen Jahren auch ein hessischer Radiosender erkannt, und es wurde tatsächlich eine Reise zum Christmas Shopping nach New York verlost. Bedauerlicherweise habe ich sie nicht gewonnen. Aber mein Mann und ich hatten im Dezember das Vergnügen, für einige Tage in die Stadt, die niemals schläft, zu reisen, und es war eine überwältigende und einmalige Reise, die unvergessen bleiben wird. Ich kann nur so viel sagen: Es lohnt sich, von einer solchen Reise zu träumen, aber noch besser ist es, spontan seinen Koffer zu packen und einfach loszufliegen. Ihr werdet es nicht bereuen.

Viele Eindrücke unserer Reise haben im Buch ihren Platz gefunden.

Mein Dank geht ganz besonders an den liebsten und besten Reisebegleiter überhaupt: meinen Mann Matthias. Mit ihm zusammen die Stadt zu erkunden, war großartig. Ich danke auch meiner Lektorin Diana Keller, die sich sofort für die Idee begeisterte, und meiner Agentin Franka Zastrow für ihre Unterstützung und den tollen Zuspruch in allen Dingen. Ohne Marie und Jack hätten wir unseren Koffer nicht gepackt und vermutlich für immer von dieser Reise nur geträumt.

Eine alte Spieluhr, die Melodie eines Winters und das Geheimnis um eine tragische Liebe in den 1950er Jahren.

336 Seiten. ISBN 978-3-7341-1065-8

Nina weiß nicht mehr weiter. Ballett ist ihr Leben, doch ihr Traum, eines Tages eine berühmte Tänzerin wie ihre geliebte Großmutter Maria zu werden, droht zu zer-platzen. Als Maria aufgrund ihrer voranschreitenden Demenz auch noch in ein Heim gebracht werden muss, scheint Ninas Kraft am Ende. Doch dann fällt der jungen Frau eine Schatulle mit einer alten Spieluhr und einem Notizbuch in die Hände. Diese offenbaren ihr nicht nur die Geschichte einer ungewöhnlichen Liebe zwischen einer Tänzerin und einem einfachen Spieluhrenmacher, sondern führen sie auch zu ihrem eigenen Glück …

Lesen Sie mehr unter: **www.blanvalet.de**